8베르소

이창우 장편소설

8헤르츠

글누림

"북유럽 신화에서는 신과 거인의 나라 가운데

인간이 사는 곳을 중간계라 한다더군요.

중간계 한가운데 세계 나무, 이그드라실 뿌리 밑에는

우르트의 샘이 있는데 운명의 여신들인 세 노르네들이 살고 있답니다.

노르네들은 모든 존재에게 각각의 운명을 나누어 주는데

우르트는 과거를 베르단디는 현재를 스쿨트는 미래를 관장한다죠.

세계는 하나로 연결된 지구촌이니

그 하늘 아래 이곳에도 노르네 여신들 손길이 미친 것이겠죠."

물속에 들어가서 한참 동안 숨을 참다가 수면 밖으로 얼굴을 내밀었을 때, 가슴이 터져 나가는 숨을 토해내게 된다. 이창우 씨가 그렇다. 처음 장편을 쓰는 필력치고는 막힘이 없이 누에가 실을 뽑아내듯 원고지를 채워가는 모습을 볼 때마다 감탄을 마지않았다.

누구든 처음부터 완벽할 수는 없다. 그러나 완벽하지 못함이 완벽을 향한 위밍업이었다면 사람들은 갈채를 보낸다.

분명 같이 글을 쓰기 시작한 다른 분들과는 다른 길을 걷고 있는 이창우 작가는 앞으로도 오랫동안 글쓰기를 할 것으로 믿어진다. 첨언을 해주고 싶다면 글쓰기가 마음과 뜻대로는 되지 않는다는 점이다.

오랫동안 글쓰기를 해 온 선배로 충언을 한다면 폐활량을 길러야 한다는 것이다. 글쓰기 중에 특히 소설쓰기에서는 폐활량이 좋아야한다. 단거리 뛰기에서 승부를 낼 생각으로 글을 쓰다가는 스스로 만들어 놓은 함정에 빠지고 만다는 것이다.

첫 작품에 대한 축제의 날은 출간하는 순간, 펄럭이던 만국기는 이슬에 젖고, 불꽃은 꺼진다. 오랫동안 축제의 불꽃을 이어가자면 어떤 자세로 글을 써야하는지 이창우 작가 본인이 더 잘 알고 있을 것이다.

다음 작품은 분명 왕성한 날갯짓으로 세상을 마음껏 활공하여, 더 높은 작품 세계로 비상하는 작품이 될 것으로 믿어져 추천을 한다.

소설가 **한만수**

차 례

8 헤르츠

*

제주행 항공편이 강풍으로 지연되고 있다.

물류 창고처럼 보이는 군산 공항은 카페와 음식점, 간이휴게소가 한 건물에 들어서 있다. 공항 터미널은 실내가 시야에 사로잡힐 정도로 작았다. 오픈 카페 이름이 낯설게도 '오감도'다. 오감도? 나는 피식 웃으며 카페 앞을 지나친다.

나이 지긋한 노부부가 카페 앞으로 다가온다. 나는 되돌아 빼곡하게 들어찬 사람들을 지나쳐 테이크아웃 커피 한 잔을 사들고 빈 의자에 앉았다. 탑승할 시간은 아직 남아 있다. 하지만 내 마음은 그림자를 애타게 쫓고 있다. 커피가 목구멍으로 느릿하게 넘어가면서 낮은 한숨이 터져 나온다. 강풍으로 지연된 공항 내부는 웅성거리는 소음으로 채워지고 있다.

사람들이 내뿜는 숨이 작은 공항을 더 답답하게 만들고 있다. 번잡하게 오가는 발자국 소리와 함께 오래전 선택의 갈림길에 서 있던 비루한 남자가 한숨으로 걸어 들어온다.

일기예보와 다르게 종일 몰아치는 폭풍에 창문 밖으로 보이는 나무들이 아우성을 치던 날 밤이었다. 종일 언덕을 올라가는 증기기관차처럼 시간이 낮은 폐활량으로 힘겹게 흘러가던 날이기도 했다.

"언제까지 기웃거릴 건데요? 언제까지 선경이 그년을 끼고 살려고 그래요? 당신도 현실을 냉정하게 받아들일 때가 됐잖아."

아내의 날선 목소리가 등을 찌른다.

"또 무슨 말을 하고 싶은 거야?"

나를 바라보는 아내의 눈빛은 증오로 꿈틀거린다. 나는 당황하지 않았다. 이미 오래전부터 보아 온 아내가 아닌 타인의 눈빛이다.

"언제까지 날 바보 취급할 생각이야?"

나는 아내 말에 대꾸하지 않고 등을 돌렸다. 갑자기 바람이 멎었는지 나무들이 축 늘어져 있다. 문득 폭풍이 지난 뒤에 고요가 찾아온다는 말이 생각난다.

"두고 보겠어. 애들한테 다 말해 버릴 거야. 각오하고 있어야 할걸?"

아내의 증오서린 목소리가 방문 밖으로 나가고 있다. 나는 들은 척도 안 하고 바람이 불기를 기다렸다. 어쨌든 폭풍이 완전히 물러가지 않았다면 태풍 때는 소나기가 흐느끼고 바람이 불고 번개가 치고 천둥이 몰아쳐야 하는 것이 정상이니까.

내 몸 일부가 되어버린 그림자 하나가 상념의 창가에서 기웃거린다. 유난히 눈동자가 서늘했던 흐린 그림자가 내 안으로 들어온다. 절벽 끝에 혼자 덩그러니 있는 것 같은 무방비 상태의 나에게 말을 건다.

커피 한 모금을 머금고 출입문을 바라본다. 자동문이 열리면서 들어오는 사람들은 세찬 바람에 휩싸여 있다. 자동문이 닫히면 밖에서 소리 없이 온몸을 흔들고 있는 나무들이 황량하게 마음을 적신다.

나는 습관처럼 가볍게 한숨을 내쉬며 아직 온기가 남아있는 종이컵을 만지작거린다. 낮게 떠 있는 잿빛 하늘 밑에서 소리 없이 아우성치는 나무들을 무심히 바라보고 있는데 내 몸의 중심에서 솟구치는 소리가 시야를 가린다.

선경과 인연이 단절된 것은 누가 먼저랄 것도 없다. 마지막 만남이 언제였는지도 잘 기억나지 않는다. 큰애 나이가 열다섯 살이니 대략 그 정도 세월이 흘렀다.

아내와 위기를 아슬아슬하게 넘길 수 있었던 그즈음, 그녀도 위기에 놓여 있었다는 말은 듣고 있었지만 가까이 다가갈 수 없는 상황이었다.

나는 가족을 선택했고 충실한 가장이 될 것을 아내와 약속하며 이혼의 위기를 넘겼다.

우르트의 거울

1.

희한하다. 지난주와는 다르게 그들은 훌쩍 커진 모습으로 모여 있다. 고등학생이라는 신분을 가리키는 교복이 주는 힘일지 모른다. 성당에서 신입생 축하 미사를 마치고 모인 그들은 고등학교 교복만큼이나 어설프다.

새로 부임해 오신 보좌신부가 자칭 '문학소년'이라 불러달라고 해서 우리는 한바탕 웃었다. 분위기상 전혀 아니었기 때문이라는 것을 그는 알고 있는지 모르겠다. 과장된 얼굴, 젊은 신부의 패기 정도 한편으로는 말끔하게 차려 입은 사제복의 흑백처럼 현실은 바라볼 생각조차 없는 차갑고 단호한 엄숙주의가 얼굴에 겹쳐졌다.

보좌신부는 문학을 통해 학생들과 소통하려는지 제법 포부가 크다. 그 포부 또한 얼마나 웃긴가. 이곳에 있는 학생들이 문학하고 얼마나 거리가 먼지 알기나 하는지. 내 생각에 학생회 회합실은 결국 코미디 판으로 변질되고 말 것 같다.

"희영아, 교복 잘 어울리네. 새로 온 친구? 이쪽은 베드로, 최태영. 얘가 우리 성당에서 알아주는 문학소년이야. 신부님하고 붙어볼 만하지."

창민이가 내 앞으로 와서 소개하는 바람에 나는 희영과 그 곁에 있는 선경이라는 여학생을 바라봤다. 선경은 예쁘다기보다는 귀여운 얼굴이다. 창민과 희영은 바쁜 일이 있는 것처럼 이내 다른 곳으로 갔다. 세상이 내 의지와 상관없이 제멋대로 굴러간 것처럼 이 만남도 내 의지와는 상관없다. 선경과의 첫 만남은 밋밋했다.

내가 최 씨 집안 장남으로 태어난 것도 내 의지가 아니다. 그럼에도 온 가족은 물론 친인척들까지 내 일거수일투족을 감시한다. 장남이라는 이유로, 종손으로 태어났다는 이유로 말이다. 오로지 그들에게는 학교 성적만이 전부였다. 그래도 삼촌은 통하는 것 같다. 하긴 삼촌은 집안에선 별 간섭 없이 살아갈 수 있던 둘째가 아니던가.

성공만을 외치며 정신 나간 이 시대에 무엇 때문에 별로 잘난 것도 없는 집안을 들먹이며 에너지를 쏟아내는 걸까? 집안 어른들의 집착 어린 시선에서 자유롭고 싶다. 문중행사에선 침묵으로 답답한 시간을 지나게 하는 것만이 최선임을 진작 깨달았지만 역시 시간 낭비다.

명분을 유지한다는 것이 얼마나 웃긴 일인지 그들은 모르는 것 같다. 말도 안 되는 명분을 위해 삼촌이 자신의 사랑을 포기할 것 같진 않다. 부모 직업만으로 막돼먹은 집안이란 말도 안 되는 기준은 누가 만들었는데 그 기준을 적용해서 결혼을 막아보려 하다니.

13

이것이 시대착오 아닌가. 쌓인 시간으로 이어진 사랑을 이길 수 있을까? 그들의 사랑에 내기를 걸어도 좋다. 두 사람이 함께 가도록 이끄는 사랑의 힘은 강하다는 것을 믿고 있기에 이길 거다.

삼촌이 결혼을 한다면 이런 명분은 자연스레 무너져 내리겠지. 과연 삼촌이 용기를 낼 수 있을까? 선하고 편안한 미래 숙모와 이 시대 마지막 로맨티스트인 삼촌과 사랑을 위해 오늘 밤은 오랜만에 신께 기도를 한다.

선경이가 품어내는 것은 무엇일까. 무척 강하게 보이려고 애쓰는 모습이 보인다. 분명한 것은 내가 그 애를 쉽게 지나칠 수는 없다는 사실이다. 평범해 보이는데 뭔가 다르다.

희영은 짝꿍 선경이가 문학소녀인데 자주는 아니더라도 우리 성당 고등부 학생회합에 올 수 있다고 소개를 한다. 짝꿍? 여자애들은 뭉쳐 다니는 것을 좋아하나 보다. 감동 깊게 읽었다는 제인 오스틴의 『오만과 편견』을 소개하는 것을 보니 맹탕은 아닌가 보다.

주인공 '다아시' 모습이 인상적이라고 말하는 선경은 첫인상처럼 귀여운 구석이 있다. 인사 대신 김춘수 시를 낭송하는 모습에 자꾸 눈길이 간다. 다음 주에 올지는 모르겠지만 당분간 일요일은 나름 기대해도 될 것 같다.

"태영아, 네 맞수 나타난 것 같은데? 긴장해야겠더라. 독서토론에서 우리가 질 순 없잖아. 신부님 봐라. 완전 해성여고에 빠졌더라."

분명 그동안 회합 시간이 지루하고 나른하긴 했다. 도대체 책을 읽어 줘야 분위기가 잡힐 텐데, 신부님이 두 여학생에게 빠질 만하다. 책을 많이 읽는다는 이유만으로도 희영과 선경은 우리 성당에서 빛이 났다. 강적이긴 하다. 선경은 말도 잘 하고 웃으면 바늘로 꼭 찌른 것 같은 한쪽 보조개가 예쁘다.

"하늘이 시샘한다니까요. 하느님은 샘쟁이야."

샘쟁이 하느님? 지난주에 못 온 것을 순전히 하느님 탓으로 열까지 받으며 소리칠 수 있는 아이. 아침부터 성당에 가는 일이 움직이기 싫어 망설이던 내게 엄마의 쓴소리가 결국 약이었던가 싶다. 허겁지겁 시간을 맞추려고 뛰느라 숨 고르기도 어려운 나를 웃게 만든다.

"우리 모임은 마음 내키면 들르는 곳이 아닙니다. 계속해서 모임을 유지하기 위해선 회원 간 유대가 필요합니다. 신부님께서 특별한 이유 없이 결석하는 회원에겐 벌칙을 주도록 하셨습니다. 어떤 벌칙이 좋은지 생각해 두셨다가 토론 끝나고 마무리 시간에 의견 나누기로 하겠습니다."

창민은 학생회장답다. 녀석, 주어진 역할에 열성인 걸 보면 존경심이 생긴다. 하지만 신부님이 권장도서로 제시해 준 카뮈의 『이방인』은 토론을 할 수 없었다. 읽고 온 아이들이 해성여고생 둘과 나뿐이니, 신부님이 수준을 너무 높게 잡으신 거다.

이 녀석들은 죽었다 깨어나도 못 읽을 것을 눈치채지 못한 거다. 그들에게 중요한 것은 당구와 여학생, 그리고 주먹질이다. 불쌍한 놈들.

다음 주부턴 결석을 하면 벌칙 수행을 해야 하거나 아예 탈퇴 선언을 해야 한다. 샘쟁이 하느님 덕분에 우리들 신부님은 너그럽게 책을 읽지 않은 학생들에게 일주일을 더 주셨다. 단언하건대 이 토론은 끝내지 못하리라.

샘쟁이 하느님 내기 할래요? 내가 이깁니다. 나는 성당 앞에 있는 성모마리아상을 지나치며 회심의 미소를 지었다.

내가 볼 때 고등부 남학생들은 얼빠진 녀석들이다. 여학생들에 빠져 있는 얼굴이란, 무슨 여신을 바라보고 있는 표정을 지으며 저러고도 하루 세끼 먹을 권리가 있는지 의심이 갈 지경이다. 학생회 회합실에 모인 녀석들이 무슨 이야기를 하는 지도 모르며 의아해 하는 표정들은 혼자 보기 아까울 지경이다. 여학생들이 아니라면 이곳에 달려올 이유조차 없는 자식들이 꾸역꾸역 자리를 채워 회합실은 후끈후끈 열기마저 전해진다.

"전 뫼르소를 막연하지만 느낄 수 있었어요. 그리고 그가 선택한 죽음이 세상 사람들을 엿 먹인 거라고 생각했어요."

당황해 하는 보좌신부의 표정 관리는 엉망이다. 그야말로 살인을 정당하게 말하는 그 아이에게 꽂힌 '악마 자식인가?' 하는 신부의 표정을 오래도록 기억할 것 같다.

"엄마 죽음 앞에서 뫼르소가 보여준 반응과 행동은 인간적으로 문제가 있다고 봅니다. 우리들 정서로는 이해가 안 가잖아요. 펑펑 울어도 못 다할 상황인데요. 뫼르소는 도덕적으로 문제가 있다고 봐요."

역시 희영이다운 발상이다. 이럴 때 희영은 보이는 것과는 다르다. 희영을 바라보는 창민의 모습이 지극할 수밖에 없다는 걸 알 것도 같다. 자식, 사귀자고 얘기하지 뜸 들이기는. 소심한 A형 아니랄까 봐 엄청 버벅댄다. 희영이 말을 받아 뭐라고 한마디 할 줄 알았는데 선경은 침묵을 지켰나.

뫼르소가 어머니의 죽음을 슬퍼하지 않는다는 이유로 몰염치한 인간이라 할 수도 있다. 하지만 뫼르소처럼 담담하게 죽음을 인정할 수도 있지 않을까. 누군가에게는 죽음이 끝이기도 하지만 또 다른 사람에게는 다른 삶으로 움직이는 이별일 수도 있지 않을까.

선경은 도저히 내 관점으론 이해하기 어려운 존재다. 지난 주 부터 아무렇지 않게 자신의 아픔을 글로 털어 놓는다. 일방적으로 건네주는 그 애의 두툼한 편지는 당황스럽기도 하지만 나를 히죽거리게 한다. 그저 읽고 있는 내 마음과는 상관없이 그 애를 위한 조언을 고민하게 된다. 도대체 이게 어떻게 돌아가는 상황이지?

선경은 일기 형식의 글을 일주일에 한 번씩 보내고 있다. 수취인은 나지만 글의 대상은 내가 아니다. 그래도 편지를 읽는 동안 내 심장은 이상스레 두근거린다. 너무 진지하게 쓴 글을 나에게 보내는 것으로 그 애가 위로를 받는 것 같아 지켜 볼 도리밖에 없다.

선경이 가리키는 '그'가 너무 궁금하다. 나보다 먼저 선경의 마음에 들어가 버린 그를 한 대 갈겨주고 싶은 충동이 인다. 선경은 도대체 왜 나에게 이런 글을 하염없이 보내는 걸까? 혹시 나에게 보낸

글은 아닐까 하면서 몇 번을 되풀이해 읽기도 했지만 아니다.

선경의 이야기는 존재하지 않는 대상을 두고 하는 걸까 생각도 들고 막연하다. 아무튼 일단은 키부터 키워야 한다. 농구를 더 열심히 해야 할 이유가 분명하게 생겼다. 생각할수록 재미있는 아이다. 178센티미터를 원한단다. 깊게 패인 볼우물을 만들며 그 정도는 돼야 한다나. 좋았어! 내가 운동만큼은 자신 있다고

가을을 만끽할 수 있는 풍경은 은행나무 길이다. 양쪽으로 늘어선 노란 은행나무의 구애처럼 나도 그렇게 바라만 본다. 선경이가 나에게 손을 내밀었다. 걷고 싶다고 하는 그 애를 거부할 수가 없었다. 미사를 마치고 성당에서 나와 선경은 버스를 타야 할 곳을 지나쳐 반대 방향으로 걷는다.

한참을 걸어도 계속 침묵이다. 길가에 널려진 노란 은행잎을 밟으며 가을 속으로 선경은 조용히 걷기만 한다. 난 아무 말도 할 수 없다. 그저 옆에서 고개 숙인 채 걷기만 하는데 어찌 해 주어야 하는 건지 알 수 없다. 어깨에 손을 얹고 싶은 충동을 억누르며 그저 옆에 그림자처럼 있을 수밖에 없다.

"최태영. 고마워, 옆에 있어 주어서. 이제 갈게."

버스 종점에 오자 그 애가 남긴 것은 단 한 마디였다. 등을 보이며 버스를 타고 가는 선경은 창으로 얼굴을 내민다.

"최태영. 다음 주부터 안 올 거야."

순간 귀를 의심할 수밖에 없었다. 갑자기 왜 그런 말을 툭 던지고

가 버리는 것일까? 혼란한 마음으로 집으로 오는 길 내내 분노가 일었다. 뭐야, 도대체 난 뭐냐고? 두 해 가까이를 지나며 제법 가까워졌다고 생각하면서도 좁힐 수 없는 거리감에 몸부림치던 나는 너에게 뭐였냐고 말이라도 할 걸 그랬다.

집에 와서도 정리가 안 되는 선경의 행동을 순순히 받아들이는 것이 너무 힘들어 아무것도 할 수가 없다. 제멋대로 생각하고 행동하는 그 애가 이기주의자라는 생각은 처음이다. 필요할 때만 불러내는 나는 소모품이었나 싶어 차오르는 분노까지 걷잡을 수 없다.

선경의 일방적인 통보 이후, 단절이 몇 달째인데 희영을 통해서도 소식을 전해들을 수가 없다. 하지만 다음 주부턴 성당에 나가지 말아야 할 것 같다. 희영이가 뭔가 말하려 하면서도 꾹 다물고 있는 입과 석연찮은 눈길이 영 마음에 안 든다. 희영이가 보내는 그 눈빛은 껄끄럽다.

대입이 빨리 끝났으면 좋겠다. 입시가 끝나면 쳐들어가야겠다. 학교나 성당으로 가 죽치고 있으면 만날 수 있겠지. 그날은 내가 먼저 소리칠 수 있다. 널 위해 내 키를 178센티미터로 키웠어. 나를 좀 봐. 하지만 이 모든 것이 무슨 소용 있을까? 너무 늦은 것은 아닐까?

내 마음을 보여 줄 수 없다는 것이 나를 옭아매어 옴짝할 수 없게 한다. 무엇보다 선경의 마음을 알 수 없어 아무것도 할 수가 없다. 그렇게 미적거리다 끝난다고 떠들어대는 아우의 목소리가 내 살을 파고든다.

부모님 기대에 못 미치면 죄인이 되어야 하나 보다. 내 어릴 적 초상은 그렇게 말 하지만 지금은 아니다. 아직 첫걸음을 떼지도 못 했는데 부모가 원하는 대학에 들어가지 못한다고 기대에 부응하지 않았다고 어떻게 말할 수 있을까.

내가 원하는 학과를 선택했을 때 한 방 먹은 주변인들 시선은 볼 만하다. 통쾌하다. 이렇게 대입을 죽 쑤면 되는 것임을 막판에야 보여 줄 수밖에 없는 것이 치사한 방법이지만 누가 뭐래도 난 내가 원하는 곳을 향해 가고 싶다.

사실 내 성적이 내리막길이 된 것은 선경이 덕분이긴 하다. 어쩌면 그 애가 남긴 존재감으로 내 선택이 가능해진 것일지도 모른다. 더욱이 난 이 결과에 충분히 만족하는 그 정도 능력을 가진 놈이다.

"자식. 이런 방법밖엔 없었어? 네 녀석이 서울대를 갈 거라는 집안어른들 기대는 박살을 내고 멀쩡한 걸 보니 넌 나보다 낫다 인마! 기운 내. 내가 있잖아. 어려운 일 있으면 삼촌한테 연락해. 너나 나나 같은 배를 타고 힘겨운 항해에 돛을 올린 거니까."

시위하기도 싸우는 것도 싫다. 성적이 안 되는 걸 어찌하나. 재수는 절대 불가라고 늘 입에 달고 계시던 내 어머님, 마리아는 머리 싸매고 누우셨다. 곧 털고 일어나실 테지만, 강한 분이니까 걱정하지 않는다.

이젠 이 집에서 쏟아 붓고 있는 그 기대감에서 멀어질 수 있다. 집안의 무거운 짐, 기대를 내려놓으면 모든 일들이 잘 될 것만 같았다. 하지만 현실은 결코 그렇게 내버려 두지 않았다. 대학 이름이 미래를 제시하는 세상이다. 사람들은 그것 외에 아무것도 보려고 하지 않았다. 내가 처음 마주한 세상은 그랬다.

그래도 고3, 거의 일 년을 별 설명 없이 일방적으로 편지를 보내는 선경은 내게 유일한 위로였다. 편지가 오지 않는 시간 동안 정지된 생각에 머물며 나는 단 한 줄 글도 선경에게 보낼 수가 없었다. 다만 이야기를 듣기만 해야 하는 것처럼 누가 시키지도 않았는데 당연히 주어진 임무처럼 여기며 산다. 불쑥 튀어 나오곤 하던 선경의 미소로 버틴 시간이었다.

선경이가 다니고 있는 성당으로 찾아가면서 온갖 상념이 들끓는다. 이제야 제대로 서로를 알 수 있게 되는 걸까. 버스 창으로 보이는 제 잎을 잃어버린 가로수와 2월에 열린 하늘은 내 마음과 상관없이 지나간다.

한편으로는 막연하게 선경 내부에 엄청난 일이 생겨나고 어쩐지 영영 사라질 것만 같은 불안이 나를 휩싼다. 대학 입학을 앞두고 불안감은 그 애가 보냈던 이전 편지와는 전혀 다른 내용에서 온 것 때문일지도 모른다. 선경은 너무 멀리 있다.

산동성당은 주일 미사가 끝난 시각이어서인지 마당에 사람들로 붐볐다. 성당 규모는 작지만 오밀조밀 한눈에 다 들어오는 것이 정겹다. 성모 마리아상 쪽으로 발길을 돌리자 그 앞에 모여 있는 학생들 가운데 선경이가 보인다. 내 기억에 있는 그 모습과 웃음은 하나도 달라지지 않았다.

나를 발견하고 늘 보던 사람처럼 친근한 눈길을 보내는 선경을 바라보며 갑자기 알 수 없는 슬픔이 번져왔다. 네게로 걸어오는 선경이 건넨 첫 마디에 나는 깜짝 놀랐다.

"희영이는? 어? 너 왜 이렇게 컸어?"

"대입도 끝났고 대학 들어가기 전에 남는 게 시간밖에 없잖아. 그리고 내가 왜 희영이와 같이 와?"

"어, 그래? 잘 왔어. 그렇잖아도 보고 싶었는데. 답장을 한 번도 안 해서 잊은 줄 알았지."

선경은 나와는 달리 너무도 멀쩡하게 살아가고 있다. 어떻게 왔냐고, 웬일이냐고 하며 아무렇지 않게 날 비껴나간다. 몇 날, 몇 밤을 가슴 두근거리며 실행에 옮긴 계획이다. 마치 늘 만나왔던 사람처럼 너무 태연하다. 순간 현기증이 난다.

진짜 농구 열심히 했거든. 네가 원하는 모습을 위해 내가 얼마나 매달렸는지 아니?

입 밖으로는 단 한 마디도 나와 주지 않는다. 그저 희미하게 웃을 수밖에 없다. 도대체 이런 너에게 그 어떤 말을 건넬 수 있겠니.

선경은 대학 등록만 하곤 자신이 해야 할 일이 있다며 바로 휴학을 한다고 말한다. 나와는 다른 세상에 있는 걸지도 모른다는 예감은 틀리지 않았다. 일순간 온몸에 소름이 돋으며 선경이 바라보는 곳이 어딘지 무엇을 위한 것인지 알 수 없어 불안하다.

2.

선경에게만은 특별한 사람이 되고 싶었다. 정말 간절하게. 하느님께 기도한다. 내 옆에서 날 위해 웃게 해 달라고. 하지만 그녀는 다른 사람을 바라보고 웃는다.

이제 그녀를 떠올리면 하얗게, 환하게 웃고 있는 모습이 언제나 가슴을 아프게 한다. 그녀는 결코 뒤돌아보지 않는다. 자기를 바라보고 있는 이 한심한 인간은 안중에도 없다. 그런데 왜? 그놈의 편지는 지워질만하면 보냈던 거니.

소리쳐 불러 봐도 그저 일방적인 마음을, 다른 사람에게로 향해 있는 절절한 마음을 보내고 있다. 선경이가 보내는 그 긴 편지들을 물리칠 수 없었다. 그 편지를 읽지 않으면 영원히 단절될 것 같은 생각, 소름끼치는 절망만이 주위를 감싸곤 했다.

이렇게라도 그녀 소식을 알 수 있다는 것만으로 위로해야 하다니. 결국 그들이 원하는 세상에서 도망쳐 나왔어도 여전히 선경은 내 안에서, 내 세상 밖에서 나를 비웃듯 웃고 있다.

기억이란 어느 정도 윤색과 왜곡의 잔여물일지 모른다. 군 입대를 알리고 선경의 편지를 바라며 소식을 전하자 자주 편지를 보냈다. 그녀 생활과 주변 사람들 이야기가 군대에 있는 나를 가끔은 착각하게 만든다. 마치 당장이라도 밖으로 나가 선경을 만날 수 있을 것처럼 가깝게 다가와 군 생활을 잊게 만든다. 슬금슬금 병영 생활이 익숙해져 갈 무렵, 뜻하지 않은 선경의 면회는 반가운 심정만은 아니었다.

"최 일병, 애인 면회!"

호출하는 그 소리에 모두가 일시에 나를 쳐다본다. 순식간에 헝클어지는 의식은 심장박동을 급상승 시킨다.

"와 드디어 왔네."

군에 입대하고 어김없이 날아든 두툼한 편지 주인공이 나타났다는 소리에 병영 모두가 일제히 호기심이 발동했는지 술렁거렸다. 갑작스럽게 번지는 혼란한 마음을 피할 수가 없다.

"최 일병, 드디어 외박이네. 드디어 역사가 이루어지는 날이겠어."

오히려 두려움을 만난다. 그녀가 왜 왔을까? 하는 생각에 마주하는 게 겁이 난다. 마치 이별을 전하러 온 것 같아 미동도 할 수 없다. 얼굴 좀 보겠다는 그들 손에 밀려 나도 모르게 면회실로 가는 동안 제정신이 아니었다.

만나고 싶지 않았다. 선경을 다신 볼 수 없을 것이라는 불길한 생각에 경직되고 있는 자신을 어찌할 수가 없다. 만나지 못한 지 2년 가까이 되었는데도 선경은 전혀 변한 게 없다.

생머리에 화장기 없는 동그란 얼굴, 한쪽에 깊게 패는 보조개. 청바지에 하얀 운동화, 커다란 가방과 여전히 의자 위에 반가부좌를 틀고 앉아있는 세상에서 제일 편하게 보이는 그 모습 그대로

"어떻게 여길 왔냐?"

"보고 싶어서."

"사랑하는 그대는 어쩌고?"

"아, 잘 있을 걸?"

호출하는 그 소리에 모두가 일시에 나를 쳐다본다. 순식간에 헝클어지는 의식은 심장박동을 급상승 시킨다.

"와 드디어 왔네."

군에 입대하고 어김없이 날아든 두툼한 편지의 주인공이 나타났다는 소리에 병영 모두가 일제히 호기심이 발동했는지 술렁거렸다. 갑작스럽게 번지는 혼란한 마음을 피할 수가 없다.

"최 일병, 드디어 외박이네. 드디어 역사가 이루어지는 날이겠어."

오히려 두려움을 만난다. 그녀가 왜 왔을까? 하는 생각에 도저히 마주하는 게 겁이 난다. 마치 이별을 전하러 온 것 같아 미동도 할 수 없다. 얼굴 좀 보겠다는 그들 손에 밀려 나도 모르게 면회실로 가는 동안 제정신이 아니었다.

만나고 싶지 않았다. 선경을 다신 볼 수 없을 것이라는 불길한 생각에 경직되고 있는 자신을 어찌할 수가 없다. 만나지 못한 지 2년 가까이 되었는데도 선경은 전혀 변한 게 없다.

생머리에 화장기 없는 동그란 얼굴, 한쪽에 깊게 패는 보조개. 청바지에 하얀 운동화, 커다란 가방과 여전히 의자 위에 반가부좌를 틀고 앉아있는 세상에서 제일 편하게 보이는 그 모습 그대로

"어떻게 여길 왔나?"

"보고 싶어서."

"사랑하는 그대는 어쩌고?"

"아, 잘 있을 걸?"

"무슨 일 있어?"

"군복 잘 어울리는구나. 키도 더 큰 거 같고"

"말 돌리는 게 여전하네."

"네 동생에게 전화했어. 너 찾아간다고 했더니 알려 주대?"

"나가자. 너 보려고 모두 혈안이 되어 있거든. 외박되니까."

"왜? 날 보려고 혈안이 되었지?"

"착각이지. 네가 애인인 줄 알거든."

"애인, 맞잖아. 사랑하는 사람. 너 나 사랑하잖아?"

"자식. 흰소리 그만하고 일어나."

선경과 함께 부대 밖으로 나온다. 그녀는 침묵에 강한 사람이다. 시간의 흐름이 지루해져 쌓인 담배꽁초만 늘리도록 아무 말도 없이 맥주잔을 잡고 있을 뿐이다. 그런 그녀에게 먼저 아무 말도 건넬 수가 없다. 그녀 입술에서 나올 말들이 두려워서 그 무엇도 소리 낼 수 없다.

"버스 막차 얼마 남지 않았어?"

내가 그녀에게 할 수 있는 유일한 말이었다.

"외박이라며? 나, 안 가."

그녀에게 소리 지르고 싶었다. 너를 내 곁에 영원히 묶어두고 싶다고 허나 입 안에서 맴돌 뿐이지 새어나올 수 없는 소리는 허공에서 부서져 버리는 부질없음이다.

"무슨 일 있는 거지? 나 준비 다 했어. 말해도 돼. 너, 결혼하니?"

푸하하하. 그녀의 커다란 웃음소리에 정신이 퍼뜩 깨어난다.

"최태영, 결혼은 혼자 하냐?"

그녀 얼굴을 비추는 불빛에 눈물이 반짝인다.

"나 울보인거 알지? 우리, 나가자. 걷고 싶은데."

시골의 한적한 거리는 너무 검다. 가로등도 별빛도 없는 깊은 어둠에 그녀가 울고 있다.

"네 등 좀 빌려 주라."

"업어 줄까?"

"응. 무거우니까 흉보지 마."

내 목을 꽉 끌어안은 그녀 체온이 내 몸을 감싸 안고 있다. 지금 이 순간이 멈출 수 있다면. 등으로 전해지는 체온이 뜨거웠다. 골목을 지나 하늘의 깊은 시름이 걷힐 때까지 등에 엎드린 그녀는 지금 이 순간만큼은 내 어여쁜 애인이다.

군부대 근처 여관이란 참 볼품없다. 절대 필요에 의해 선택이 강요된 낡고 지저분한 곳이 숙박비만 비싸다. 옆방 소리가 끊이지 않게 들리는 성근 벽으로 막힌 공간 분할에 불과하다. 이런 누추하고 답답한 곳에서 그녀와 한밤을 지내야 하다니 화가 치밀었다.

그녀는 내 가슴에 겹겹이 화석으로 쌓여 있는 그리움을 철저하게 외면하고 잠들었다. 나의 십 대 마음을 유령처럼 헤집어 놓고 떠돌아 애태우던 그리운 얼굴을 가만히 바라본다. 형광불빛이 서글프게 떨어져 방 안을 채운다.

반듯한 이마를 반쯤 덮고 있는 머리카락을 만지고 싶은 충동에 가슴이 떨렸다. 창문 밖에서 바람이 부는지 아귀가 맞지 않는 창문이 덜커덩거린다. 깜짝 놀라 창문을 바라본다. 창문 밖에 검은색 옷을 입고 누군가 나를 지켜보며 서 있는 것 같다.

오지 않는 잠을 청하며 내 옆에 잠든 그녀 얼굴에 머리칼이 드리워져 감은 두 눈조차 볼 수 없다. 머리칼을 쓸어 올리면 내 온몸이 견딜 수 없을 것만 같아 차마 만질 수가 없다. 내가 얼마나 그녀를 아끼고 간절하게 원하는지 미처 알아차리지 못했던 나는 굳어진 돌처럼 그녀 곁에 있다.

그저 바라보고만 있어도 이렇게 행복한 것을 신은 알고 있을 테니까. 마냥 어린애같이 평온하게 잠든 그녀 모습을 보고 있으면서 평생 곁에 있다는 것만으로도 견딜 수 있겠다는 생각을 한다.

3.

세상은 미쳤다. 그 미친 세상에서 난 숨을 쉴 수가 없다.

신념이 산산이 조각난 현실에서 더는 버틸 수 없으므로 이미 절망을 넘어섰다.

뜻을 같이 하면 나의 벗이 자신이 가진 모든 것을 버린 채 그 길로 들어서고자 했을 때 난 두려웠다.

자신의 가족과 그동안 이룬 모든 것들이 그녀를 버렸다.

나의 벗은 그 모든 괴로움을 묵묵히 받아들여 사회정의를 부르짖고 있다.

우리 신념이 땅바닥에 질질 끌려가는 그 처참한 광경을 네가 볼 수 있었다면 지금 나의 분노를 더 잘 이해해 줄 수 있으리라 생각한다. 아니, 이해까진 아니어도 느끼

줄 수 있으리라.

나의 벗은 지금 이 미친 세상이 만든 얼음 철창을 마주하고 있다.

그녀는 모든 것을 다 잃었다. 스스로 걸어간 그곳에서 과연 그녀가 얼마나 견딜 수 있을까 싶다. 이런 희생은 옳지 않다.

그럼에도 사회정의를 부르짖는 우리는 그녀의 희생을 암암리에 강요하고 말았다.

나도 그들 무리에 끼여 나의 벗이 택한 그 선택에 박수를 보낼 수밖에 없다는 현실이, 이 미쳐버린 세상이 더는 아무런 의미가 없다.

난 이곳을 떠난다.

선경이 글을 보내지 않은 지 몇 달이 넘은 어느 날 날아온 편지였다. 복학을 하고 학교생활의 안온함으로 나른한 마음이었기에 편지는 그동안 밀어 넣었던 두려움을 다시 수면 위로 올라오게 한다. 그녀가 나를 찾은 그날, 찬란한 아침을 가슴에 밀어 넣은 채 나를 위로하고 견딜 수 있게 해 준 힘은 그때 그녀가 건네 준 말이었다.

"아주 큰 사람이 내 등 뒤에서 나를 꼬옥 껴안아 주는 거 무지 행복해."

선경의 작은 등은 내 턱밑으로 다 들어왔다. 등 뒤에서 두 팔에 힘을 담아 포옹을 한 후 그녀 어깨를 감싼 내 손을 가만히 스치고는 떠났다.

학생운동은 현실적으로 너무 큰 희생을 치러야 한다. 그들이 내건 슬로건은 현실에 토대를 둔 것이라기보다는 이 사회에서는 펼칠 수 없는 유토피아를 희구하는 염원일 뿐이다. 그녀의 학생운동참여는 분명 사회정의 수호이지만 한 개인에게 있어서는 위험한 행동이다. 그 길로 걸어가는 그녀에게 단 한 마디도 건넬 수 없고 바라볼 수밖에 없었던 편협함과 이기심에 현실이라는 정당성을 부여한다. 그러나 누구나 알고 있다. 그들의 희생으로 미래는 바뀔 수 있다는, 이 땅의 희망이라는 사실은 기록되어 역사의 한 장을 채우곤 잊힐 것이다. 내가 살아가는 세상에서 선경의 부재는 나를 비겁한 인간이라 인식하게 해 주는데 충분하다.

시골로 잠적한다는 소식을 들을 수밖에 없었기에 어느 날 갑자기 나를 찾아줄 것이라는 기대는 가슴에 묻어둘 수밖에 없다. 반드시 그녀는 하얗게 웃으며 아무 일도 없었던 듯이 나타날 것이다. 그녀가 다시 내 등에 업혀 쉬고 싶어 할 것을 알고 있기에 기다려야만 한다.

지극한 후배의 배려가 내 세상을 바꾸고 있다.

아침이면 마을의 낮은 산을 올라 발밑에 펼쳐진 이 마을의 평온을 만난다.

한낮의 마당에서 닭들과 놀고 후배 조부께서 들려주는 또 다른 세상 이야기를 만난다.

어둠이 내리면 우린 이웃해 있는 바다로 간다.

이곳은 부족함이 없는 곳이다. 나를 지켜보고 있는 후배의 넉넉함이 세상의 빛을, 또 다른 희망을 건네준다.

내 마음을 찾으면 제일 먼저 너에게로 갈게.

복학생 눈으로 바라보게 되는 학교생활은 스스로와 마주하는 고
독한 투쟁과도 같다. 후배들의 생기발랄함이 측은하게 느껴지는 망
가진 마음이 지루하게 여겨질 때쯤 선경의 편지를 받았다. 목까지
차오른 나의 고뇌가 전해진 것일까.

누군가 그녀를 지켜주고 있는데 난 이곳에서 이렇게 넋을 놓고
있을 뿐이다. 아무것도 해 줄 수 없다는 무력감은 선경에게로 향한
원망과 질책을 만들어 낸다. 그러면서도 그녀가 나타날 그날이 오지
않게 될까 봐 걱정하는 이 못난 마음도 이젠 위로조차 될 수 없다.

선경을 바라보고 있던 시간이 삶을 파고들어 빼낼 수 없다. 벗어
날 수만 있다면 그녀의 그늘에서 벗어나 양지로 옮겨놓고 싶다. 허
나 수없이 만든 이런 순간은 생각에 머물 뿐, 마음은 여전히 그녀가
채운 기운으로 가득하다.

"형은 애인이 없어서 그래요. 저기 예쁜이들 넘치네. 다른 일에는
적극적인 행동가가 왜 여자한테는 그래요?"

"인마, 농구연습이나 해. 객쩍은 소리 나불대지 말고"

"하나마나에요. 우리가 이긴다니깐."

"이 나이에 내가 뛰어? 센터가 너무 둔하다니깐."

"그래도 녀석이 리바운드 제일 나아요. 슈팅도 제법이구요."

"수비에서 리더십은 완전 꽝이던데."

나를 온전하게 유지시켜 주는 유일한 비상구인 농구장에서도 선

경은 스탠드에 다소곳이 앉아 있다. 그녀를 위해 시작한 농구가 결국 지금까지 그녀를 내 곁에 있게 만들어 버렸다.

　이번 축제는 토너먼트로 진행되기에 다들 치열하다. 슈팅을 할 때마다 스탠드에서 팔짝팔짝 뛰며 소리를 질러대고 두 손을 마구 흔들어 대던 그녀의 모습이 나를 승리자로 이끌어준다는 것을 선경은 알고 있을까.

　물방울이 바위를 뚫는다.

　그런 신념과 인내가 필요한 세상에 태어난 것을 기쁘게 생각하던 시간은 이제 단절되었다.

　내 앞에 놓인 현실은 그런 것들과는 전혀 무관한 일상에 최선을 다하며 살아가는 땀 흘리는 사람들이 있을 뿐이다.

　이곳 일상은 변화가 없다. 그저 주변 풍경만이 시간의 흐름을 알려 줄 뿐이다.

　수확을 앞둔 황금빛 들판을 바라본다.

　아무도 찾지 않는 이 텅 빈 바다를 바라본다.

　어떻게 살아가야 하는가.

　내가 알고 있던 내가 더 이상 내가 아닌 것 같기에 아직도 묻고 있다. 내 안에 또 다른 내가 혼돈의 시간을 마무리하기를 갈망한다. 결국 이 세상을 그대로 받아들이라고, 이 부조리를 인정하면 되는 것이라고 소리친다.

　발길질에 채여 배를 움켜쥔 채 신음하는 나의 벗이 머리채를 잡혀 광장에서 질질 끌려가던 그날이 가슴에서 쉴 새 없이 요동친다. 그러나 이렇게 있는 내 자신 또한 경딜 수가 없다.

방위 근무 때문에 집에 와 있는 그의 넉살이 나를 웃게 한다.

방위 제대하고 서울 갈 때 데려다 줄 테니 닭들한테 모이나 제대로 주라며 내가 게을러서 닭들이 다 말랐다고 엄청 혼을 낸다.

그의 핍박만 빼면 그의 가족들은 너무 따뜻하게 날 챙겨주어서 부담이 크다.

그의 조부는 손자 덕분에 이쁜 색시랑 지내게 되어 말년에 복 터졌다며 가지 말라고 한다.

어느 날 갑자기 떠날 시간이 오겠지.

최태영. 상큼 발랄한 후배들이랑 노는 재미는 어떠신지. 후후.

가을 축제를 앞둔 어느 날 날아든 선경의 편지는 전과는 사뭇 다르다. 평온함과 내부 혼돈을 마무리하고 있다. 함께 묻어져 나오는 불안함은 선경에게 찾아든 표현들이었다. 깍듯하게 후배라고 하던 호칭이 '그'라고 바뀌면서 웃는 모습이 가슴에 싸늘하게 번져든다.

도대체 어디에 있는 거야? 심장이 터질 것만 같다. 내 마음을 그녀에게 한 번도 제대로 펼쳐놓지 못했다. 왜 난 선경에게 나를 보여주지 못했을까? 열일곱에 만나 내 인생을 물들인 그녀에게 내 마음을 왜 보여주지 못했을까.

두려웠다. 그 두려움을 벗어던지는 일이 힘들었다. 선경은 내 세상 밖에서 존재하기에 마주할 수밖에 없는 '벽'이었다. 그녀 마음이 글이 되어 나를 불러주는 것만으로 만족해야 한다고, 내 곁에 있어

주길 바라면 안 된다고 끊임없이 되뇌기만 했다. 그녀에게 수취인으로 선택된 난 또 다른 그녀라 생각했으니까. 선경은 내 안에서 살았다. 나 또한 그녀를 통해 세상을 살았다.

내 판단이 맞았다. 센터가 너무 느렸다. 결국 후반전엔 내가 나설 수밖에 없었고 시합을 하는 동안 내내 선경을 생각한다. 그녀가 스탠드에 앉아 있을지도 모른다는 생각에 전력질주 할 수 있었고 역사학과에 승리를 안겼다.

나도 후배들 환호성을 뒤로 한 채 복학생의 저력을 유감없이 발휘했지만 그녀는 보이지 않는다. 막연한 기대감은 나를 더욱 황폐하게 만든다.

"선배, 끝내줬어요. 바람돌이처럼 몰고 들어가는 모습 정말 프로였어요. 선수해도 되겠데. 우리 학교 농구부 애들 긴장하던 데요?"

아! 스탠드에서 팔짝팔짝 뛰면서 소리를 질러대던 후배였다. 내 숨이 멈출 것만 같았던 순간 그녀가 나를 지켜보고 있구나 하는 마음에 현기증이 났던 그 모습은 선경을 닮은 후배였다.

나에겐 그 누구의 환호성도 박수갈채도 아무런 의미가 없다. 선경의 웃음과 움직임만이 내 심장을 쥐고 흔들 뿐이다.

"선배 이야기 많이 들었는데 정말 달라요. 그냥 보기에는 그렇거든요? 그런데 선배 마음에 들어찬 그 첫사랑인가 뭔가 하는 이야기를 듣자 선배가 다시 보이던데요? 어떤 분인지 행복하겠어요. 나도 누군가 나를 그렇게 열렬하게 원하면 살맛 날 것 같거든요."

그 후배 눈빛이 싫다. 도대체 어떤 놈이 흘린 건지는 몰라도 내 사랑이 막연한 낭만 따위에 왜곡되는 것을 참을 수가 없다. 첫사랑이 아니야. 단 하나, 온전할 마지막 사랑이야. 내가 소리쳐 내뱉고 싶은 유일한 말이다.

부디 내 앞에 나타나 줄래? 그렇게만 한다면 내 아픔, 슬픔 다 버릴게. 아니면 차라리 나를 부르지 마라. 너무 힘들어서 더는 내가 나를 견딜 수가 없다.

이런 나를 모르는 네가 얼마나 야속한지, 얼마나 간절한지 알기는 아는 거니? 네가 존재하는 것만으로도 난 살아있어야 할 이유를 만난다. 그런데 선경아, 넌 어디에 있는 거야.

내게 지극한 후배와 나, 그리고 내 사랑이 바다를 앞에 두고 앉았다.

우린 술을 마시고 모래밭에 앉았다.

끝이 보이지 않는 파란 바다를 보며 아무 말도 하지 않았지만 함께 느낄 수 있었다.

그리곤 우리 셋이 함께 그 파란 바다로 들어갔다.

내 사랑이 나를 찾아온 것은 그에게로 찾아온 또 하나의 사랑을 알려주기 위함이었다.

난 바다로 들어갔고 더 이상 내 사랑을 잡을 수 없음을 알았을 뿐이다.

우린 제 갈 길을 가야만 할 사람들이었어. 이 바다가 싫어졌다.

그녀가 밉다. 내가 이해할 수 없는 편지를 보내놓고도 그렇게 있다니. 그녀를 사랑하는 만큼 미워하고 싶다. 이건 말도 안 되는 상황이다. 도대체 그녀에게 사랑은 무엇을 의미하는 걸까? 어떻게 선경은 그 오랜 세월의 첫사랑을 그렇게 쉽게 떠나보낼 수 있다는 말을 하지? 선경아, 첫사랑이 있긴 했던 거니?

난 그렇게 할 수 없다. 무덤에까지 그녀를 끌고 갈 것이다. 절대로 보낼 수 없다. 분노가 치밀어 오르면서도 희망에 부푼다. 이제야 내게로 올 테니까.

선경은 나를 벗어나지 못한다. 운명 따위를 믿지 않지만 너만큼은 운명이다. 나를 찾아줄 거라는 희망이 나를 위로하지만 마음이 이리도 아픈 건 그녀가 그리도 공들이고 열망하던 그 첫사랑을 버렸다는 사실이다. 기다림은 무조건 보내놓고 잊어버리는 편지만큼이나 잔인하다. 서울에서 선경과 연관된 곳을 찾아다녀 보지만 행방을 알 수가 없다. 분명 서울에 왔다는 것을 확인하고 찾아도 서류상 그녀를 찾을 길이 없다.

"선배, 그분, 주민등록 말소 됐나 봐요."

"그러게 산동에서 진전이 없다."

그녀는 태어난 곳의 기록 외에는 어디에도 존재하지 않았다. 신기하게도 그녀는 이 세상 사람이 아니었다. 내가 원하지 않는데도 경애는 나를 쫓아다니면서 시시콜콜 참견을 한다.

"선배가 사랑하는 그분은 선배를 결코 사랑하는 게 아니에요."

난 타인들이 쉽게 하는 이런 말 따위는 무시해 버릴 수 있다. 그런데 슬프게도 그 말은 맞는 말이다.

"선배, 난 이런 선배가 좋아요. 나를 조금만 제대로 봐 주면 안 돼요?"

미안하다. 난 그녀를 결코 지울 수가 없다. 그녀는 내 삶, 그 자체로 지금까지 존재했어. 네 마음을 받아들일 수가 없다. 선경을 사랑하는 것, 내가 지금까지 이곳에서 버틸 수 있는 유일한 위안이었다.

선경의 존재는 누구도 침범할 수 없는 영역에 속해 있기에 누군가가 나를 바라보는 눈길은 내게 머물 수 없다. 그럼에도 경애가 건네는 말은 나를 긴장시켰다.

"형, 누가 찾던 데요? 만나면 전해 달라 던데. 동아리 방에서 기다린대요. 그런데 한 삼십분은 된 거 같아요. 도대체 어디 있었어요?"

"누가?"

"못 보던 얼굴이던데 모르겠어요. 우리 학교 아닌 거 같던데 아니, 신입생 같기도 해요."

내가 어떻게 이곳까지 왔는지 기억이 없다. 단지 선경이가 왔다는 것만은 확신할 수 있다. 분명 그녀가 온 거다. 텅 빈 동아리 방에는 아무런 흔적도 찾을 수가 없다.

선경의 소식이 끊긴지 거의 일 년이다. 분명 그녀가 날 찾아왔다. 그래, 이렇게 쉽게 가 버릴 그녀는 결코 아니다. 학교 어딘가를 헤매고 있을 거다. 내 수업 시간을 알아보고 오늘 내 수업이 다 끝났다는 것을 알고 밖에서 죽치고 앉아 있을 거다. 그녀는 기다리는 건 전문가이니까!

난 달렸다. 아니 좀 여유 있게 아무렇지 않은 척 가고 싶었지만,

그럴 마음의 여유가 생기질 않는다. 아, 제발 날 기다리고 있어주라. 내가 아는 선경은 분명 학교 어딘가에 앉아 마냥 기다려 줄 사람이다. 음악을 듣거나 책을 꺼내 읽고 있을 거다. 발걸음이 빨라지고 아무것도 생각나지 않는다.

"형, 어딜 그렇게 급하게 가요?"

"어, 왔어! 날 기다리고 있거든."

"에? 그 유령애인이요? 나도 가면 안 돼요? 보고 싶은데."

난 후배 말을 뒤로 한 채, 교문을 향해 뛸 수밖에 없다.

"누굴 그렇게 찾아?"

아, 하느님 감사합니다. 그녀 목소리가 들리는 순간 두 다리에 힘이 풀려 휘청거렸다. 등 뒤에 서 있는 그녀는 여전히 후배 말대로 신입생이다. 귀 밑 짧은 단발머리가 열일곱 그녀 그대로이다.

"널 찾지. 누굴 찾냐? 어디에 있었어?"

"저기, 스탠드 네가 막 달려오는 모습 지켜보고 있었어."

"후배한테 늦게 들었어. 동아리 방에 갔더니 없길래 어딘가 쭈그리고 앉아 있을 것 같아 달려왔지. 아직은 바닥이 차갑잖아. 하하하. 늙다리를 신입생 같다고 부르는 후배 녀석 안목이 영 엉망이다."

"무슨 소리야? 그 후배 탁월하네. 나 진짜 신입생이거든. 이번 학기에야 다시 학교 들어갔는걸."

"뭐야, 복학한다고? 이제야? 난 이번 학기에 졸업인데, 넌 군대도 안 갔다 온 녀석이 이제 1학년인거야, 그럼?"

"아가들하고 수업 들으려니까 무지 재밌어. 완전 날 지들처럼 대하다가 내 이력을 어디서 듣곤 헐! 한다고"

"눈들이 다 삐었군. 한물 간 대선배를 신입생으로 생각한다는 거야?"

"동안이잖니? 겉모습만 보면 그렇잖아? 아니냐, 인마!"

팔꿈치로 내 옆구리를 치고 있는 그녀는 정말 하나도 변한 게 없다. 선경에겐 시간을 훌쩍 뛰어넘는 재주가 있다. 그것이 그녀가 지닌 안 보이는 힘이다.

난 그녀의 그런 힘을 사랑한다. 여전히 그녀는 하얗게 웃고 깊이 팬 볼우물도 그대로다. 내가 사랑하는 내 여자는 분명 지금 내 앞에 있다. 전혀 변하지 않은 모습 그대로였다.

선경은 항상 침묵에 강하다. 맥주잔을 앞에 둔 채 그림처럼 앉아 있다. 그런 그녀는 평온해 보이기도 하지만 슬퍼 보이기도 한다. 고맙다. 날 찾아주어서 정말 고맙다.

"선경아, 마지막으로 보낸 편지 말이야, 그 후 어떻게 된 건데?"

"그 편지에 뭐라고 써 있었어?"

"바다가 싫어졌다고"

"흠, 바다가 정말 싫더라. 그래서 편지 보내고 다음날 바로 집으로 왔어. 그리고 처박혀 있었지. 못 만난 사람들도 만나고 못 읽었던 책들도 많이 읽고, 부모님께 효도하고 그랬어."

"이사 갔어?"

"응. 그렇더라. 나도 몰랐어. 엄마가 갑자기 아파트에 살고 싶어서 옮겼다더라."

"그랬구나. 어이구, 남 집 애기하듯 하네."

"나도 언니한테 전화 걸어서 집 찾아갔어. 집 전화번호도 바뀌었더라고 완전 난 없는 사람 취급이었어. 허긴 내가 연락 안 하고 잘 있으니 신경 끄라고 해서 할 말은 없었지만."

"네 가족들을 이해하기 너무 힘들다. 어떻게 그렇게 널 내버려 둘 수 있는 건지."

"우리 집은 원래 다들 독립투사로 자라서 그래. 각자 알아서 다들 잘 살 거든."

"우리 집하고는 너무 달라서 헛갈린다."

"그런가? 잘 모르겠는데 부모님은 내 일에 대해선 전혀 상관하지 않아왔으니까. 난 항상 혼자 생각하고 혼자 결정하고 혼자 살아서 잘 몰라."

"어떻게 된 거야? 너의 그대는?"

"모르겠어. 결혼했을라나. 웃으면서 보냈어. 그 앞에 나타난 그 여자 나하곤 깜냥이 안 되더라고. 그에게는 그런 여자가 필요해. 내가 줄 수 없는 것을 다 줄 수 있는 여자야."

"네가 줄 수 없는 게 뭔데?"

"부의 미래."

"무슨 말이야?"

"엄청난 집안 여자야. 드라마처럼 말이야, 찍힌 거야. 그래서 난 괜찮으니깐 그녀를 사랑하는 마음이 있다면 가도 좋다고 했어. 그리고 웃는 얼굴로 보냈어. 꼭 김수현 드라마 같지?"

"넌 멀쩡했어? 도무지 이해할 수 없다. 너."

"술과 장미의 나날들."

"그래서 그동안 연락도 안 한 거였어?"

"매일 만취했었으니까. 내게 지극한 후배 녀석이 좀 힘들었지."

"왜 나한테 오지 않았어? 기다렸는데."

"몰라. 네 생각 안 났어. 그냥 혼자 이겨내야 한다고 생각했고 우연하게도 후배 녀석이 하필 우리 집 앞 동으로 이사 온 덕분에 그 녀석이 힘들었던 거지 뭐."

"그 시골 후배가 네 집 앞으로 이사를 왔다고?"

"응, 아주 우연치고는 대단하지? 사촌형이 아파트를 분양받고 함께 살게 되었다고 하던데?"

"대단한 놈이네. 어떻게 만났어?"

"어, 진짜 우연히 전철역에서 만났다는 거 아냐? 그때부터 그 녀석 완전 나한테 낚여서 많이 귀찮았을 거야."

"그 후배는 지금 어떤 상태야?"

"복학 준비 중이지."

선경의 무신경에 화가 났다. 그게 어떻게 우연이냐고, 진짜 멍청한 거니? 넌 모르는 게 너무 많아. 너의 눈에 보이는 세상만이 전부라고 생각하는 넌 정말 바보다.

지금 선경은 내 등에 언젠가처럼 업혀있다. 그녀는 몸을 가눌 수 없을 만큼 마셔댔다. 색색거리며 잠이 든 그녀 무게가 느껴지는 내 몸은 이제 환하게 별이 보이는 길을 가고 있다. 그녀는 정말 우리네들 상식으로는 가늠할 수 없는 사람이다.

선경이 가진 천진난만함이 아직 이 세상을 희망차게 해 준다. 적어도 내게 있어 내일은 그녀가 결국 내 옆에 있기에 희망이다. 내 보라공주. 작은 아이를 느낀다. 내 등에 그녀는 이제 뜨거운 눈물을 흘리지도 않고 세상을 두려워하지도, 증오하지도 않는 그저 작은 아이로 내 어깨를 꼭 잡고 있을 뿐이다.

그녀 숨소리가 내 목을 스친다. 그녀 팔에서 힘이 빠질 때마다 움켜쥐는 나의 몸짓 외에 세상을 감춰버린 이 투명한 어둠은 소리 없이 펼쳐진다.

"어디까지 왔니?"

선경의 작은 목소리가 내 의식을 깨울 때까지 공간 개념이 없던 나는 깜짝 놀랐다.

"여기, 길이지 뭐."

팔이 아프고 저리다며 내 등에서 내려온 그녀는 나를 지나쳐 하늘을 본다.

"얼마나 업고 있었어? 너 굉장히 힘세구나."

"글쎄, 힘들다는 생각이 안 들었으니 오랜 시간이 지나진 않은 거지. 네가 얼마나 무거운 줄은 알고 있지?"

"그러게. 고생했네, 네 후배들은 다 갔어?"

"알아서들 가던데? 너 큰일 났어, 인마."

"왜? 후배들 앞에서 추태 보였나? 혹시 울었어?"

"아, 아니. 노래 불렀어."

"뭣이야? 하긴 난 짜내도 짤 눈물이 없거든."

"여전히 노래 잘 하던데?"

"진짜로 불렀다고? 나, 박치잖아. 네 후배들 엄청 곤욕이었겠다."

"너, 노래 잘 불러. 생각 안 나? 우리 성당 성탄절 예술제에서 기타치고 앙코르 받았던 거."

"야, 그거 한 곡만 엄청나게 연습한 거야. 아, 그때 손가락 다 부르트고 굳은살 붙고. 그런데 앙코르 받아서 얼마나 심장이 두근두근 터졌는지 모를 걸."

선경은 자신이 잘 하는 것들에 대해 늘 그랬다. 부족하다고 말하며 숨어버린다. 그러나 그녀는 정말 기타 솜씨도 좋고 노래도 잘 부른다. 그녀가 부른 그 노래들이 늘 내 안에서 나를 위로해 주는 힘이었다는 것도 알지 못한다. 넌 정말 바보같이 살고 있다.

하늘은 깊고 푸르게 열려있다. 가로등이 무색한 환한 거리를 함께 걷는다. 길 밖으로 자꾸만 뛰쳐나가려는 작은 아이의 어깨죽지를 내 옆으로 꽉 끌어당긴다.

"나한테 언니라고 하며 친절하게 아는 척, 친한 척하던 후배 있지? 나하고 예전에 만난 적 있어?"

"아니."

"혹시 너랑 애인인가? 내가 실수한 것일지도 모른다는 생각이 갑자기 드는 거 있지."

"애인이라니? 같은 과 후배야. 성격이 밝아. 무척 적극적이고 너랑 비슷한 점이 쫌 있긴 하지."

"비슷해? 인마, 되게 미인이었던 걸로 아는데, 멋쟁이더라."

"우리 과에선 보기 드문 패션리더이긴 하지. 후배 녀석들의 히어로. 우리 학교 퀸이야."

"그렇구나. 나 실수한 거 없는 거지?"

"없어. 왜 그렇게 신경 쓰는데? 그냥 후배야. 복학하고 여자가 찾아온 상황이 처음이다 보니까 관심 가는 거 정도야."

"아닌 것 같던데. 너를 바라보는 눈빛이 무척 애잔하고 깊었어. 아, 그래서 내가 실수한 것 같다고 생각했다니깐."

"결코 절대로, 확언하건대 아무 사이도 아니니까 신경 쓰지 마."

"에이, 모르겠다. 그냥 오랜 친구 찾아오는 데 걸림돌 있으면 마구 쳐들어오기가 불편하잖아."

"오랜 친구? 그래, 참 질리게도 오래된 친구다. 마구 쳐들어 와도 돼. 오후엔 거의 도서관에 있으니까 거기로 와."

"그래. 오게 되려나 몰라도 나도 공부해야지. 할 게 그것밖에 없더라고."

그녀 어깨에 두른 팔에 힘을 주었다. 내 옆에 이렇게 있어만 달라고, 그럼 더는 욕심 부리지 않겠다고, 이젠 절대로 멀리 보내지 않겠다고 소리친다.

4.

선경은 나타나 줄 것이다. 간곡하게 부탁한 것을 무조건 거절할 수 없는 사람이다. 나를 생각해 준다는 의미에서라도 와 줄 것이다.

전화 너머로 들리는 목소리는 오겠다는 확신을 주진 않았지만 일방적으로 내 말만 전하고 끊어버렸기에 마지막에 그녀가 한 말은 들을 수 없었다.

졸업파티는 곧 시작될 것이고 목을 조이는 이놈의 넥타이가 버겁게 느껴지는 시간이다. 이렇게 시간이 더디게 흐르는 것도 얼마만인가 싶다.

이날을 얼마나 기다려왔는지 선경이 알아주면 좋겠다. 어쩌면 알고 있기에 두려워하는지도 모른다는 생각이 스친 것은 아주 짧은 순간이었다. 하지만 그녀는 올 것이다. 와야만 한다. 그녀에게 건넬 반지가 심장의 두근거림과 함께 자꾸만 파고든다.

그녀를 평생 내 곁에 두고 싶다. 더는 그녀를 바라보고만 있을 수가 없다. 너무 고통스럽다. 어머님께서는 제발 결혼하라고 하신다. 아우는 뚱차 때문에 자기 결혼이 늦어진다고 시끄럽다. 정말 그녀를 묶어놓고 싶다.

"무슨 생각으로 그렇게 멍하게 있어?"

"네 생각. 늦어져서 안 오면 나는 뭘 하나 생각하고 있었어."

"아, 이 치마 무지 불편하네. 졸업파티라고 하니깐 파트너 생각해 줘야 한다고 언니가 별 신경 다 쓰는 거 있지? 웃겨. 자기가 졸업파티 가는 거 마냥. 언니 때문에 늦었어."

그녀는 어여쁜 색시가 되어 내 앞에 와 주었다. 정말 눈부시다. 치마가 이렇게 잘 어울릴 줄은 몰랐다. 말장화가 이렇게도 어울리다니 너무 여성스러워서 어지럽다. 화장기 없는 그대로 맑은 네가 진짜 퀸이다. 하느님, 감사합니다. 그녀를 내게 다시 보내 주셔서.

후배들 인사에 선경은 계속해서 웃기만 한다. 꾸벅 인사만 하는 선경을 지켜보면서 그녀가 내뿜는 밝음과 투명함에 난 정신을 차릴 수가 없다. 내 곁에 그녀가 있다. 그동안 기다림이 보상받는 이 기분을 그녀는 알 수 있을까.

"선배, 축하드립니다. 드디어 형수님 모시고 오셨네. 안녕하세요. 선배가 워낙 비밀스러워서 몰랐어요. 완전 우리들 물 먹였어요. 이렇게 형수님이 계셔서 뻣뻣한 줄 예전엔 미처 몰랐습니다."

후배들 넉살에도 그녀는 별 동요 없이 인사를 받아준다. 너무 오랫동안 내 곁에서 보이지 않는 존재로 있었음을 알고는 있는 걸까.

"형. 좋아 보여요. 행복한 사람이라고 얼굴에 쓰여 있네."

"두 분 언제로 날 잡으셨나? 국수 언제 먹여줄 거예요?"

"그럼, 형. 퀸은 내 겁니다."

졸업파티는 후배들 재롱잔치였다. 대부분 복학생들은 공공연하게 자신들의 결혼 발표를 하기 시작한다. 난 이 시간을 위해 가슴에 품은 반지를 꺼내 청혼을 하려 한다. 지금처럼 내 곁에 평생 머물러 있어달라고

그녀는 받아들일 것이다. 나의 입장을 생각해서라도 난 이 분위기를, 이 순간을 설정할 수밖에 없었다. 순전히 아우의 아이디어였지만 이렇게라도 그녀를 붙잡고 싶었다. 졸업파티는 청혼식으로 흥청거렸다. 하긴 이날을 손꼽아 기다린 복학생들을 위한 시간으로 전통을 만든 것이니까. 내 어여쁜 신부만 모를 뿐이다.

사회자가 부르는 내 이름 석 자에 동그랗게 눈을 뜬 그녀 얼굴은 잊을 수가 없다. 먼저 호명된 복학생들이 거의 청혼을 하는 상황이었기에 선경은 의아한 표정으로 나를 멍하게 바라본다. 부디 날 받아 주라. 나의 신부여!

"자, 이제는 우리 역사학과 영웅이신 선배님을 모십니다. 십 년을 기다린 우리 영웅, 이 땅에 마지막 남은 순수 열정의 로미오를 초대합니다."

그녀에게 청혼을 한다. 선경은 내가 건네준 반지를 받아 주었고 파티장은 순식간에 팡파르가 울리며 그렇게 마감을 한다. 하얗게 웃으며 손가락을 내밀어 준 그녀는 지금 내 옆에서 웃고 있다. 쌍쌍파티는 역사학과 전통이다. 청혼을 했던 커플끼리 모여 뒤풀이를 한다. 우리도 그 자리에 끼여 이 밤을 지내게 된다.

"형, 축하해욧. 유령이 아니었네요?"

경애 목소리가 날카롭게 공기를 가른다.

"아, 경애 씨, 여기 앉아요. 조금 오해가 있어요."

선경이가 경애를 향해 하는 말이 나를 일순간 호흡곤란으로 몰아간다.

"하지 마! 경애, 그냥 보내!"

단호하게 말하는 내 마음을 그녀는 알 수 있는 걸까. 경애는 못 들었는지 다른 자리로 가 듯을 보인다. 선경은 가방을 집어 들고 일어섰다. 난 후배들 축하 인사를 뒤로 하고 그녀를 따라 밖으로 나온다.

"아무 말도 하지 마."

그녀 입에서 나올 말이 무엇이지 알 것 같아 나도 모르게 소리를 지르고 말았다.

"최태영. 넌 나와 너무 닮았어. 그거 알아? 한 번도 널 남자라고 생각해 본 적이 없어."

"지금부터 생각하면 돼."

"난, 널 이성으로 사랑하지 않아."

"난 널 사랑해, 십 년 동안 네 옆에서 너를 지켜보며 이렇게 있었어."

"왜 이제야 말하는 거야? 넌 한 번도 날 사랑하고 있다고 말해 주지 않았잖아."

"네가 바라보는 사랑이 있어서, 그래서 할 수 없었어. 허나 이젠 없잖아. 난 너와 평생 아침을 같이 맞고 싶다. 지나친 욕심이니?"

"두 번 다시 그런 사랑, 할 수 없어. 내 사랑은 봉인됐거든."

그녀를 내 앞에 세워두고 눈을 바라본다. 너의 등을 바라보고 이렇게 있던 나를 좀 바라보라고, 너를 위해 지금까지 견디어 온 내 사랑을 알아달라고 소리 지르지만 전해지지 않는다. 내가 너의 첫사랑은 아닐지라도 오랜 시간 공들여 온 내 첫사랑이라고, 이것만은 인정해 주어야 한다고 내 안에서 외칠 뿐이다. 내 청혼을 받아들인 그녀 몸짓은 그 상황에서 오로지 나를 위한 것임을 알면서도 선경이 다시 내게로 내민 반지를 받을 수는 없었다. 그녀는 머쓱하게 내민 손을 거둔 채 떠나갔다.

그녀 마음을 너무 잘 느낄 수 있기에 내 사랑을 마구잡이로 밀어넣을 수가 없다. 여기 이 시간에서 다시 원점이다. 내 마음을 그녀가 올곧이 받아들일 수 있도록 더 기다릴 수 있다.

언젠가 네가 스스로 마음을 온전하게 들여다 볼 수 있는 날은 반드시 찾아올 것이라 확신할 수 있어 네 첫사랑은 끝났어도 내 사랑은 아직도 진행형이니까.

졸업. 2월의 그날은 언제나 스산했던 것 같다. 다시 또 시작인 새봄이 가까운데 손에 쥐고 있던 모래알들처럼 스르르 빠져나가버린 선경이 불쑥 보낸 편지는 냉기로 가득했다.

오랜 시간 넌 내 그림자 같았어. 항상 아무 말 안 해도 그저 날 느껴 주고 옆에 있어 주어 난 든든했던 거야. 넌 또 하나의 나임을 지금도 느끼고 있어. 나를 너무 잘 알아주고 너를 보면 또 다른 나를 마주해.

잘 들여다 봐. 네가 나에게 주는 마음은 한 남자가 한 여자에게 주는 그런 사랑은 아니야. 너무 익숙해져서 못 느끼는 거야. 나도 널 사랑해. 그 사랑은 빛깔이 다른 걸. 네가 상처받는 거 싫어. 지금처럼 우리 함께 가면 안 되겠니? 너와 결혼할 수 없어.

네 가족들 마음이 날 얼마나 힘들게 하는지 넌 상상도 못 할 거야. 태민이를 보며 내내 마음 아팠어. 형수라고 부르며 너를 나무라는데 내가 혼나는 기분 말야? 나한테 맞추지 말아. 뒤돌아 봐. 널 바라보며 있는 사람을 고스란히 바라 봐.

나, 아주 오래전에 너에 대한 마음을 결정해 버렸어. 친구로 평생 있으면 좋을 시간만 가지고 가자고. 이제는 말할 수 있겠다. 너를 정말 간절하게 원하면 내 친구 희영이가 어느 날 내 앞에서 통곡하며 떠났어.

가질 수 없는 마음을 버릴 수 있는 방법을 찾았다고, 그녀는 수녀가 되겠다며 하느님 사랑으로 그 마음을 대신하겠다고, 그렇게 갔어. 그리곤 나보러 욕심쟁이라고 하더라. 세상 모든 사랑 다 가지려 한다고. 난 희영을 떠나보내며 나를 변명할 기회조차 가질 수 없었어.

내 사랑은, 내 보랏빛 사랑은 하나인데 넌 왜 그렇게 생각하냐고. 그녀는 내 마음과 네가 나에게로 보내는 관심을 제대로 알아보려 하지도 않은 거야.

우린 겨우 열아홉이었는데 희영이는 너를 진정으로 사랑한 걸 거야. 그래서 그녀가 성직자가 되겠다는 선택을 할 수 있었겠지 싶어. 난 절절하게 희영을 느낄 수 있어. 나도 그 마음이니까.

최태영, 지금처럼 친구로 있어주라.

정말 하느님은 샘쟁이군. 희영이가 수녀원으로 들어가던 날을 기억한다. 성당에서 가졌던 그때 모호함이 이제는 무엇인지 알 것 같다. 나에게 손을 내밀며 웃고 있던 그녀 얼굴이 차갑게 느껴지던 것을 왜 그런지 알 수 없었다.

한쪽에서 침통하게 앉아있던 창민이 마음에만 신경을 쓰고 있었기에 전혀 희영이를 염두에 두지 않았다. 왜 모두의 첫사랑은 이렇게 어긋나야 하는 걸까? 다른 빛깔 사랑이라고? 또 하나의 그녀라고?

황폐하게 내팽개친 이 기분을 이제 감당하려고 기를 쓰는 것 자체가 버겁다. 아니 내가 너무 비참해져서 선경에게 손을 내밀 수가 없다. 그녀 마음을 이해할 수 있다. 하지만 너무 잔인하다.

선경이가 두려워지기 시작한다. 너를 바라보고 있는 내 사랑은 결국 나보고 알아서 지킬 수 있다면 지켜보라는 거니?

희영이 말대로 넌 정말 욕심쟁이인 거 아니? 내가 파놓은 함정에서 빠져나갈 수 있는 방법을 유일하게 너는 알고 있다. 누군가의 주위를 배회하는 것이 얼마나 큰 고문인지도

5.

선경은 너무도 멀쩡하게 학교생활을 씩씩하게 잘 하고 있다. 정말 잘 살고 있다는 게 저절로 전해진다. 아무렇지 않은 듯 친구라는 역할로 있어야 하는 나란 존재는 의식조차 하지 않는다. 하지만 학교로 찾아가면 여전히 언제나 같은 얼굴로 환하게 웃으며 반겨준다.

언젠가는 나를 제대로 바라봐 주겠지. 언제나 너의 곁엔 변함없이 내가 있다는 것을 받아들일 수 있을 거다. 난 하느님을 믿는다. 그리고 그 축복을 받고 싶다. 내 인생을 전부 바쳐야만 할지라도 첫사랑과 결혼할 수 있는 신의 축복.

"뭐야. 방송까지 하냐? 깜짝 놀랐잖아."

"제일 빠르니까. 난 너처럼 시간적 여유가 없거든. 10분 걸렸군."

"미치겠네. 후배들이 부군님 오셨다고 공공연하게 떠든다니까."

"맞는 말인데 뭘. 미래 네 남편이니까."

"다음에 또 방송으로 나 찾으면 안 나온다. 하지 마! 미리 약속하고 오라고."

"너한테 배운 건 이것밖에 없어. "

"방송 같은 건 안 했거든. 죽치고 앉아서 기다렸지."

"그땐 젊었지. 난 너무 오래 기다려 왔고, 집에서 쫓겨날 상황이라서 이렇게밖에 할 수가 없어."

"쫓겨난다고? 왜?"

"다음 주 태민이 결혼해. 더는 순서 기다릴 처지가 못 된다나."

"아, 잘됐구나. 축하한다고 전해 줘."

"오늘 저녁 같이 만나기로 했는데 괜찮지?"

"뭣이야? 주주총회 있는데 빠질 수가 없어."

"주주총회가 뭐야? 총학 가입했어?"

"아니, 그런 류의 모임이 아니라 후배들 아우성으로 만들어진 일종의 서클인 셈이지."

"우리 식구들과 저녁 먹고 가."

"여섯시부터인데, 첫 모임이라서 어려워."

"그래? 그럼 나도 같이 가. 후배들한테 양해 구할게. 자, 가자! 온 김에 후배들 점검도 좀 하고."

그녀가 소리 내어 웃고 있다. 그녀 작은 손이 내 손안에 다 들어온다. 정말 작다. 그녀는 작은 아이로 이렇게 옆에 있다.

"병서가 와 있으면 가능한데 연락이 안 되거든."

"병서라면 그 지극한 후배 말하는 거야?"

"응. 주당이 빠지면 안 된다며 외부인사로 초청해서 총대 매기로 했는데."

"주주총회. 설명 좀 해 봐. 무슨 의미냐?"

"주말마다 모여서 술 마시기 총회. 재밌겠지?"

선경의 생글거리는 얼굴이 너무 얄미워서 참을 수가 없다. 아직도 헤매는 거니? 첫사랑은 봉인되었다며 설마 아직도 그를 붙들고 있는 거니? 주말마다 모여서 후배들과 술을 마신다고?

"여자는 너 뿐이겠지. 안 그래?"

"나? 그렇구나. 그런데 걔들 날 여자로 봐 주지 않아. 안타깝게도"

"병서는 어찌된 거야?"

"거의 매일 만나지. 우리 집 앞 동에 사니까, 나오면 있어. 그니깐 내 일상을 다 알지 뭐. 어쩌다 말이 나왔는데 녀석도 함께 끼워 달래서 그렇게 하기로 했어. "

"나도 끼워 줘. 내 여자 보호자 명분으로 말이야."

"내가 어린애냐? 보호자 너무 많아서 줄 섰어. 병서가 우리 동네 산다고 자청해서 총대 맨 거라고. 그리고 내가 네 여자냐?"

"그래, 내 여자 맞아. 청혼 반지 잊었어? 네 손가락에서 반짝거리네."

"그냥 기념반지로 주는 거라고 했으면서. 그럼 다시 빼줄게, 가져가."

나는 작은 손을 꽉 잡아 내 주머니 속으로 찔러 넣었다. 나를 바라보는 시선을 외면하고 그녀가 도망갈 것 같아서 손에 힘을 주었다.

선경을 바라보는 병서라는 후배 얼굴은 세상을 다 가진 놈 같다. 순간 깊숙한 곳에서 치밀어 오르는 힘으로 그의 자신감 넘치는 여유만만한 얼굴에 주먹을 날리고 싶다.

새까만 후배 놈의 득의에 찬 눈빛이 거슬린다. 눈빛으로 주고받은 인사만으로도 병서는 날 경계하고 있다. 두 시간 정도 흐른 이곳은 분위기가 무르익어 우리를 바라보는 시선들이 낯설게 느껴진다.

"선배, 너무해요. 우리 첫 모임을 이렇게 소홀하게 할 수 있는 겁니까? 그래도 병서 형 덕분에 잘 진행되긴 했지만."

싱긋 웃는 그녀에게 자리를 내어주는 그네들 시선이 껄끄럽기만 하다. 마치 낯선 침입자가 된 것 같은 야릇함과 그래서 뭐? 하는 이 기심은 어쩔 수가 없다.

"그래. 시댁식구들은 잘 뵙고 오셨나? 언제 국수 먹여 줄 건데요? 아, 뜸들이지 말고 빨리 가요. 더 지나면 선배는 완전 고물차다."

후배들 넉살에 입을 꼭 다문 그녀는 희미하게 웃고 있다. 주주총회라는 것이 별건가. 그저 말도 안 되는 소리만 주절거릴 뿐 어린 것들이 세상을 논하기는 우스운 거지. 선경의 이런 시간을 이제는 지켜보기 싫다. 왜 자꾸 세상을 비껴나가려 하는 거니? 무엇이 너를 세상 밖으로 밀어내는 거냐고. 그냥 순리대로 적당히 타협하며 살기도 힘든 세상인데.

"매주 만나는 건가? "

"아닙니다. 한 달에 한 번 만나기로 했어요. 누님이 견디질 못하죠"

누님이라고? 그녀를 바라보는 병서의 웃는 얼굴이 묘하게 다가온다.

"이 녀석들이 늘 나를 쪼그라들게 하는 거 있지? 지들보다 내가 항상 센데도 체력 어쩌고 하면서 엄청 생각하는 척해."

"누님요, 안 취한 척 뻐기다가 집 다 가면 완전 필름 끊겨요. 그거 몰라요? 그니깐 내가 이렇게 옆에 있지."

"병서는 이제 걱정 마. 이젠 내 여자 내가 책임질 테니."

머쓱해진 분위기에 병서의 굳은 얼굴을 무시하고 그가 누님이라 부르는 선경이가 내 여자임을 확인시켰다. 가슴 밑바닥에서부터 끓어오르는 분노와 그것을 누르는 자제심은 한계 상황이다. 누군가 말한 마디라도 하면 주먹이 날아갈 것 같다.

"우리 주주총회. 멋진 출발을 축하해도 되겠네요. 든든한 선배님들과 함께 할 수 있는 시간 내 주셔서 감사드리고 오늘은 마지막 원샷으로 끝내죠"

그녀와 난 그곳을 나오고 병서는 후배들 뒤처리를 한다며 고개를 숙이고는 우리를 비껴간다. 기분 나쁜 녀석이다. 너무 당당해 보여서 졸지에 아주 작아진 내가 슬그머니 그녀 손을 잡아끌고 자리를 도망치듯 떠나왔다.

사랑하는 두 남녀가 결혼식을 하는 이유를 알 것 같다. 하나의 형식으로 그치는 것이 아닌 내 주변들로부터 인정받기 위한 과정으로 필요하기에.

후배 결혼식은 동창회 같은 분위기다. 많은 지인들이 식장을 가득 메워 그의 결혼을 축하해 준다. 선남선녀의 서약을 함께 축하하기 위한 축복받은 시간을 만난다. 두 사람, 행복해 보인다.

"인마, 넌 뭐하고 있냐?"

"어? 형. 여기서 뵙네요."

"졸업파티서 색시 데리고 왔다고 소문이 자자하던데 왜 혼자냐?"

"일종의 후배들 위한 이벤트였지요, 뭐."

"자식. 청혼도 이벤트로 하냐? 경애가 몸살 앓던데 경애 괜찮은 애야. 너한텐 과분한 상대야. 인마, 그냥 받아 줘. 후회 안 할 거다."

선배는 어깨를 두드리며 멋쩍게 웃는 나를 쳐다본다. 이제는 먼저 연락을 하고 불쑥불쑥 도서관으로 날 찾아와서 같이 밥 먹자고 내 손을 잡아끄는 경애가 있다.

내 마음으로 들어오지 못한 채 이런 나를 바라보고 있는 나와 같은 또 한 사람이다. 경애의 웃는 얼굴은 개나리꽃이다. 가시도 없고 모른 척 외면하며 고개를 돌리지도 않는 나를 마주하고 있는 노란별처럼 핀 꽃이다. 내 가슴에 씨를 틔워 살아있던 장미가 이제는 향기조차 맡을 수 없게 유리벽을 만들어 놓고, 난 그 하늘만 바라보고 있다.

청혼식의 설움이 가시기도 전에 그녀가 불쑥 나를 찾아온 그날에 나는 내가 아니었다. 무엇이 나로 하여금 날카로운 칼을 휘두르게 했는지는 지금까지도 알 수 없다. 분명한 것은 더 이상 그녀가 내게로 손을 내밀지는 않을 것이며, 나도 그녀를 위한 몸짓을 계속할 수는 없다.

우린 늘 그랬던 것처럼 술을 마셨지만 정신을 놓은 건 나였다는 것이 달랐을 뿐이다. 깨어질 것 같은 두통으로 눈을 뜬 아침은 뿌옇게 비치는 하늘이 있는 내 방이었다. 내가 무슨 말을 했는지, 선경이가 어떤 모습이었는지 기억이 없다. 어떻게 집에 왔는지 아무것도 기억해 내질 못한다. 다만 그녀가 내민 손을 단호하게 거절했다는 것만이 내 기억의 전부일 뿐이다.

"야학에서 역사 선생 필요해. 맡아줄 수 있지?"

"내가 왜? 하기 싫다."

선경의 동그란 눈을 한참동안 뚫어져라 본다. 더 이상 말하지 않는 그녀에게 나 역시 아무 말도 하지 않았고 그녀가 당황해 하는 모습을 보지 않으려고 마구 들이켠 빈 술병만 보인다.

더는 너의 허무한 세상놀음에 한 편이 되기 싫다. 이제는 어떤 운동에 나선 거니? 네가 하고 있는 게 얼마나 무모하고 부질없다는 걸 알면서 또 그 짓을 하니? 나도 같이 해 줄 거라는 너의 생각만으로도 넌 멍청한 거다.

이놈의 세상에선 우리가 할 수 있는 게 없다는 것을 왜 인정하질 않는 거야? 눈물 난다. 너의 삶이 또 망가지는 것을 이젠 지켜볼 힘이 나에겐 없다.

대학원 진학 결정을 앞둔 시간이었기에 그녀에게로 가는 내 마음을 막을 수 있었다. 저물어 가는 주홍빛 하늘에 그녀가 웃고 있다. 슬퍼보이지도 않고 환하게 웃고 있지도 않은 그림처럼 빈 하늘에 박혀서 꼼짝도 않는다. 발걸음을 따라간 곳은 그녀 집 앞이다. 그저 이곳에서 우연히 선경을 만날 수 있기를 기대해 본다. 학교에 안 나온 지 몇 주 된다며 후배들은 의아한 표정으로 그녀 행방을 알지 못하는 나를 오히려 이상한 듯 쳐다본다.

미래 남편? 내 여자? 객쩍게 떠들어대며 좋아하던 내가 날 비웃고 있다.

"어? 태영 선배 아니세요? 누님 만나러 오셨어요? 집에 안 와요 모르셨어요? 시험 끝나면 야학에서 아주 살아요. 학교도 안 나가고 졸업이나 할 수 있을라나 몰라."

여전히 당당하게 내 앞에서 나를 한 방 먹이는 선경의 후배 병서를 통해 그녀가 잘 지내고 있음을 알고 돌아오는 길은 너무나 쓸쓸하고 우울하다.

그녀 삶을 그대로 받아 주어야 했던 것을 알면서도 나의 이성은 소리를 지르곤 한다. 고스란히 그녀를 받아 줄 수 없게 내 세상은 이미 선경과는 다른 세상이라고, 나의 길은 다른 쪽으로 나 있었던 것이라고 아우성치는 박제된 인간이 보인다.

6.

아직도 이런 공간이 존재한다는 것 자체가 부조리하다. 창신동은 도시 속 미로 같다. 좁은 골목들에서 내뿜는 공기는 숨이 막힐 정도이고, 하늘마저 가린다.

그 미로를 빠져나오면 또 하나 작은 도시가 존재한다. 분주한 도심에선 절대로 볼 수 없는 공간이 자신들 모습으로 버젓하게 살아 움직인다. 그녀가 있는 이 공간과 시간은 내 세상을 비웃고 있다.

훌쩍 큰 아이들 속에 작고 왜소한 그녀 몸짓과 웃음소리만 내 가슴으로 가득히 밀려온다. 언제나 같은 마음을 파고든다. 선경은 하나도 변한 게 없다. 마치 신이 부린 장난 같다. 그 장난에 그 심술에 내가 농락당한 기분이다.

"왔구나! 너 농구 잘 하지? 이 녀석들 혼 좀 내주라. 키 큰 거 하나만 믿고 날 갖고 놀고 있거든."

격앙된 선경 목소리에 놀란 나는 급하게 윗옷을 벗고 내게로 오는 농구공을 잡고 만다. 얼마 만에 잡아 보는 공인지. 자꾸만 내 손을 벗어나려는 공에 힘을 준다.

그녀를 위해 애태우며 코트를 누비던 그 어느 날이 다시 펼쳐졌고, 지금 그녀는 팔짝팔짝 뛰며 소리소리 질러댄다. 거친 숨을 몰아 쉬며 학창시절 선경을 위해 보낸 그 시간으로 여행을 왔다. 그녀는 시간의 문을 지나 오고가는 시간 여행자로 서 있다.

"선생님, 이 아저씨 농구 선수였죠? 아, 이건 반칙이에요. 우리가 이길 수 있었는데. 병서형도 우리가 이기는데."

"실력 하나도 안 줄었네? 우리 팀이 완전 깨지는 거였는데 네가 와 주어 구원됐어. 자식들. 그만 툴툴대고 빨리 가서 저녁 준비해. "

"내기 농구였어?"

"시합에서 지면 저녁 준비하고 뒤처리까지 하기였거든. 매번 우리 팀이 졌거든? 네가 오지 않았으면 또 내가 하는 거지, 뭐."

선경에게 이런 힘은 도대체 어디에서 나오는 것일까. 그녀를 바라보면 내가 너무 작아진다.

"병서는 여기 자주 오나보다."

"수업 있을 때만 와. 별일 없이 들르기도 해. 애들하고 잘 놀아주지, 뭐 병서야 운동 광이거든. 힘든 일은 거의 다 해 줘서 내가 무척 편하게 지내."

"왜 이제 오냐고도 안 묻는구나."

"대학원 때문에 바쁜 거 다 알고 있는데. 딱히 네가 여기서 할 일도 없고, 한 번은 들를 줄 알았어. 생각보다 좀 이르긴 했지만."

"너무 이르다고? 그 정도로 내가 무심했던 건가?"

"기억 못하는 구나. 네 자신의 길을 갈 수 있게 놔 달라고 했던 거. 그날 넌 너무 취해서 어쩔 수가 없었어. 네 집에 전화를 걸었고 너와 같은 말을 토 하나 틀리지 않고 되새겨주시는 어머님 말씀에 공감하니까."

"우리 어머니가 너한테 그런 말을 했다고?"

그녀는 대답도 없이 그저 옅은 웃음을 지으며 아이들에게로 간다. 그동안 공백으로 있던 시간은 의도적이었던 건 아니다. 경애 부모님과 어머니의 주도면밀한 계획은 성공했다. 내 스스로 빠져 나오기를 기다리고 있는 것처럼 느긋하게 나를 조종하고 있었던 거였다.

아니, 이것도 내가 만드는 핑계다. 누구도 그녀에게로 가는 것을 막아서진 않았다. 그러나 내가 그녀를 벗어나고 싶었고, 그러나 멀리까지 왔다고 생각한 지금에도 난 그녀를 벗어날 수 없는 오래전 나를 여전히 마주한다. 동시에 웨딩드레스를 입고 내 주위를 맴도는 경애의 환한 웃음이 내 눈을 가로막는다.

"아저씨, 우리 선생님이 밥 먹으러 들어오시래요."

"역사 공부는 어느 선생님이 가르쳐 주시니?"

"안 배우는데요, 국어랑 영어, 수학, 사회만 해요."

"왜? 역사 선생님이 안 계시니?"

"네, 국어랑 사회 과목은 울 선생님이 하시는 데요, 역사는 잘 모르신데요. 내년에는 한 분이 오시기로 했대요."

"집은 어디니?"

"저는 공부 끝나면 야간 일 하러 가야 해요. 평화시장으로요."

"몇 살이니?"

"열일곱이요. 까막눈이었는데 우리 선생님이 한글 깨우쳐 주셨어요. 여기 애들 거의 그래요. 지금은 중등 과정 하는 형들도 많아요. 지난번에 우리 형들 전부 검정고시 합격했어요."

골목길을 여러 번 지나 펼쳐지는 너른 공간. 외관은 도무지 이 도시와 어울리진 않지만 알 수 없는 빛으로 언제나 그곳은 따듯하다.

"있지, 네 첫사랑은 언제부터 시작되었던 거 같아?"

"열여섯을 막 넘은 열일곱 3월."

"그래? 요즘 아이들에게 첫사랑이란 의미가 제대로 전해질 수 있을까?"

"요즘 애들은, 글쎄 백일 사귀는 것도 엄청 길게 가는 거라 하던데."

"그니깐, 수업하는 녀석 중에 한 녀석이 드디어 제 마음을 열기 시작했어. 한 소녀를 좋아한다고 말하는데 내 열일곱 마음이 너무 선명하게 떠오르는 거 있지?"

"그만두시지. 너의 사랑은 비극으로 끝나야 하니까. 괜히 한창 자라는 애들한테 영향주지 말아."

"뭐여? 비극이라니? 해피엔딩이었는데 무슨 말이야."

"자기합리화잖아. 아예 말아라. 네 앞에 이렇게 있는 두 사람으로도 부족하냐? 못할 짓 하지 말고 내버려 두셔. 아니 현실적으로 첫사랑은 이루어지지 않는 사랑이라는 것을 알려주면 되겠군."

그녀에게 사랑은 판타지다. 아집에 쌓여 살아가는 그녀는 희귀종이라는 것을 스스로 알 때도 되었건만, 여전히 첫사랑 얘기만 나오면 생긋생긋 하얗게 웃는다. 어린애같이 살고 있는 선경을 차마 어른이라고 말하기가 민망하다. 도무지 설명할 수가 없는 대상이라는 것을 알기나 하는 건지.

이제 그녀를 위해 해 줄 수 있는 것이 없다. 내가 쏟은 마음들은 오로지 나를 위한 마음이다. 그 속에 갇혀 허우적거릴 뿐 그녀를 좇는 이 시간은 내가 누릴 수 없는 것을 가지고 싶어 하는 덧없는 욕망이다. 내가 머무는 안락한 공간도 내게로 오는 바람을 막아주지 못한다.

출판사로 출근을 결정하기까지 마지막 고민은 선경이를 계속 도와줄 수 없다는 사실이었다. 이것이 현실주의자들이 내거는 명분이지 싶다. 내 일상을 통해 그녀를 도와 줄 수 있는 좀 더 현실적인 선택을 해야만 한다.

결혼은 나에게 새로운 시작이 아니라 나를 더 철저하게 현실에서 나답게 만들어 주는 자리매김이다. 하지만 버튼을 누르고 무거운 쇳소리와 함께 열린 내 공간은 너무 낯설고 차갑다. 결코 이런 나를 용서할 수 없을 것 같다. 이 미친 세상에서 유일하게 제정신으로 살아가는 뜨거운 눈물로 내 등에 업혀 있던 그녀를 외면했다.

집안 기대와 상관없이 나의 길을 걷겠다고, 내가 하고 싶은 일을 하겠다고 역사학도가 된 십 대의 나를 그녀가 다시 깨웠다. 무의식 속에 방치해 놓고 까마득하게 잊고 있던 내 삶의 중요한 의미를 그녀는 늘 알고 있었다.

그녀는 그런 나를 기다려 주었다. 소리 없이 그녀 세상에 나를 묶어놓은 것이다. 이런 날이 올 것이라고 나를 위한 것을 해야만 하는 일, 그녀가 있는 공간에서 함께 나눌 수 있기에 두렵지 않다.

아이들 역사 수업을 준비하면서 온몸에 소름이 돋는다. 정규 교과서를 헌책방에서 구해다 놓은 그녀는 한 마디 뿐이었다. 이제야 주인을 만나게 되는군.

"내가 올 줄 알고 있었던 거지?"

"네가 역사학을 선택한 이유를 알고 있으니까. 당연히 이 책들로 정의가 무엇인지 아이들에게 건네줄 수 있는 내 주변에 유일한 사람이니까. 얼마든지 기다릴 수 있었지. 최태영, 고맙다. 이렇게 와 주어서. 내 아이들에게 희망을 보여주어서 말이야."

"내가 안 왔다면? 어찌되는 거지?"

"생각해 본 적 없는데. 한 번은 왔을 것이고 네가 여기서 만난 아이들을 외면할 수 없는 사람이라는 거 알고 있어. 넌 나와 너무 닮았잖아."

선경이가 웃으며 건넨 결혼 축하 인사는 내 가슴을 송두리째 난도질한다. 결혼하고도 계속해 줄 수 있다면 좋겠지만, 그녀는 욕심부리지 않는다는 말까지 투명한 웃음을 머금고 당부한다.

7.

시간 흐름을 알아차릴 수 있는 것은 해지는 하늘이다. 순식간에 저 너머로 지는 해를 보면 지금은 겨울 초입이다. 퇴근 후 창신동을 향하는 내 발길은 멈추지 않는다.

언제나 그 자리에 그렇게 제 세상 안에서 잘 살고 있는 선경이가 요즈음 찌든 내 일상에 유일한 위로이다.

"아직도 일하고 있는 거니?"

"어? 최태영. 이 시간에 어쩐 일이니?"

"네 목소리 듣고 싶어서."

"책 읽고 있었어. 잘 지내고 있는 거지?"

"휴 요새 매일 술판이야. 제대로 된 거 하나 잡았거든. 참, 사랑에 빠졌다는 네 제잔 잘 되어 가냐?"

"관심 있었구나. 그 녀석을 생각해 내는 걸 보니. 아직 먼 길인데 급할 건 없어. 조금씩 가까이 가는 중이야."

"대단하네. 나 같은 놈이니까 당연히 그 녀석에게 관심 있지. 병서는 어떻게 지내고 있어? 시골 갔다더니 올라온 거야?"

"아직. 시간 더 걸린다고만 연락 왔어. 집안 문제가 정리할 게 있다면서 거의 맬 전화만 해대."

선경은 참 행복한 사람이다. 주변에 그녀를 아끼고 걱정해 주는 사람들이 있으니 저렇게 제멋에 겨워 살 수 있는 거다. 하지만 지독한 에고이스트이기도 하다. 선경의 뒷모습이 가끔은 외롭게 보인다.

나는 그녀 가슴을 채운 그 봉인된 사랑이 건네는 힘이 두렵다. 일순간 그녀를 삼켜버릴 것 같다. 가질 수 없는 사랑을 끌어안고 평생을 가려는 그녀를 지켜줄 수만 있다면, 나는 그것으로 만족해야 한다. 내가 힘이 되어 줄 수 있다면 친구로라도 그녀를 언제까지나 내안에 두고 싶다.

선경은 오늘도 웃고 있다. 그렇게 쉽게 소녀 마음을 얻을 수 있다고 생각하는 열여섯 소년이 기특하다고 말하면서. 지금 이 시대에서 어쩌면 너무도 큰 기대일지 모르겠다며 즐거워한다. 그런 그녀 모습은 오래전에 마주해 내 마음을 가져가기 시작한 소녀이다. 동그랗게 웃으면 깊은 볼우물과 함께 나를 벅차게 했던 그 시간을 지금도 만날 수 있다는 것이 가능하다니! 그녀는 내 앞에 그림처럼 같은 모습으로 있다.

"무척 재미있어 하는구나."

"응, 중희를 바라보고 있으면 재밌어. 혼자 씩씩거리면서 어떻게 해야 하냐고 가르쳐 달라고 투덜거리는 걸 보면 웃음만 나오거든."

"웃기다고? 선경아, 너 심한 것 같다. 중희는 얼마나 답답하겠냐? 그 자식, 그 마음 내가 이해한다. 한 마디로 미치는 거지 뭐."

"그렇게 쉽게 얻어지는 마음이라면 쉽게 잃을 수도 있다는 것을 알아야지. 아직 멀었어. 미영이는 아직 준비가 안 된 것 같거든."

"그 녀석, 생각보다 꽤 진지하나 보네. 요즘 애들 얼마 못가서 바뀔 거라 생각했는데."

분명 선경은 중희를 통해 자신의 지난 사랑을 보고 있다. 무조건 주기만 했던 맹목적이고 무모한 사랑을 다시 꺼내들고 스스로 함정을 파고 있다. 이런 그녀이기에 내 마음이 그녀를 떠나보내지 못한다는 것도 알아주면 좋겠다. 나도 중희처럼 작은 소년이 되어 본다.

키는 더 커야 하고 살도 빼야 한다며 이곳으로 달려와 아이들과 농구를 하는 이제 열여섯 소년 마음이, 소녀가 바라는 이상형에 맞춰야 한다는 중희를 보는 선경이가 오늘은 아프게 다가온다.

선경은 여전히 나와 다른 세상에서 살고 있다. 그녀 주변에서 기웃거리는 이 못난 나를 포함하여 병서까지도 스쳐 지나간다. 그녀는 한 발을 늘 빼어 놓는다. 한 발은 이곳에, 또 한 발은 자신만이 봉인해 버린 세상 속에 묶어놓은 채 살아간다. 그녀가 보여주는 의연함이, 안간힘이 왜 나에겐 아프게 다가오는지 알 수 없다. 마치 걷히지 않을 안개처럼 내 주변을 가리고 있다. 선경이는 미래에 자신은 잘

못될 수도 있다는 생각조차 하지 않는다. 내일을 향한 두려움이 없다는 게 믿기지 않는다. 누구나 안고 있을 불안감 따위는 그녀에게서 좀처럼 찾을 수가 없다.

지금 잘 살아가는 게 중요하다고? 내일은 또 내일 생각한다고? 현실에서 만나는 이 치열함이 선경 앞에선 소용없다. 무력하게 나자빠진 현실감. 미래는 더 말할 것도 없다. 이렇게 살아가는 매일이 숨이 막힌다는 생각, 나만 그런 것처럼 그녀 앞에선 이 모든 현실감이 튕겨 나간다.

"병서. 너를 보면 늘 선경이가 아주 나쁜 마녀 같다는 생각이 들어."

밖에서 무슨 일을 했는지 하얀 목장갑을 벗으며 들어오는 병서에게 말을 건다.

"예? 어쩌면 그럴지도요. 형, 제가 맞선을 몇 번이나 본지 아세요? 시골집에 가면 어김없이 색시 구하려고 서두르는 부모님 성화에 지금까지 백 번은 더 봤을 걸요."

"그랬군. 그런데 맘에 드는 사람이 없었어?"

"제가 문제는 문제에요. 누님 같은 사람이 없다는 거죠. 비슷한 여자가 있었는데, 그래서 몇 번 만나 봤죠. 번번이 비교가 되면서 차라리 혼자 살자 싶더라고요."

"선경이만 보면서?"

"누님 때문에 힘들다고 생각해 본 적 별로 없어요. 내 맘이니까, 그저 이렇게 가끔씩 나를 불러주고 함께 웃고 기다리다 보면 봐 줄 겁니다. 중요한 건 누님을 혼자 내버려두면 안 된다는 생각을 버릴 수가 없는 겁니다. 꼭 물가에 놓은 어린애 같아서."

"너는 무슨 엉뚱한 소리를 하고 그래?"

선경의 앙칼진 목소리에 놀란 병서가 슬그머니 눈길을 돌린다.

진정한 사랑을 품고 사는 사람은 병서였다. 내가 가질 수 없는 것들을 그는 가지고 살아간다. 자기 것을 모두 그녀를 위해 아낌없이 줄 수 있는 사랑이다. 그녀의 슬픔, 아픔, 희망까지도 그가 있기에 존재할 수 있었다. 그녀는 그런 안락함에 젖어 있기에 자신을 잃지 않고 살 수 있었던 거다. 위대한 사랑에는 이유가 필요 없다. 그저 사랑하니깐 사랑하는 것이다.

"나도 어른이지만 정말 싫다. 왜 자신들 삶을 아이들에게서 찾으려고 하는지."

"이 땅의 부모들이 다 그렇지 뭐."

"너무 화가 나서 막 소리치고 싶어져. 애들 너무 가여워."

"무슨 일인데 그렇게 흥분해?"

"아들을 몰라도 너무 몰라주고 알려고도 하지 않아."

"중희 애기 하는 거니?"

"그래. 부모면서 아들이 무엇을 하고 싶어 하는지 관심이 없다니깐. 너도 그러고 사냐?"

"좋은 가장 역할 잘 하고 있으니까 걱정 말고 흥분하지 마. 너 웃겨. 네 자식도 아닌데 뭘 그렇게 까지 팔팔 뛰냐?"

"그 녀석이 힘들어 하는 게 너무 싫다니깐. 그나마 미영의 존재가 그 아이를 숨 쉬게 하는 거 같아. 힘들어도 그 애를 생각하며 중희가 웃으니까."

"그럼 됐네. 금방 잊어버려, 애들은. 나도 그렇게 컸어. 다 부모 사랑 지나쳐서 그런 거야. 우리 모친 더 했어. 장남한테 거는 기대는 모든 어머니들의 희망이라는 거 넌 모르겠지만."

"그래서 내가 두려워. 그 녀석 다칠까 봐. 괜한 인생 비밀, 어쩌고 하며 더 힘들게 하는 거 같아서. 네 말처럼 그냥 제식대로 바라보게 내버려 둘 걸. 너무 마음 아파. 이런 내가 정말 싫어. 아직도 먼 길인데 어쩌냐. 괜히 내 식대로 마구 떠들어댄 거 같아."

이런 그녀를 세상 사람들은 도저히 알아차리기 어렵다. 그녀 주변에 머물고 있는 사람들에게 너무 많은 것을, 아니 너무 큰 의미를 두고 살아가는 그녀는 이곳에선 오히려 이방인이다.

열일곱 그 시간이 떠오른다. 카뮈의 소설 속 주인공 뫼르소를 느낄 수 있다며 당돌하게 말하던 그녀가 여전히 여기 이렇게 가슴 아파하며 살아간다.

"그 녀석 부모를 한번 만나 봐."

"몇 번 만났어. 근데 그때뿐인 거 같아. 문제는 중희에게도 있어. 부모에게 제 마음을 드러내지 않는다니깐? 무엇을 하며 살고 싶은지, 어떤 걸 해야 할지도 모른다니깐."

"아직 어리잖아. 열심히 공부하다 보면 길이 보이겠지. "

"공부하는 것도 목표가 있는 것과 같냐? 넌 아주 쉽게 말하는 구나. 자신이 원하는 시간을 위해 공들이는 것과 같냐고! 부모를 위해 희생자가 된다는 게 어떤 건지 너도 알잖아. 중3이야. 제 스스로 선택할 수 있는 나이라고 다 잃고 말거야. 너도 그렇게 무작정 공부만 했니?"

"그건 아니지만, 사람마다 다르잖아. 중희는 뭘 잘 하는데?"

나는 날카롭게 공기를 가르는 선경의 목소리가 가슴에 박혀 순간 통증을 느끼며 잠깐 숨을 들이쉬고 말했다.

"잘하는 게 많아서 탈이다, 왜? 난 그 녀석이 자신을 좀 더 진지하게 탐구하길 바라. 그래야 당당해지니까!"

"참, 누님. 그것도 병이라니까요. 관심병."

병서의 능청스런 말투에 선경은 눈길을 책으로 돌려버린다.

선경은 모든 사람을 자신에게 맞춰 생각하는 게 문제다. 늘 그렇게 살아왔기에 저러고 살지 싶다가도 화가 치민다. 안쓰럽다. 중희와 같은 제자가 한 둘이었냐고. 넌 정말 바보야, 이 바보야!

그렇게 살아가는 것이 더 편하다는 선경의 공허한 말을 언제까지 들어 주어야 하는 걸까. 이 미친놈의 세상에선 미쳐야만 산다는 것을 그녀가 순순히 받아들였으면 좋겠다. 그녀가 내뿜는 열정을 나의 냉정함이 늘 난도질한다.

"밴드를 만들고 싶어. 야학에 오는 아이들이 대부분 감성적인 부분을 충분히 접할 기회가 없잖아. 재능이 있는 아이들이 그들 능력을 펼쳐 보일 수 있는 기회를 만들어 보고 싶어."

"괜찮은 생각이긴 한데, 이끌어 갈 사람이 전문가여야 하지 않을까? 난 음악은 영 거리가 멀거든."

"지난번 현판식 때 기억 나? 애들 노래도 춤도 잘 추더라고, 그때부터 생각했던 프로젝트였어. 병서가 악기는 모르겠지만 노래는 잘 부르잖아."

"누님, 나 그냥 부르는 거지, 음악은 문외한이라고요. 그냥 노래방 반주에 흥얼거리는 정돈데. 엔지니어 맡을게, 아니 매니저 할게."

"그러고 보니 음악 쪽 관련된 사람이 없네. 노래 좋아하는 사람들만 있지. 학교 후배들 중에 없을까? 병서야, 왜 우리 주주총회서 젓가락 두드리며 놀던 녀석 기억나?"

"아, 있어요. 효열이 드럼 치면서 야간 무대 아르바이트 한다 그랬는데. 기타는 긍면이 있다. 그 녀석이면 가능해요. 팝송 부르면서 누님한테 엄청 집적대던 놈이죠. 나한테 뒤지게 맞았는데."

"뭐야? 그래서 한동안 주주총회에 안 나왔구나. 이런 힘밖에 쓸 줄 모르는 인간아. 연락할 수는 있어?"

선경이다운 발상이다. 십 대를 위로하고 그들의 열기를 품어낼 수 있는 유일한 통로는 역시 음악이다. 갑자기 밴드를 만드는 일로 창밖으로 보이는 어둠에 누워버린 창신동 하늘이 더욱 높아 보인다. 새로운 계획이 그녀를 통해 나오기도 오랜만이다.

8.

병서와 정면 대결은 주변 사람들과는 상관없이 치열하다. 농구공을 낚아채는 그의 날카로운 손놀림에 섬뜩함을 느낀다. 이젠 팀이 고정되어 일요일이면 창신동에서 공공연한 시합이 이루어져 동네를 환호성으로 채운다.

그녀와 함께 한 세월이라는 다리를 먼저 건너온 내가 병서 앞에서 당당할 수 있는 것은 그녀가 전해주는 힘이다. 난 어김없이 그녀가 지켜보고 있는 날, 승리자가 된다. 그 사실을 알고 있는 듯 그녀는 우리 팀에 완패 상황이 찾아오면 불쑥 나타나 응원을 해 준다.

너와 같은 시간을 나눌 수 있는 지금 이 세상은 나를 위해 존재할 뿐이다. 시간이 멈출 수만 있다면 지금 멈추어 달라고 애원하고 싶다. 이렇게 바라볼 수만 있어도 살아있음에 감사하는 마음으로 있는데 내 사랑을 지키는 것이 내 뜻대로 될 수 없다니. 도대체 내 하느님은 어디로 간 거야. 내가 바라는 이만큼마저도 가질 수 없다면 결코 결혼 따위는 하지 않겠다는 내 말에 눈물을 보이던 경애 모습이 낯설기만 하다.

내가 이기적이라는 것을 알고 있다. 그러나 가질 수 없는 사랑을 품고 또 다른 사랑을 담아줄 만큼 큰 가슴의 남자는 아님을 알리고 싶었다. 경애는 이런 나를 알고도 사랑할 수밖에 없는 자신을 어쩔수가 없다면서 또 다른 사랑도 존재함을 믿고 있기에 보여주고 싶다고. 하지만 사랑의 완성은 결혼이 아니다. 결코 진정한 사랑은 완성될 수 없기에 우린 결혼이라는 것으로 서둘러 마무리하려 한다. 사랑은 평생 가슴에 남아 순간을 소리 내지 않고 이어간다. 시간의 문을 넘나들어 가슴에서 품어져 나오는 삶의 향기로 존재한다. 선경은 그런 사랑을 하고 있기에 이 세상을 이렇게 살아가고 있다. 십 대들과 생글거리며 이야기를 하고 있는 선경이 주위는 늘 빛이 난다. 그녀가 품은 사랑이 아이들을 물들이고 있다. 그래서 이곳 하늘에는 늘 무지개가 뜬다.

뒤늦게 졸업 논문 준비로 바쁜 선경을 대신할 수 있는 친구 해진의 등장은 창신동 아이들에게 새로운 기쁨을 주고 있다. 해진은 일찍 결혼을 해서인지 선경과는 다른 방법으로 이곳 아이들에게 안정을 준다. 해진은 여자가 졸업하고 결혼하면 주어진 안락한 생활에 그럭저럭 사는 거지 별거 있냐며 서슴없이 미친년이라고 욕을 해대며 선경을 나무란다. 정신 나갔으니까 이렇게 살 수 있는 것이라며 크게 웃는 해진의 얼굴에서 그녀를 아끼는 마음을 본다.

"태영 씨, 여기 있는 사람들은 죄다 미친 거 알아요? 나도 미쳐간다니까. 내 새끼는 어린이집에 넣어 놓고 간수도 못하는 주제가 여기 와서 이러고 있잖아요."

"그래도 이렇게 있으니까 좋죠?"

"써먹지도 못할 교사자격증이라며 왜 이런 것들에 기를 쓰며 매달려야 하는지 모르겠다고 했는데 이렇게 쓰일 줄은 몰랐어요. 그래도 어른들 말씀, 하나도 안 틀려요. 대학 때 준비해 두어서 나쁠 것 없다며 부득부득 자격증 시험 보라고 잔소리하던 우리 엄마 말씀이 딱 맞거든요. 살아보니까."

"그런 것도 같네요."

"나요, 태영 씨 이야기 많이 들어서 꼭 두 사람이 같은 사람 같아요. 저기 병서는 애늙은이처럼 보인다 했더니 맘 씀씀이도 똑같아. 저럴 수 없어요. 나이도 어린놈이 어찌 저렇게 한결같이 한 여자만

73

바라보고 그 여자를 위해 자기 삶을 다 맞출 수 있어요? 종손이래요. 집안이 엄청 귀한 손으로 조부께서 아직도 건재하시고 호통 치신대요, 색시 데려와서 결혼 안 하면 조상들 면목 없어 이 땅을 떠날 수 없다고 한대요."

"병서도 졸업이잖아요?"

"저 친구요, 웃겨요. 농사짓는대요. 가문의 영광을 위해 땅을 지키는 농사꾼으로 남는다고 하더라고요."

선경이 당당하게 이 세상 안에서 세상모르고 살 수 있는 힘을 건네준 것은 바로 곁에 선 병서의 존재감이었다. 이제야 그녀 옆에 우뚝 서 있는 병서가 아주 큰 나무처럼 보인다. 그녀를 살아있게 해준, 묵묵히 그늘을 만들어주고 끌어안아 준 큰 나무.

선경은 너무 바쁘다. 의도적인 것인지 내가 이곳에 오는 날이면 어김없이 그녀는 외출 중이다. 건너편 아파트 단지로 과외를 하러 간다는 명목이었지만 어긋나는 것은 우연이 아니다. 나를 피하고 있다. 사전에 아무 말 없이 변경된 그녀 행적이 그것을 말해준다. 언제든 마주칠 그 시간에 그녀 모습을 상상해 보지만 돌이킬 수 없는 시간에서 얻은 익숙한 그녀 뒷모습조차 내게서 앗아가 버렸다. 보고 싶다. 더는 슬퍼하지 않을 수 있게 이런 나를 쫓아내지는 말아.

"선배, 누님 과외 끝나면 집으로 곧바로 간다고 했어요. 요즘 과외 하는 애들 시험기간이라 늦게까지 보강해주고 있거든요. 오늘이 엄청 신경 쓰이게 하는 녀석이 수업하는 날이거든요. 온통 그 녀석 얘기만 해요, 누님이 짜증나게요."

"아 그래. 우리 술이나 한잔 할까?"

"좋지요. 그러잖아도 술이 고팠거든요. 누님이 전에처럼 술을 안 마시니까 혼자 마시기도 뭐하고 그랬어요."

거리는 자정이 넘은 차가운 어둠 속에서만 한가하다. 포장마차가 줄을 잇고 있는 이곳은 주황빛으로 휘청거린다. 어울리지 않게 솟은 재건축된 고층아파트가 휘황찬란하게 빛날 뿐이다.

선경의 말을 빌자면 거부할 수 없는 밥줄이 된 창신동의 낯선 고 층아파트는 조화롭지 않다. 그 속에 또 다른 모습으로 돈을 벌기 위 해 일을 하는 그녀가 있다.

"농사는 언제 짓나? 여기 이렇게 있으면서."

"바쁠 때만 호출하니까 이름만 농사꾼이죠 뭐."

"조부님은 건강하시지? 여전히 색시 데려오라고 하시나?"

"예, 이번에 내려갈 때 안 데려가면 올라오신대요. 그래서 누님 꼬시는 중이에요. 대타로 색시 역할 해 달라고."

"선경이가 뭐래?"

"네 일은 스스로 알아서 해결하라죠 뭐. 할아버지 못 봬. 이러곤 끝이에요. 우리 할아버진 아직도 내 색시라 말하는 게 누님인데 다 른 여자 데려갈 수도 없어요."

"나이가 차이 나는 것도 집안에선 알고 계셔?"

"아이고, 한 술 더 뜨셔요. 옛날 얘기만 하신다니깐. 딱 좋은 나이 래요. 자고로 색시 나이가 더 많아야 남자가 제 구실을 하는 거라며 얼마나 좋아하시는 데요. 문제는 누님이라니깐요. 우리 집에 머물

때 우리 할아버지 마음을 얻어놔서 이젠 아버지까지 덩달아 난립니다. 색시 데려오라고, 전화하실 때마다 호통이세요”

병서에게서 전에 만나면 움찔했던 득의에 찬 당당함을 또 만난다. 그의 사랑이 그녀를 살아나게 한다는 것을 부인할 수 없다. 비울 수 없다면 저렇게 채웠어야 하는 것을 이제야 깨닫는다. 이젠 내게 온 이 상황을 직시해야만 한다.

선경은 이 찌든 세상의 소금이다. 야학에서 그녀가 뿜어내는 삶의 기운은 아이들에게 절대적이다. 세상에서 소외된 십 대의 닫힌 마음을 열게 해 주는, 그래서 세상을 터벅터벅 걸어갈 수 있게 해 주는 징검다리다.

검정고시에 합격하고 제 갈 길로 당당하게 나아갈 수 있는 사회인이 되어 떠나가는 청소년들이 희망이다. 이 사회가 해 주지 못한 것들을 그녀가 해 주었다. 눈에 보이지 않지만 그녀는 분명 이 세상을 변화시키고 있다.

그녀의 온화한 기운에 물들어져 세상모르고 그렇게들 자유롭게 자신을 펼칠 수 있는 인간으로 거듭나고 있다. 작은 천국에서 아이들과 함께 살고 있는 그녀와 병서, 그 둘은 너무도 행복해 보인다.

그러고 보니 중희란 녀석을 못 본 지 꽤 되었던 것 같다. 여자 친구는 그냥 한때 지나친 설렘이었나. 농구도 하러 오지 않는 걸 보면 이제 싫증이 난 건가? 자식, 사랑은 아무나 하나!

9.

사무실을 나오면 보이는 현란한 불빛은 비 오는 밤이면 방향 감
각을 잃게 한다. 어디로 가야 하는 건지 휘청거린다. 발길은 본능처
럼 창신동을 향한다. 반갑게 나를 맞는 그곳에서 번져 나오는 우윳
빛처럼 뽀얀 웃음으로 선경이가 내 앞에 선다.

비 오는 날 그녀는 유난히 우울해 보인다. 잿빛 하늘 기운 속으로
금방이라도 사라져버릴 것만 같다. 입을 꼭 다문 그녀 옆모습은 늘
그랬다. 세상의 온갖 시름은 다 가진 사람처럼 생머리를 한 귀로 넘
기고 한쪽으로 기울어진 모습으로 있다.

"있잖아, 나 왜 이러고 사는지 몰라."

"무슨 일 있어? 요즘 병서가 안 보이던데."

"할아버지 호출로 집에 갔어. 벼 턴대."

"넌 안 가도 돼? 조부께서 찍었다더만 색싯감으로."

"뭔 소리야? 그 녀석이 엉뚱한 소리했구나. 정신 못 차렸네. 이번
에 내려가면 올라오지 말라고 했어."

"그래서 힘들어 하는 거야?"

그녀는 고개를 흔들 뿐 말이 없다. 내 앞에 그녀는 곧 무너져버릴
것 같다. 아니라고 고개 젓는 모습이 병서를 간절하게 기다리는 것
처럼 보이는 걸 어찌 하나. 내가 해 줄 수 있는 게 이젠 정말 아무것
도 없다는 거니?

"그 아이가 너무 힘들어 하는 게 싫어."

"여자 친구 때문에 고민한다던 녀석, 중희던가?"

"막연하게 사랑을, 세상을 바라보고만 있던 아이에게 한꺼번에 많은 인생의 비밀을 알려줘 감당 못하게 만든 느낌, 그거 아니?"

"일시적인 것 아닐까? 왜 대개 사춘기 땐 그러잖아. 금방 또 다른 대상에게 전이되잖아."

"아니야, 난 느낄 수 있어. 그래서 더 아프고."

"너, 좀 지나친 거 알아? 그냥 내버려 둬. 그 아이들 방식으로 살게 해. 여자 친구 한두 번 만나? 그러다가 또 다른 애한테 갔다가 그러면서 크는 거야."

"중희는 그런 녀석이 아니니까 그렇지."

"어떻게 단언할 수 있냐? 너 같은 사람 없는 거 알지? 이 세상에 존재하기 힘든 거 알지? 그냥 추억인 거라고. 시간이 지나야 알 수 있는 거야. 그 녀석은 지금 사랑인지 뭔지도 모르는 거라고. 첫사랑이 될지, 그냥 스쳐 지나가는 것이 될지 어찌 아냐고."

"그래서 넌 아직도 추억으로만 사냐?"

독기 품은 목소리의 주인공이 내가 사랑한 선경이다. 그래, 그녀는 마녀를 닮았다. 싸늘하게 변하는 얼굴이 못된 마녀 같다. 그렇게 잘 알고 있으면서도 이렇게 멀쩡한 넌 그 아이한테 참견할 자격도 없다는 걸 모르니?

나는 가끔 선경이가 내뿜는 말에 얼마나 상처를 받았던가. 태연하게 지나온 세월 같지만 그녀가 만든 흔적들은 사라지지 않았다. 여전히 떼어낸 줄 알았던 상흔은 슬그머니 자리를 옮겨 살을 파고 들어와 떡하니 자리잡고 있다. 이제는 그 주변을 스치기만 해도 발갛게 되살아나곤 한다.

'파란하늘 작은 도서관'이 현판식을 한다. 창신동에 나뉜 극단적인 풍요와 결핍을 그나마 메워줄 수 있는 소외된 틈에 파란하늘이 열렸다. 병서의 후원은 그녀를 그녀답게 만들어 주고 있다. 이곳 청소년들이 마음껏 누릴 수 있는 그들이 꿈 꿀 수 있는 세상이 열렸다.

병서를 바라보며 마냥 웃고 있는 선경을 보면 나는 슬그머니 주변인으로 밀려 초라하다. 축하파티가 열리는 무대는 오색풍선이 떠다녔다. 아주 오래전, 떨리는 몸짓을 억지로 진정시키며 그녀를 마주하고 작은 손가락에 반지를 끼워주던 그날의 설움이 복받쳐 오른다. 아직도 그녀 손가락에 있는 그 반지는 힘을 잃은 채 있다.

"왜 사람들은 첫사랑이 이루어질 수 없다고 생각하냐고 묻더라."

"그래서 넌 뭐라고 말했어? 또 그 말도 안 되는 너의 사랑학?"

"첫사랑이 아픈 건 이루어지지 않아서가 아니라 가슴만으로 사랑하기 때문이라고 했어."

그녀는 너무 많은 것을 가망 없는 이 세상에 쏟고 있다. 자기가 가두어둔 그 마음을 중희를 통해 꺼내들고 있다. 그 사랑은 바람이다. 지나간 바람이 싸하게 코끝에 흔적을 남기면 잠시 훌쩍이면서 하늘 한 번 바라보면 된다. 그렇게 사랑은 지나가는 거다. 내게도 선경은 이미 지나가버린 바람이었다.

"이제 열여섯 아이야. 너무 일찍부터 아이를 한 방향으로 밀어 넣고 있다는 거 생각 좀 해라."

79

"아니, 아니야. 중희는 여느 아이들과 달라. 그 애 마음을 열기도 힘들었어. 사람을 못 믿어 질리게 묻고 또 확인하고 하는 녀석이지만 쉽게 사람에게 다가가는 아이가 못 돼."

"너, 사람 볼 줄 모르는 거 아냐? 늘 이런 식으로 제멋대로 착각하는 거 아직도 모르니? 그리곤 상처받고 너만 망가지잖아."

"그 녀석에게 신의 축복은 이루어질 수 있다고 말할 수 있어. 가슴 아프고 깨져도 스스로 강해질 수만 있다면 가능한 거잖아. 넌 포기해 버린 거고."

"포기라고? 진정한 사랑의 힘이 어떤 건지 알면서 너무 아무렇지 않게 말하는군."

"최태영. 난 첫사랑의 힘을 말하는 게 아니야. 결코 변하지 않는 순수의 사랑은 현실적으로도 이루어질 수 있다고 말하는 거야. 마음 속에서, 추억 속에서가 아니라 '결혼'이라는 지극히 현실적인 결과를 만들 수 있다면 그건 신의 축복을 받은 자만이 해낼 수 있는 것이라고."

자신이 용기내지 못해서 버린 첫 사랑을 열여섯 소년을 통해 실현하려는 선경의 무모함이 어쩌면 이 세상에 남은 마지막 희망일지도 모른다. 내 사랑은 다른 빛깔로 펼쳐져 있고 그 빛마저도 내가 선택한 또 다른 색으로 덧칠한다는 것도 현실이다.

그녀를 알 수 있다. 그저 그렇게 온 마음으로 느낄 수 있다. 하지만 한쪽으로 스멀거리는 작은 분노들이 나를 가시 돋게 만들고 말았다. 이럴 때면 어김없이 나를 향해 쏟아지는 성가신 감정이 찾아든다. 정신 차려, 이 사람아.

"선경아, 네 방식대로 세상이 움직이든? 네가 하는 말이 어떤 결과를 가져올지 알고 그러는 거냐고."

"중희는 해낼 수 있어. 내가 도와줄 거니까. 내게도 누군가 나를 위해 도와 줄 시간여행자가 있었다면 분명 신의 축복을 받을 수 있었다고."

"허튼소리 하지 마. 넌 기회가 있는 데도 스스로 선택하지 않았어. 아니, 아니 넌 나르시스에 빠져서 자격박탈인 거야. 스스로 바다 속으로 걸어 들어갔잖아. 스스로 침몰한 거라고."

"그때 내겐 완전한 사랑이 필요했어. 망가뜨리고 싶지 않았고, 내 청춘의 초상이니까. 난 중희를 위해 할 수 있는 모든 것을 다 해 줄 거야. 그 귀한 마음 지켜 줄 거야. 그 조그만 가슴에 아프고 먼 길을 너무 일찍 걸어가게 한 것만 같아서, 단지 그래서 내가 힘들어."

이런 그녀는 아직도 작은 아이다. 세상에 보랏빛 사랑이 있다고 믿는 마지막 남은 비상구. 도대체 어떻게 열일곱 마음을 고스란히 꺼낼 수 있는 건지 알 수가 없다. 그래도 세상 안에서 세상모르고 사는 선경은 신기하게 의연하고 씩씩하다. 그녀가 다치는 것이 싫다. 이렇게 바라보는 내가 그 사랑을 지켜내지 못해 그림자처럼 형체 없이 오늘도 허둥대고 있다.

"병서야, 별로 도움을 주지 못해서 미안해."

"에이, 무슨 소리에요. 형 도움 없었으면 누님 지난번에 일 꼬였을 때 무너졌을 걸요."

"조부님 건강은 어떠서?"

"좋지 않아요. 올해 못 넘기실 것 같아요. 조만간 집에 가 있으려고요. 곁에 있어야 할 것 같아요. 아버님까지도 누우셨어요."

"건강하셨잖아? 아버님께선?"

"아뇨, 지병이 있었어요. 제가 나쁜 놈이지요 뭐. 집안일은 몰라라 하고 내 욕심만 챙겼으니."

"선경인 안 내려가 본대?"

"말하지 않았어요. 누님 요새 엄청 시달리거든요. 말썽 피우는 놈들이 한둘이어야죠. 지난 번 한 녀석이 사고 쳐서 그거 수습하느라고 완전 늙었어."

"너도 신기해. 어떻게 견딜 수 있는지."

"저요? 누님 보면서 도 닦고 살아요. 이 방법 누님이 전수해 준 건데 방위 근무 때 누님이 절 아주 폐인 만들어 놨어요. 누난 만나는 횟수에 따라 폐인 농도를 높여 주거든요. 완전 중독자야, 난."

"폐인이라고? "

"누님 옆에 있으면 거의 현실에서 벗어나는 폐인이 돼요. 제 삶이 일대 전환을 맞은 거죠. 저 녀석이 중희에요. 아시죠? 길 건너편에 사는 녀석인데 여기 와서 아이들과 운동하고 누님하고 얘기하고 도대체 알 수 없는 녀석이에요. 공부도 잘하고 누님 말에 의하면 못하는 게 없는 녀석이래요. 아참, 농구하는 이유가 선배랑 똑같다던데요?"

"그러니까 선경이가 무척 신경 쓰던데? 요즘은 중희 얘기만 해."

"자식이 날카롭게 생겨선 툭툭 던지는 말솜씨까지 처음엔 속 썩겠다 했는데 누님 말은 잘 듣는 거 같던데요. 그래도 녀석이 이 동네 애들하고 잘 어울려요. 건너편 녀석들은 이 동넨 얼씬도 안 하는데."

"여기서 선경이 말 안 들을 수 있는 사람도 있나?"

선경이 갖고 있는 보이지 않는 힘은 어디에서 나오는 것일까. 그녀 가슴은 무엇으로 채워져 있는 것일까. 그녀가 건네는 마음은 어디까지 가능할까. 이렇게 주변인으로라도 머물 수밖에 없는 나. 왜 여기에 이렇게 있어야 하는지 나도 알고 싶다. 내 마음을 찾고 싶다.

파란하늘 작은 도서관이 제 모습을 찾아가는데도 그녀 표정은 여전히 어둡다. 말수도 거의 없고 꼭 필요한 말 이외에는 꺼내지도 않는다. 병서의 활약에 그녀 시선이 멈추면 씨익 웃어 보일 뿐 선경은 어디 먼 나라로 여행 중인 사람처럼 물끄러미 허공에 있다. 무엇이 그녀를 옭아매고 있는지 알 수 없다. 다만 내부에서 무언가 끊임없이 그녀를 붙들고 있다는 생각이 든다. 그런 것을 보면 병서는 참 대단하다. 아니 무딘 건가 싶다. 그녀 낌새를 전혀 알아차리지 못하고 마냥 싱글벙글거린다. 병원 갔다가 얼굴 디밀고는 열일 재끼고 이곳에 몸 바친다. 병서 같은 헌신적인 사람이 저렇게 한없이 옆에서 지켜보고 있으니 그녀는 복도 많다.

무심코 바라보면 금방이라도 울음이 터질 것만 같은 어린아이처럼 그녀가 눈에 들어온다. 내가 알 수 없는, 도저히 알아차릴 수 없는 이런 그녀를 마주하기가 얼마만인가 싶다. 군 입대 후 불쑥 나를 찾아온 그녀 얼굴이 겹치면서 뜻 모를 불안에 또 시달린다. 마치 그녀가 그날처럼 훌쩍 떠나버릴 것만 같다. 두렵다. 그녀 침묵이, 아무렇지 않은 모습이 오히려 가슴을 차갑게 짓누른다.

"형, 시간 되면 오늘 술 한잔하죠. 상의할 일도 있구요. 집에 늦게 가서도 괜찮나? 형수님한테 혼나는 건 아니죠?"

"내가 공처가냐? 특별한 일은 없으니까 그러지 뭐. 선경이도 함께?"

"예. 누님이 말한 건데, 형한테 물어보라고."

어쩐지 엄청난 회오리가 불 것만 같아 마음이 뒤숭숭해진다. 그녀가 만드는 이 초대가 별로 유쾌하지 않은 것은 너무 지나친 염려일까? 그랬으면 좋겠다.

10.

견디지 못할 슬픔 따위는 이제 더는 없을 거라 생각한다. 언제부터인가 멍하게 허공을 바라보는 그녀는 굳게 다문 입술로 이곳을 지키고 있다.

너무 오래 가는 그녀에게 이런 시간을 치유할 무엇인가가 필요하다. 너무 많은 것을 주변 사람들에게 퍼주고 산다. 대상에 대한 무조건인 애정이 안타깝게도 일방적으로 끝나는 것을 보면 화가 난다.

"미워할 수가 없어. 그래서 더 힘드네."

선경의 입술이 떨린다. 그녀를 옆으로 끌어당겨 두 어깨를 감싸면서 이 시간이 멈추기를 바라는 내가 있다. 오래전 그녀처럼 봉인해 버린 내 첫사랑. 그녀 첫사랑은 자신이 만들어 낸 환상이었다고, 그 사실을 오랜 세월이 지나서야 알아차렸다며 밤새 통곡하던 그날 그 깊은 슬픔이 다시 다가온다.

선경은 이룰 수 없었던 지난날 사랑에 매달려 있다. 가까이서 바라보고 있는 다른 사랑을 받아주지 않는 그녀는 오늘 밤 더욱 외로워 보인다. 그것까지도 품어가며 살아가는 몸짓이 이젠 자연스럽지가 않다.

"있지, 최근에 준영이가 지극하게 날 걱정해 주고 애쓰는 걸 보고 있으면 대비되는 한 녀석 때문에 마음이 아파지는 거야. 큰 것을 바라지 않는데 어쩜 그렇게도 중희는 무관심할 수 있는지 말이야. 너무 맘이 상해."

"다 자신에게 열린 새로운 세상에서 잘 살겠거니 하면 되지. 넌 그거 병이야."

"그래, 알아. 평상심을 유지하려고 하는데 문득 싸늘해지는 걸 어쩔 수가 없다고. 에이, 병서라도 빨리 왔으면 좋겠다."

"내가 이렇게 있는데 그렇게 말하고 싶냐? 넌 암튼 마녀 기질 있어."

"임자 있는 사람은 불편하지. 뻔한 사실을 두고 새삼스레 왜 그래?"

선경에게 일상은 아픈 추억들로만 가득 있다. 조금씩 쌓여가는 그 기억들이 독이 되어 그녀를 질식시켜버릴 것 같다.

"중희에게 연락 안 온 지 얼마나 됐어?"

"기숙사 들어가고 통 연락 없었어. 잘 지내는 거겠지 뭐. 그건 왜 물어?"

"여기 올 때마다 네가 티를 내잖아."

"그래? 그랬어? 맞아. 너무 서운해. 이상하지? 중희는 잘 되어가고 있는데 말이야."

"잘 되가는지 어찌 알아? 깨져서 연락 없는 것일 수도 있지."

"아니, 미영에게서는 연락 와. 둘이는 자주 문자하고 있다던데."

"원래, 자기가 사랑하는 여자한테 빠지면 아무것도 안 보이는 법이야. 알잖아."

"크게 바라는 거 없어. 아주 가끔은 그 녀석이 잘 있냐고 하면서 기억해 줄 거라고 너무 당연하게 생각했나 봐. 그뿐이야."

"생각하고 있을 거야. 다만 제 세상에서 사는 거고 그 녀석 아직도 헤매고 있을 걸 뭐."

"그래, 알아. 이젠 애들한테 마음 덜 주려고 그래. 떠나가고 나서 이렇게 힘들 거니깐. 아마도 준영인 아직 여자 친구가 없으니깐 나를 찾아올 생각이 들 수 있는 걸 테지."

"그 녀석은 여자 친구와 상관없이 찾아 올 걸. 가장 외롭게 버틸 때 네가 힘이 되어 주었을 테니까."

"준영인 내 작은 친절에도 서슴없이 기쁜 마음을 막 표현해서 오히려 내가 민망해지거든. 그럴 때마다 나에게는 존재감이 아예 없던 그 녀석을 마주칠 때면 슬프기도 하고 미안해져서 내가 나에게 막

화가 나는 거 있지?"

선경의 삶을 바라보면 가끔 낯선 사람 같다. 그녀가 품은 사랑은 세상 밖에서 메아리로 되돌아온다. 이젠 그녀가 이 세상을 제대로 돌아보면 좋겠다. 다시 내게로 돌아올 수 없는 첫사랑을 그림자처럼 지켜야 하는 내가 더 아파지니깐. 조금 더 버티지 못하고 이렇게 후회하며 그녀 주변을 기웃거리는 내가 그녀와 다른 하나는 적어도 내 첫사랑은 환상이 아니었다는 거였다.

지나간 계절들은 지독한 몸살을 치룬 후에야 새로운 빛으로 바뀔 수 있다. 이 사회가 선경의 힘을 필요로 하기에 가능하다. 평생교육과 개인 행복 시대에 급상승으로 쏠린 관심들이 그녀를 강단에 서게 해 주었고 다시 시작한 세상 탐구는 새봄을 생기 있게 만들고 있다.

그녀는 청소년 상담사 공부에 흠뻑 취하더니 또 다른 시작을 연다. 그녀 삶은 예기치 못한 위기의 연속이다. 그 위기를 전환하는 그녀는 지치지도 않는다.

'파란하늘 작은 도서관'은 새로운 기운에 휩싸여 청소년문화운동으로 정착하고 있다. 생기에 넘쳐 분주한 그녀 모습이 창신동 공간을 들썩이게 한다. 오랫동안 침묵으로 잠들어 있던 이 공간이 다시 파랗게 빛을 내고 있다. 파란밴드가 다시 들썩이고, 이젠 부모들 모임 장소로도 자리매김 하고 있다. 나는 그녀 삶의 철학에 고개를 끄덕이고, 그 사랑에서 이어진 열정을 향해 아낌없이 박수를 보낸다.

그녀가 풀어놓는 이야기에 귀 기울이면 시간이 빠르게 지나간다.

그녀가 이끌어내는 자석과 같은 힘은 툭 하면 배시시 웃으며 던지곤 하던 무지갯빛 사랑이다. 동시화란 이런 것을 말하는 건가. 시간과 공간, 그리고 그녀가 쌓은 경험치가 합해져서 새천년 새로운 풍요를 가져다주고 있는 현실이 벅차게 펼쳐져 그녀를 빛나게 한다.

"최태영. 중희가 노래 잘 부르는 거 아니? 와, 나 깜짝 놀랐잖아. 다양한 장르를 다 소화하더라고."

"으이구, 알았다고. 아, 나도 젊었을 때 보컬이나 할 걸 그랬어. 농구 때려치우고 말이야. 그럼 내 거 되는 건데. 헛다리짚은 거였어. 키만 178이면 뭐하냐."

"뭔 소릴 하셔, 아저씨."

"노래 잘 부르는 사람에 푹 빠져서 헤헤거리는 널 보면 짜증난다고요."

"그래, 난 노래 잘 부르는 사람이 제일 부럽다, 왜? 얼마나 좋아. 하고 싶은 말 온 마음 다 해서 내가 사랑하는 사람 앞에서 풀어놓을 수 있으니. 정말 마음이 절절하게 전해지잖아. 음악은 사람을 사람답게 만드는 신의 선물인거야."

파란밴드를 활성화시키겠다고 새로운 프로젝트를 세우는 그녀를 바라보면서 이 시대에 아직 남은 희망을 만난다.

11.

우리가 살고 있는 이 시대에는 새로운 노마디즘이 필요하다. 유목민의 자유를 누리고 싶어 하기에 자아를 찾아가는 끝없는 여행은 게 속된다. 안정적으로 살아간다는 것은 변화를 두려워한다는 운명에 순응하는 기존 농경민이 추구했던 삶의 방식에 안주이다. 그런 의미에서 선경은 자유로운 삶의 방식을 지켜나가는 노마드다.

선경이 만들어 가는 세상에는 보이지 않은 힘이 주변을 물들이고 있다. 파란하늘 작은 도서관이 열리고 파란밴드가 그들만의 노래를 외칠 때, 새로운 세상이 날갯짓을 한다. 연말파티는 꿈을 찾아 움직이는 십 대들의 발랄함으로 가득하다. 그녀를 위한 아이들 몸짓이 희망을 기다리게 하고 있다. 곧 기숙사로 들어간다며 선생님을 위해 자청한 중희 노래는 주변을 모두 감동시켰다. 선경은 자기 마음을 감추기 위해 애를 쓰지만 마른 눈가에 막무가내로 눈물이 흐른다.

결코 이 세상은 그녀를 외면할 수 없다. 이 세상에서 그녀를 뒤로 두고 앞으로 나아가는 십 대들의 몸짓은 강렬하게 나를 움직였다. 한참 동안을 이곳에 찾아오지 않으려 한 몸부림이 얼마나 쓸데없는 것이었나를 되새겨 주고 있다. 지혜로운 용기가 필요한 세상에서 그녀는 자신만의 노래를 푸른 청춘들과 함께 공유하고 있다. 삶은 자신만의 색깔을 곱게 물들여가려는 작은 사랑 실천에서 빛이 나오나 보다. 외로운 몸짓이라 해도 자유를 열망하는 이 땅에 지식인들이 함께 공들여야 할 일이기도 하다.

사회지식인임을 자청하며 사는 못난 내가 그녀 앞에서는 작아지기만 한다. 내가 누려야 하는 것들로만 이루어진 세상 안에서 그녀의 작은 움직임들은 분명 여기에 더 나은 세상, 마음껏 자기를 펼칠 수 있는 세상을 가능하게 한다.

병서가 고향으로 내려간 이후 선경은 쓸쓸해 보인다. 알게 모르게 그 빈자리는 티가 나기 시작한다. 마치 이곳이 원활하게 돌아갈 수 있었던 것은 그의 안 보이는 수고였음을 확인해 주어 모두가 그를 그리워한다. 채워져 있기에 알아차릴 수 없었던 마음을 그녀가 만나고 있다는 것이 눈에 띌 정도이다.

"너, 많이 힘들어 보여. 내가 해 줄 수 있는 일이 없는 건가?"

"훗. 병서는 어쩜 그렇게 티도 내지 않고 해 왔던 걸까? 여기 모든 곳에 그의 손길이 필요하다는 것이 날 힘 빠지게 해. 내가 할 수 있는 게 별로 없다는 것이 마치 낯선 외부인이 된 것 같거든."

"혼자 할 수 없는 일들이 많아져야 평생지기를 옆에 앉힐 수 있는 거야. 이제라도 깨달을 수 있게 병서는 잘 떠난 것 같다. 언제 올라온다고 했어?"

"몰라. 아버님이 많이 편찮으셔서 당분간은 힘들지 싶어."

"빨리 쾌차하셔야 되는데 다시 서울로 모실 생각은 안 하나 봐."

"그곳을 정리하기 쉽지 않지. 그리고 아버님이 떠나기 싫다고 하신대."

"선경아, 내려가 봐야 하지 않니? 인간적으로 너 심한 것 같다."

"마음은 늘 그곳으로 가는데 그 다음이 감당이 안 돼. 아버님이 내 손을 꼭 잡으며 한 당부를 외면할 자신이 없거든."

특별한 제자들이라 부르던 그들이 제 갈 길로 떠나고 그녀 홀로 있는 모습을 보고 있으면 금방이라도 무너져 내릴 것만 같다. 그런데도 버티고 있는 그 당당함은 어디에서 나오는지. 홀로서기에 강한 그녀이지만 지금 그녀는 전에 없이 위태로워 보인다.

제자들 이야기로 재잘거리던 그녀 입술이 굳게 다물어져 있으면 이 공간의 파란 하늘이 무겁게 내려앉는다. 길가에 환하게 널려있는 개나리꽃도 무색해진다.

이 여자야! 바로 너 때문에 내 청춘은 아무것도 눈에 들어오지도 관심도 없었다고. 이 멍청한 여자야! 입 안에서만 맴돌 뿐 그녀를 바라보며 웃어 보일밖에.

가족 안에서 비일비재하게 일어나는 갈등 속에서 나도 희생자 역할을 감당하며 청소년기를 살아왔다. 비로소 내 인생이 시작될 수 있을 것이라는 생각으로 전공 선택을 내 의지로 감행하고 부모 의지를 거부한 채 내 길을 걸어왔다. 하지만 그것이 옳았다는 생각은 꽤 많은 시간이 흐른 후에야 알아차릴 수 있었다. 선경이도 그런 갈등에서 벗어난 시간이 타인들보다 좀 더 빨랐을 뿐이다.

선경이 원하는 것은 일방적으로 만들어 가는 중희 모습일 수 있다. 중희가 공들이고 있다는 사랑도 이 세계에선 이미 일상적인 의미로 전락했다. 그것을 거부하고 있는 선경은 이 시대 시시포스일지도 모른다. 내 관찰에 의하면 중희는 보통 아이였다. 십 대면 누구나 겪을 수 있는 것인데 그녀만 특별한 의미를 두기에 오히려 문제를 만들고 있다.

진정한 자유인? 선경이 말하는 그 이름은 허상이다. 이 세계에선 아주 극소수가 누릴 수 있는 많은 것을 상실하고서야 얻을 수 있는 달콤한 이름이지만 허세다. 이 시대에서 자유는 그런 거다.

"중희는 어떠냐? 둘이 잘 풀었던 거야? 녀석 의외로 골치네."

"내가 문제지 뭐. 늘 그랬던 것 같아. 나 혼자 속상해 하고 팔딱거리고, 그러다 합리화하고, 그런 거지 뭐. 그 녀석은 멀쩡해."

"그러니까 애들이지. 어떤 면에서 넌 좀 미련한 거 아냐?"

"긍정 아님 부정의 의도야?"

"긍정이야, 이 바보 녀석아! 왜 그렇게 사냐?"

"뭐가? 너도 바본 거 아나 몰라요."

그녀가 옆에 있으면 된다. 선경을 다치지 않게 지켜주고 싶다. 선경이가 살고 싶은 대로 살 수 있기를 바란다. 넌 그렇게 살아도 돼. 그래, 누군가 말한다. 사랑하는 데는 이유가 필요 없다고. 그냥 사랑할 뿐이라고!

그녀 삶을 오랜 시간 지켜 본 나로서는 언제나 신기하다. 아마도 이런 그녀가 변질되지 않기 때문에 내가 달아날 수 없는 것인가. 그녀만이 가진 열정이라 불리는 맹목적인, 무조건 주는 마음은 결코 흔들리지 않는다. 특별한 대상에 쏟아 붓는 그 마음들이 조각난다 하더라도 그것을 붙잡고 놓지 않는 그녀는 다른 행성인 같다.

선경은 중희에게 향하는 마음을 스스로 판 함정이라 부른다. 그 함정에서 빠져나오기보다는 그 안에서 자신을 위로하며 잠겨있는 선경을 볼 때마다 참으로 무모하게 살아간다는 생각은 떨칠 수가 없다. 알아주는 사람도, 결과에 대한 비난이 올 수도 있는 모험을 그녀는 늘 되풀이 한다. 이렇게 마음이 가는 일을 하는 것이 더 편하다는 그녀를 제대로 이해하기는 무리다. 안타까운 심정으로 그녀가 덜 다치기만을 이렇게 빌어줄 수밖에 없는 나 또한 함정에 빠진 것인지 모른다. 나 역시 그녀 삶에서 비껴나 있기 어렵다.

선경이 자신을 위로하는 방식은 독특하다. 신앙에 대한 굳건함도 없는 그녀는 모든 결과의 원인을 자신 탓으로 돌리곤 스스로 부족함에 고뇌한다. 스스로 고통 받는 것을 즐기는 거라고 웃는 그녀 눈가는 벌써부터 젖어 있다. 이런 모습을 보고 있으면 숨이 막힌다. 곁에서 물끄러미 보고만 있어야 하는 것이 얼마나 힘겨운 일인지. 선경의 마음이 아픔으로 출렁일 때 내 마음 또한 함께 파도친다. 억지를 부리며 중희와 단절을 시도하려는 안간힘은 차마 지켜보기 힘들다.

그렇게 몇 날을 앓고 나면 선경은 기이하게도 다시 원점으로 돌아가 있다. 또 다시 시작한다는 그 말이 허공에서 힘없이 흔들린다. 자기만의 삶에 투쟁하는 방법이라나? 제기랄!

주변에 모든 이들이 그냥 지나치는 것들에 선경은 말도 안 되는 의미를 부여하고 홀로 서 있기를 여전히 되풀이한다. 우습게도 그녀가 이 시대 이방인이 되고 만다. 사춘기에 스치는 사랑과 처절한 아픔을 그녀는 그 녀석보다 더 절절하게 치른다.

특별한 제자? 너만 그렇게 여기며 살고 있다는 것을 현실적으로 바라볼 수는 없는 거냐. 요즘 한때 필요에 충족된 과외선생도 선생이라고 취급이나 하는 줄 아니? 자기들에게 당장 필요하니까 곁에 머문다는 생각조차 하지 못하는 민선경. 내가 미친다, 미쳐!

베르단디의 거울

1.

"정말 모르겠다니깐요? 무슨 직업을 가져야 할지 몰라요. 회사 같은데 들어가는 건 싫어요."

"중희야, 뭐 하며 살고 싶은데?"

"돈 벌어야죠."

"어떻게 버냐고, 인마!"

"아, 몰라요. 어떡하든 성공하면 되지."

"스스로에 대해 모르면서, 하다못해 자신도 사랑할 줄 모르면서, 어찌 다른 사람을 사랑할 수 있겠니? "

"사랑해요, 나를 사랑한다고요. 그니까 선생님이 내 사랑도 이룰 수 있게 도와주면 되지."

강중희. 자신을 알아차린다는 것은 결코 쉬운 일이 아니다. 우리는 타인에 대한 두려움 속에서 살아가니까. 내가 이런 말을 하면 어떻게 생각할까? 내가 이런 모습으로 다니면 어떻게 생각할까? 내 성적이 안 오르면 엄마는 어떻게 생각할까? 내가 이렇게 행동하면 사람들이 뭐라 할까? 내가 이렇게 살아가고 싶다면 주변 사람들은 뭐라고 할까? 등등 모든 생각이 타인들 반응에 맞춰 흘러가게 된다. 내 삶이 아니라 타인을 위해 고개를 끄덕이면서 허세를 부리기도 한다. 하지만 그들의 시선에 맞춰 움직이던 내가 어느 날 갑자기 이게 뭐야, 라고 소리치게 될 때 우린 정면으로 자신을 마주한다.

나를 찾아가는 여행은 평생이다. 우린 늘 지표를 찾으려고 애쓰지만, 그 지표는 언제나 내가 만들어 내는 것임을 깨닫게 되는 걸. 결국, 타인이라는 두려움에 나를 내팽개치면 결코 진정한 자기 삶을 만들어 낼 수 없다. 자신에게 솔직해져야 해. 내가 나를 위해 주어야 하고, 내가 나를 믿어 주어야 하는 거야. 이 세상에 태어난 귀한 존재임을 아주 특별한 존재임을 기억해. 그리고 내가 할 수 있는 것들을 발견해 내고 그것을 사랑해야 한다. 그런 시간이 채워지면서 내 모습이 만들어지는 거지. 인생을 비로소 내가 살아가게 돼.

"지금 충실하라고. 너 외고 가면 내가 적극적으로 도와줄게. 부모님이 그렇게 바라는 외고만 가면 자유야."

나도 별 수 없이 부모에게 맞추라는 말 밖에 할 수 없다니. 열일곱에 학교를 떠나 혼자 벌어 음악 공부를 하겠다고? 너는 재능을 펼치기도 전에 압사당할 거야. 강중희 지금은 아니야.

"선생님, 미영에게 너무 기대하게 돼요. 나를 다 잃어버릴 것 같아요."

"미영이가 어디로 도망가니?"

"힘들어요, 자꾸만 그 애한테 매인다니까요."

"다 주니까 그렇지 인마. 절반만 주라고 말 드럽게 안 들어 너!"

"아, 참. 뭘 모른다니까, 걘 아무것도 못 알아듣는다고요. 그니까 어떻게 좀 해 봐요."

"내가 어찌하면 되니? 옆에다 묶어 놓을까? 아님 협박해?"

"아씨, 좀만 관심 가져달라고, 마음은 천천히 와도 되니깐. 평생 옆에서 기다려 줄 거니까. 미영이한테 얘기 좀 해 봐요."

"너도 나처럼 기대심리 버려. 무지하게 편해진다."

"뭐여, 선생님하곤 다르지. 난 못 버려요."

내 주변은 온통 해바라기다. 나를 바라보고 기대는 사람 투성이다. 나는 중희에게 신경을 쓰느라 안절부절 이다. 녀석의 표정이 이상하면 걱정하고 부르면 쪼르르 달려가 두리번거린다. 그런 중희 움직임을 좇는 나와, 연장 들고 일하다가도 내팽개치고 달려와 운전기사 역할을 하는 병서가 있다.

요술램프의 거인 같은 존재로 내가 원하는 것들을 아주 쉽게 해결해 주는 병서 덕분에 이곳이 유지될 수 있나 보다. 그저 터벅터벅 걸어가고 있는 움직임에서 힘이 솟아난다. 그가 있어 가능하다.

"중희야, 어김없이 가을은 가을로 오는 거야. 어쩌면 보내야 할 때 잡지 않는 것도 사랑의 힘이라고 생각하거든."

"그거, 영화 같은 얘기에요. 미쳤어요? 사랑하는데 왜 보내?"

모두들 그렇게들 말한다. 하지만 그렇지 않은 사람도 있으니까. 하루 사이 머쓱하고 하얗게 보이는 너를 바라보면 아프다. 나는 나이고 너는 너인데 마치 내가 너인 것처럼 대상을 전이시켜 내 바람을 이루려는 건 아닌가.

"싫으면 싫다고 하지, 말을 돌리긴 뭘 돌려요? 해 줄 거예요, 아니에요?"

그 첫 마음 버리지 못하고 가을이다 싶으면 이 모양으로 지난 세월의 기운에 빠져드는 나를 보게 된다. 평생 가슴에 남는 거야. 자신 있니? 나처럼 평생 가슴에 묻는다 해도 주는 마음으로 견딜 수 있겠니?

그래서 아무나 할 수 있는 거 아니거든. 쓴소리 탕탕 소리치고 싶다. 엄청 강해지지 않으면 다 망가지는 거야. 되돌아 올 수 있을 때 돌아오면 돼. 다치기 전에 네가 되돌아오면 좋겠다.

"십 년 후에도 너의 마음 지켜갈 수 있어?"

"아, 평생이라니까요. 남자들 첫사랑은 무덤까지 간대요."

중희의 이런 모습을 보면 나도 질린다. 이제 열여섯 아이에게 내가 이루지 못한 것을 대신 갖게 해 주려는 안간힘은 아닐지. 어느새 이 고통스런 가을을 즐기는 내가 두렵다. 그래, 하늘은 언제나 나의 편이었어. 그거 하나면 충분해.

일부러 시간을 만들어 두 아이를 데리고 아이스링크장에 왔다.

"안 넘어져, 미영아, 내 손 꽉 잡으라니까."

"아이고 무섭다니깐."

"겁먹으니까 그렇지, 네가 넘어지면 내가 같이 넘어져 줄게. 됐지?"

"넘어지면 멍들고 아프니까 그렇지."

"그럼 빙판인데 아픈 건 맞지만 내가 잡고 있는데, 괜찮아. 너무 다리에 힘주지 마."

"알았다고, 아이고, 선생니임."

둘의 뒷모습을 지켜보면서 참 잘 어울린다는 생각을 한다. 어설프게 잡은 손이어도 좋아 보인다.

겨울이면 집 앞에 만들어진 동네 스케이트장에서 거인 같은 오빠 뒤를 따르며 스케이트를 지치던 유년의 뜰이 그림처럼 펼쳐진다. 지금 실내 스케이트장에선 음악만 가득하지만 그땐 아이들이 내지르는 괴성과 코끝을 발갛게 만들어 주던 매운 바람소리가 넘쳤다. 입김을 호호 불며 김이 모락모락 나는 어묵 꼬치 국물을 보물단지처럼 여기며 마셨다.

둘이 참 예쁘다. 무슨 말을 하고 있을까? 나는 갑자기 뒤로 가 밀어 넘어뜨리고 싶은 어린애 같은 장난기가 생겨서 자리를 털고 일어나려는데 벌써 내게로 걸어 들어오는 미영의 상기된 얼굴과 중희가 보인다.

"중희야, 미영이 뜨거운 거 마실 거 빼 와."

"선생님, 발에 감각이 없는 거 같아요."

"미영아, 처음치곤 잘 타는 거야. 나중에는 어깻죽지가 아플 걸. 발은 타다 보면 풀려."

"코코아밖에 없어요. 선생님은 커피."

싱글벙글 웃는 중희 얼굴이 보랏빛 티셔츠와 잘 어울린다. 말도 좀 걸고 그러면 좋겠건만 웃기만 하기는. 속 타는 내 마음만 그대로 드러난다. 내 조잘거리는 입술이 두 아이에게 들릴지는 알 수가 없다. 이런 짓이 언제 끝날라나. 나도 참 어렵게 산다.

"둘이 가서 같이 링크 돌고 와. 몇 바퀴 돌면 금방 편해져. 이렇게 쉬었다 타면 더 발 아파."

"아, 또 타요?"

"온 김에 완전 배우고 가야지. 어서 내 손 잡아 봐, 그럼."

"천천히 가세요 선생님 너무 무섭게 해."

"나한테 너무 의지하면 균형을 잃게 되니까. 그렇지, 중심 잡고 밀어 봐. 하나, 둘. 잘 하네."

"으 떨린다니까요, 무서워 죽겠네."

"중희는 잘 탄다, 그치? 스케이트 신으니까 되게 커 보이지?"

"네, 잘났다고 혼자만 씽씽 잘도 타네."

"봐, 오길 잘 했지? 담에 또 오자. 그러면 지금보다 덜 무서울 걸."

한 바퀴 돌고는 힘들다고 쉬겠다는 미영을 뒤로 하고, 달려볼까 싶은 마음에 내가 속도를 내는데 뒤에서 밀고 지나치는 중희 때문에 순간 넘어질 뻔 한다. 겨우 뱅글 돌다 중심을 잡자, 어느새 옆에 중희가 보인다.

"에이, 자식. 미영이한테나 좀 그러지. 그럼 금방 친해질 텐데. 실실거리기만 하고 있네. 이야기 좀 많이 했어?"

"손을 너무 꽉 잡아준 거 같아요."

"말 좀 트라고 인마."

"옆에만 있어도 좋은데."

중희를 위해 만든 이 시간이 미영에게로 고스란히 다가가 그저 중희 마음을 느껴줄 수만 있으면 좋겠다. 그래서 오롯이 주는 마음을 미영이 알아차리고 제대로 받아줄 수 있으면 좋겠다.

누군가에게 특별한 대상이 된다는 일이 얼마나 행복한 일인지를 미영이가 부디 알아차렸으면. 아직 그런 마음을 모르는 미영을 바라보며 이런 시간을 함께 누리는 나는 행복하다.

2.

아주 오랜만에 신께 기도를 한다. 귀한 마음을 갖고 세상을 바라보며 장미꽃 한 송이를 가슴에 키우는 어린 소년을 축복해 달라고, 그 귀한 사랑이 이루어지게 해 달라고 간절하게. 세상은 그 사랑으로 향기롭고 따듯해질 거라고 믿는다.

그들 가슴에 사랑을 담고 있기에, 지금은 구름에 가린 채 빛을 발할 수 없다 해도 수많은 별들이 제 빛을 내고 있는 이 세상에 신의 축복이 부디 넘치게 해 달라고. 영원한 사랑이 존재할 수 없다고 떠들어대는 사람들에게 그 가치를 알아차릴 수 있게 도와달라고.

너무 쉽게 만나고 헤어지는 이 세상에서 꿋꿋하게 버틸 수 있는 사랑을 품은 한 소년을 위한 공들이기가 내 일상을 잠식해 버린다. 막무가내로 신께 매달리면서도 이 믿음이 혹시라도 중희를 세상 밖으로 밀어내는 것은 아닌지, 그런 두려움이 찾아들기도 한다. 하얗게 아무것도 남아 있지 않은 시간, 중희의 아파하는 마음이 내게로 고스란히 전해지면서 밀어두었던 서러움이 복받친다.

세월이 지나갔음을 굳이 따지지 않는다면 주주총회 후배들은 별로 변한 것이 없어 보인다. 술과 음악과 늘 나를 곤혹하게 하던 농담으로 질펀하다. 주말이면 어김없이 찾아와 아이들에게 시간을 내준 그들이 아니었으면 이곳에 음악이 울려 퍼질 수는 없었을 것이다.

이제 재건이 기타는 제법 소리를 낸다. 개인 녹음실을 만들어 활동하고 있는 궁면이 리드 기타에 힘입어 베이스 역할을 제대로 해 준다. 아직 키보드 소리는 들을 수 없지만 드럼이 한몫을 해 주어 훌륭하다. 이렇게 그들 마음이 음악과 함께 커 갈 수 있으면 된다.

병서는 노래 부르고 싶어 하는 아이들을 위해 아직 연주를 해 줄 수 없는 밴드를 대신해서 노래방반주기를 구해왔다. 연습실에 울리는 아이들 노래가 마치 콘서트에 온 것 같다. 다양한 장르의 노래들이 묘하게 어우러져 이곳을 구름 위에 떠 있는 작은 천국으로 만들어 준다.

"누님, 이번 연말파티 때는 콘서트를 하죠. 농구대회 끝나고 애들 노래자랑 해요."

"그러자. 요즘 아이들은 다 가수 같아. 그치? 너무 잘들 하는 것 같아. 나도 노래 잘 하면 얼마나 좋을까?"

"누님도 들어 줄만은 해요. 너무 실망 마셔."

"병서야, 우리 바다 앞에서 술 먹고 질러대던 거 기억나?"

그리워할 수 있는 추억이 있다는 것은 삶의 기쁨이다. 세상을 향해 내지르던 우리들만의 노래가 귓가에 퍼지면 못 견디게 살고 싶어진다. 지나온 세월을 돌아볼 수 있을 때 작은 미소를 지을 수 있다면 그렇게 나쁜 삶은 아닌 거지.

"리드 보컬 할 만한 아이는 없는 거 같아요, 민 선배."

궁면의 판단은 뜻밖이었다.

"왜, 애들 노래 잘 하던데. 재건인 어때?"

"잘 하긴 하는데 너무 평범해. 보이스가 너무 흔해서 다양한 장르를 소화하는데 한계가 있어요. 고음 처리는 무리고."

"전문가가 보는 거랑 다르군, 어쩌지? "

"공개 오디션하면 어때요? 그것도 이벤트 효과 있어요."

"일이 너무 커지잖아. 지금 하고 있는 일만으로도 정신 나간 사람처럼 사는데. 일 벌이지 말자고, 그냥 재건을 시작으로 천천히 해 보자고."

"와, 민 선배도 이럴 때가 있네요. 좋아하는 일에서는 물불 안 가리더니만, 나이가 든 겁니다. 결혼해야겠네."

"후배님, 때로 날카로운 지성이 필요할 시점이 있는 겨. 너무 펼쳐 놓으면 잃는 게 많다고, 깨지면서 배운 오묘한 삶의 철학이다."

"민 선배, 병서 형은 일편단심으로 지극정성인데 이제 좀 봐 주지, 생각 없으세요?"

"배궁면! 쓸데없이 사람 갖고 장난치지 말고 병서 앞에서 입 다물어라. 겁난다."

"난 죽었다 깨어나도 병서 형같이 못살아. 몸 바쳐 마음 바쳐, 돈도 갖다 바쳐. 그런 힘이 어디서 나오는 건지 이해할 수 없다니깐."

"그게 사랑의 힘이다 인마! 참 사랑."

"그럼 둘이 결혼하지 왜 이렇게 살아요?"

"사랑의 완성은 결혼만은 아니거든. 늙어 꼬부라질 때까지 함께 걸어가면 그것도 한 방법인 거야. 부러우면 마음껏 부러워 해. 뭘 그리 씹어?"

"민 선배, 너무 철학적인 거 알아요? 어려워, 어렵다니깐. 뭘 그리 복잡하게 살아요?"

철학이 뭐 그리 어려운 일인가. 생각하며 살아가면 그게 철학하는 거지. 뭇사람들이 가질 수 없는 것들을 가진 사람만이 삶을 향유할 수 있다. 그들은 눈에는 보이지 않는 가치에 관심도 없으니 알아차릴 수 없는 것도 그들 문제이다.

"그동안 나도 없이 엄청 분위기 급상승이네. 창신동이 시끌시끌하다."

"최태영, 어서 와. 많이 바빴어? 후배들이 저 난리를 치는데 주말이면 민원 들어올까 봐 조마조마하다니깐. 지들이 물 만났지 뭐."

"애들하고 잘 노네. 난 사장 때문에 완전 술상무 됐어. 미치겠다, 몸 딸려서."

"좋은 징조이긴 한데, 힘들겠다."

"내가 뭐하나 싶다니깐, 경애 바가지에 아침이면 깨지고, 사무실에선 사장한테 터지고, 여기나 와야 대접받지. 넌 좋아 보인다?"

"매일같이 생음악 들어 봐라, 붕붕 떠다닌다."

"애들이 엄청 늘어난 거 같다."

"야학에 아이들은 줄어드는데 이웃 동네 엉뚱한 아이들이 줄지어 나타나. 좋은 현상이긴 하지. 문화운동 확산쯤으로 해야 하나? 잘 모르겠어."

"도서관에도 애들 많아졌네? 지난번에 보내준 책들 정리는 다 됐어? 안 했으면 오늘 도와주고 갈게."

"아, 진짜 너무 무리한 거 아니야? 좋은 책 보내 주어서 내가 이렇게 행복해, 사실은."

"목구멍으로 술 들이붓고 번 돈으로 산 거니까 그 정도는 약발 받아야지, 맘에 드는 책들이었어?"

"내가 읽고 싶은 책은 거의 다 있던데, 경애 씨에게 미안하다."

"뭔 소리야? 경애는 아무것도 몰라. 월급 또박또박 통장으로 들어가는데 미안하긴? 나 좋은 남편인 거 모르는구나."

"이곳으로 언제 한번 가족나들이 하시지 그래?"

"아이고, 선상님요. 그런 날이 올 수 있다면 내가 살맛나지요. 너한테만은 완전 경계경보거든요."

"아직도 그래? 널 무지하게 사랑하는구나. 허긴 내가 알아봤어. 대학 때 그런 미인이 너 같은 못난이를 졸졸 따라다니는 거 보면서. 복도 많아 넌."

"네 이름과 같은 앞 글자만 나와도 얼굴색이 변한다. 도대체 남녀간에는 친구가 존재할 수 없다고 빡빡 우기는 데 병적이야. 그런 것이 사랑이라 생각하는 거 이해가 안 된다 난."

"잘 해줘. 네가 좀 심했잖아. 괜한 소리나 해대고 다녔으니. 경애 씨, 그럴 만해. 난 알 것 같아."

"우리 모친한테 매일 시달려, 처갓집에서까지 난리. 참 질린다니깐. 집착이지, 그게 사랑이냐? 아, 그런데 그 녀석은 자주 오고?"

"중희? 올 시간이 없지, 연애하느라고."

"누구랑? 새로 만나는 여자애가 있는 거야? 그렇다니깐, 요즘 애들 특징이야."

"누구랑 비슷하다며? 여전히 미영에게 공들이고 있어. 인생의 비밀을 아무한테나 알려 주냐? 그럴 만하니까 도와주려는 거지."

"넌 너무 낙천적인 거 알아? 현실에 장애물이 좀 많냐. 날 봐라. 엇갈린 채 이러고 있잖아?"

"너처럼 안 만들려고 그런다, 왜? 넌 선점이 아니었잖아. 그걸 아직도 눈치채지 못한 거야?"

"막말로 골키퍼 있다고 골이 안 들어가냐?"

"웃겨, 골키퍼도 나름이지. 최태영, 소녀에게 백마 탄 왕자님이면 골대가 거부하는 거야. 선점 몰라? 바둑에서 그것이 어떤 작용을 하는지? 아, 넌 장기를 잘 뒀지, 허긴 장기도 마찬가지 아니냐?"

"인생이 선점만으로 될 것 같으면 걱정이 없겠네."

"너, 자꾸 엉뚱한 말로 내 신경 건들지 마. 맞는 수가 있다!"

"허, 나중에 이런 이야기로 책이나 써라. 내가 출판은 맡아서 해 줄게."

사랑의 힘은 보이지 않지만 위대하다. 나를 사랑해 주고 아껴주는 최태영, 네가 있기에 난 살아갈 수 있는 거다. 내 뒤통수만 바라보며 씩씩하게 살아 온 너의 그 주는 마음으로 이렇게 견디어 낼 수 있는 거였다. 우린 다른 빛깔로 물들여 온 걸 거야.

태영은 내게 주황빛으로 온기를 주는 사랑이었다. 그에게서 배운 받는 사랑의 아픔까지도 참사랑에서 나오는 힘이라는 것을 알고 있다. 그 사랑 빛은 그것대로 온전하게 지켜내고 싶다.

3.

"나한테 맞는 거 아티스트인데. 음악하고 싶은데 집에서 못하게 하잖아요."

"현실적으로 불가능하다면 어떻게 해야 할까? 내 생각은 말이야, 학교를 뛰쳐나올 용기가 없다면 지금에 충실한 게 최선이야. 내가 하고 싶은 것을 할 자유는 내가 그 마음을 버리지만 않으면 누릴 수 있는 나만의 것이니까. 대학 들어가서 맘대로 살아. 포기하지 않으면 길이 열릴 수 있으니까!"

"그러니까 돈을 벌어야 한다니까, 내가 하고 싶은 걸 하려면."

"돈이 필요하면 지금부터 시작하는 게 빠르지? 돈 버는 것도 어떻게 버느냐에 따라 다르거든. 돈을 벌기 위해 자신의 삶을 희생해야 하는 모습을 대부분 우리 어른들이 보여 주고 있잖아."

"선생님만 생각이 달라요. 다른 어른들은 아니라구요."

"그렇다 해도 별로 나쁘진 않잖아. 내가 좋아하고, 할 수 있는 것으로 삶을 진행할 수 있으니까. 자신이 갖고 있는 삶의 의미를, 가치를 어디에 두느냐에 따라 사는 방법은 결국, 개인의 선택이니까."

"그니까, 할 게 없다니까."

"지금, 이 세상이 잘못 돌아가고 있다는 것만은 부인할 수 없어. 그러니까 내가 원하는 욕망과 사회에서 불어넣는 욕망에서 내 것을 빨리 알아차릴 수 있는 사람이 좀 더 많은 자유를 누리며 살아가게 돼."

누군가의 삶을 오랜 시간 지켜보지 않은 이들은 결코 이런 이야기에 동조할 수 없겠지. 지나온 세월이 얼마나 외롭고 고통스러웠는지 알 수 없을 테니까. 사람들은 결과만을 가지고 판단하고 제식대로 결정지어 버린다. 한 개인이 살아온 그 세월 속에 번져들었던 치열한 투쟁과 사랑, 그것으로 만들어 얻는 아주 희미한 빛.

내가 가진 일상들은 무모했지만, 의미가 있었던 나만의 몸짓이기에 깨지고 다시 또 일어나면서 얻을 수 있었던 현재이다. 그렇기에 지금 내가 원하는 삶을 나만의 방식으로 살아갈 수 있다는 사실을 그들은 결코 알아차릴 수 없다. 오늘 내 앞에 펼친 세상을 바라보며 내가 잃었던 것들을 아이들을 통해서 조금씩 찾아낸다. 그래서 내 삶에는 내가 원할 때 언제든 시간의 문을 열 수 있는 열쇠가 필요하다. 그 열쇠는 사랑이다.

"누님, 들었어요? 중희가 노래하는 거? 와, 녀석 수준급이에요 알고 있었어요?"

"재주가 너무 많아서 탈이야. 다방면으로 가능성이 있는데 자신을 위한 열정이 없는 게 좀 그래."

"녀석한테 리드 보컬 맡아보라 하지? 긍면이 오면 정확히 알 수 있을 텐데, 전문가니까. 그렇죠?"

"안 할 거야. 아니 못하겠지. 중희 부모님이 생각하는 방향과는 완전 다른데 불가능해. 아직 어리잖아. 너무 오랫동안 자신을 가두어 와서 부모 영향을 벗어나기 힘들어. 대항하기보다는 그냥 순응하는 방법을 선택해 온 아이라서."

"그런데 정말 노래 부르는 거 보면 가수 같아요."

"인마, 가슴에 사랑을 담은 사람과 그냥 내지르는 사람과 느낌이 다르잖아. 감정이입도 모르니? 그 녀석 가슴에 온통 보랏빛 사랑으로 가득한데 당연히 절절하게 나오지. 너도 그렇잖아?"

"내 노래도 그렇게 들려요? 진짜로? 와 그렇구나! 태영 형은 어때요? 노래 잘 부르나?"

"안타깝게도 최태영은 노래를 못 해. 술 들어가면 한 곡 정도는 들어줄 만하긴 해. 그냥 지르는 거지. 상록수였던가."

병서의 상기된 얼굴로 봐서 중희 실력은 다른 사람에게도 인정받는 것 같다. 시작하고 있는 일들이 어쩐지 그 아이를 위한 일이었나 싶을 정도다. 밴드 아이들도 중희를 무리 없이 받아들인다.

고맙다. 네가 이곳을 가득 채우고 있는 그 귀한 마음을 나 또한 지킬 수 있게 해 주어서. 언젠가는 이 모든 시간이 제 빛을 내며 눈부시게 펼쳐질 수 있겠지. 그렇게 믿고 이끌어 가면 되는 거다.

내 세상은 분명 지금 존재하고 있다. 신기루 같은 이곳 파란 하늘은 길 하나를 두고 펼쳐지는 또 다른 세계, 그들만의 이해관계에 맞게 개발이 진행되고 있는 걸 막을 수가 없다. 이곳으로 향하는 내 마음을 거둘 수 없는 이유, 세상은 갈수록 더 불공평하게 진행되고 있으니까. 가난하다는 이유로 살던 곳에서 떠밀려 나가게 만드는 자본주의라는 게 도대체 언제까지 유효할까.

답답하고 무거운 공기에 진이 빠지는 가운데, 불쑥 찾아든 종이 뭉치 때문에 태영이가 와 주었으면 싶었다. 마음이 통했던지 그는 퇴근하기가 무섭게 이곳에 와 내 앞에 있다.

"이거 한번 읽어줄래?"

"뭔데? 편지 같은데."

"도대체 누군지 감이 잡히질 않아. 어지러워."

"널 엄청 좋아하는 거 같은데?"

"그니까, 이런 편지를 보낼 만한 사람이 없다니깐?"

"우표 소인도 안 찍힌 거 보니까 누가 두고 간 건데 뭐."

"그래? 난 못 알아차렸네. 너무 황당해서 말이야."

"내가 보기엔 여기 오는 녀석 중 하나인 것 같은데."

"웃겨. 아이들이 이런 말투를 쓸 수 있어?"

"일부러 그렇게 보이려고 쓴 거 같은데. 내가 보기엔 너와 가까이 있는 녀석들 중 하나야."

"아무리 생각해 봐도 영 감이 안 오네, 그럴 만한 아이는 없어."

"이거 소설 아니야? 중희는 아닐 테고, 여자 친구한테 빠진 녀석이 이딴 글을 쓸 수는 없지.”

“그 녀석은 아니야, 가슴에 온통 미영이로 가득 찬 놈이 이런 걸 보내? 그리고 미영이 아니면 나와 소통할 필요도 별로 느끼지 않는 꽉 막힌 녀석인데.”

두툼한 누런 봉투를 받아 쥔 내가 순간 경직될 수밖에 없었던 것처럼 태영도 역시 주춤거린다.

“첫 문구부터 보통 편지가 아닌데? 요즈음 이런 편지를 보내는 인간은 도대체 어떤 부류일까?”

“계속 읽고 말해 줘.”

“서툴게 존칭어를 쓴 거로 봐서 이건 십 대 작품임에 틀림없어. 아무리 티를 안 내려 해도 그들이 쓰는 어휘는 한계가 있거든.”

태영 눈 속에서 오래전 슬픔을 만난다. 나도 그에게 편지를 쓰며 달래야 했던 그때는 나만의 아픔이 수북하게 쌓여지곤 했었다.

“누구 특별하게 잘 해 준 아이 없어?”

“없다고요. 다 비슷하게 대해 준다고 십 대치곤 좀 너무 지나치지 않나?”

“십 대니까 가능하지. 이 녀석 누군지 잘 다독여야 할 것 같다.”

“전혀. 아무 생각도, 누구도 연결되질 않는데 내가 뭘 해.”

태영은 민감하게 받아들인다. 그러나 소년 시절, 있을 법한 선생님에 대한 무지막지한 애정표현이다. 마치 자기 인생을 다 걸 수도 있을 것만 같은 한순간 벅차오르는 감정을 글로 표출하는 거다. 제 마음에 두기엔 너무 힘드니까.

"그런데 선경아, 아주 작은 관심들마저 십 대에겐 어쩌면 엄청난 부피로 밀려들 수 있어. 누구나 일상에서 일어날 수 있는 일이 타인들에게는 전혀 아닐 수 있거든. 마치 자신만을 위해 존재하는 것처럼 생각이 들 수 있는 순수시대니까."

그 마음을 모르는 것은 아니다. 내 마음이 그와 같지 않다는 게 문제다. 어긋나는 마음으로 살아가는 거 너무 잔인한 일이야.

"나, 결혼하지 말았어야 했어. 널 보며 혼자서도 행복하게 살 수 있구나 싶은 생각, 여기 올 때마다 느낀다."

"너, 가장이라는 사람이 이렇게 말하면 안 되지. 한 가족을 만드는 일이 얼마나 위대한 일인데. 네 부부 보면 되게 부러운데 무슨 말이야?"

"경애가 완전 히스테리야, 요즘 정신과 상담까지 한다. 몸만 자기한테 있고 마음은 다른 곳에 가 있다며 껍데기랑 사는 거라며 서슴없이 아무데서나 소리치고 엉망이다."

"그럼 여기 오지 마. 경애 씨 마음이 그렇다면 옆에서 다독여 주어야지. 너도 힘들고 나도 편하질 않아. 네 가족에게 충실했으면 좋겠어. 경애 씨가 너를 그대로 받아들이는 일은 어려울 거야. 너를 사랑하니까 그럴 수 있어. 감사하게 생각하고 더는 오지 마. 난 잘 하고 있잖아. 듬직한 보디가드부터 날 미치도록 사랑한다는 미스터리의 편지 주인공까지. 주변에 온통 남자다 뭐."

"우리가 사십을 넘으면 괜찮을까? 불혹의 나이에 접어들면 외부적인 일들에서 초연하게 살아질까?"

"아마도, 그 나이가 되면 마무리 인생으로 들어가는 것이겠지. 젊으니까 불안정하게 느낄 수도 있겠다. 문젠 내가 싱글이라는 점이겠지. 아, 너를 위해서라도 내가 결혼해야 하나 보다. 으"

"결혼? 병서랑 말이야?"

"아이고, 아저씨, 그냥 하는 소리지. 병서는 친동생 같은 녀석인데 너랑 같거든. 남자로 생각해 본 적이 없다니깐."

"병서도 그걸 알고 있어? 내 보기엔 완전 해바라기다. 목이 아플 때가 지나도 벌써 지나서 아마 지금쯤 부러졌을 만한데도 멀쩡한 걸 보면 이 시대 진정한 로맨티시스트야. 너와 같은 희귀종."

"나도 알아. 그래서 늘 미안하고 마음 아파. 아직은 내가 날 너무 사랑하는 것 같아. 그래서 병서 마음이 내 안으로 들어올 여지가 없는 거 같아."

4.

아이들 성장 속도는 시간을 앞지르는 것 같다. 나를 바라보면 변화가 느껴지지 않는데 아이들을 보면 놀랍다. 성장기란 그런 것이던가. 지금 내가 선택한 이 시간은 제대로 지나가 주고 있는 것일까. 모두 자신들 공간으로 돌아가고 혼자 남은 이곳은 낯설다.

"어? 준영아, 어쩐 일이니? 무슨 일 있는 거야?"

"그냥, 궁금해서요. 학교 개교기념일이거든요. 선생님은 여전히 문지기 하시네요."

"문 밖 출입 완전 금지다. 병서 형이 시골에 내려가 있어서 비울 수가 없거든."

"선생님, 우리 영화 보러 가요."

"도서관 비울 수가 없는데 어쩌니? 아무도 없어. 나 혼자 있거든."

"치, 일부러 선생님이랑 놀려고 왔는데 너무하네."

"녀석, 이따 누구든 오면 시간 내 보자. 너, 요즘 통 안 왔잖아. 무슨 일 있었어?"

"아니오. 뭐, 나름 잘 지내는 편이에요."

"제가 왜 학교를 굳이 멀리 갔는지 아세요?"

"잘 생각해서 선택했겠지. 넌 저력이 있잖아."

"그 저력. 선생님한테 잘 보이려고 부린 오기였는데."

"그랬어? 녀석, 몰랐네. 앞으로도 그 오기 버리지 말아, 삼년 동안은."

"선생님 엄청 놀라게 한 적 있었는데 혹시 알고 계셨어요?"

"네가? 글쎄, 생각이 안 나는데."

"두툼한 편지 사건. 한 달 동안 정확히 107장 썼어요."

"뭐라고? 아니, 준영이 네가 쓴 거였어?"

"지금도 쓰고 있어요. 전해드리지만 않은 거죠. 나중에 한꺼번에 왕창 보낼게요."

선경을 막무가내로 몰아가던 두툼한 편지 주인공은 전혀 생각해 내지도 못한 준영이었다. 당시 편지를 보낸 그는 부모의 권위에 눌려 지독한 애정결핍에 놓인 대상으로만 생각을 했다. 그러다 언제부터인가 편지는 오지 않았고 그렇게 잊혀졌다. 그런데 준영은 내가 알고 있는 바로는 유복하고 안정된 가정 안에서 온실 화초처럼 여기던 녀석이었다. 집에서 과외를 받던 학생이지만 아주 가끔씩 이곳에 놀러오기도 하는 눈에 띄지 않는 평범한 아이였다. 그렇기에 내가 받은 충격은 어마어마하다. 아무렇지 않게 그 사실을 말하고 있는 준영을 감당하기가 힘든 일도 처음이다.

"선생님, 제가 왜 명문대로 가려는지 아세요?"

"너의 꿈을 이루기 위한 것이겠지, 안 그래?"

"네. 선생님 옆에서 도와드릴 거예요. 평생."

"준영아, 넌 해야 할 일이 아주 많아질 거야. 이 사회를 위해 진정한 사회 지식인으로서. 여기는, 나는 아니야. 너의 그 마음에서 조금만 아주 조금만 보내라."

"어쨌든 전요, 그래서 공부해요!"

"그래? 어디 두고 봐야지. 너처럼 말하고 간 녀석 한두 명 아닌데 나도 기다려지네."

"또 누가요? "

"내 특별한 제자들."

"선생님 제자들은 다 특별해요?"

"생활하는 모습 자체가 모두 다르지만 다들 자신에 충실하고 자기 관리 잘 하고 십 대에선 하기 힘든 것들을 가슴에 품고 사는 애들이니까. 너도 마찬가지야."

"내가 그렇게 한 거 다 선생님 때문이었어요. 우리가 만나지 않았으면 저, 이렇게 변하지 못했을 거예요."

"그래. 보기 좋아. 열심히 노력하는 사람, 주변을 감동시켜!"

"저를 위해 해 주신 말씀들, 다 기억해요. 토씨 하나 빠뜨리지 않고, 시험 기간에는 못 오겠지만 집에 올 때 자주 와도 되는 거죠? 선생님이 내게로 와 주면 더 좋겠지만요."

"그래? 언제든지 네가 원하면 올 수 있는 곳이야. 책도 빌려 가고 운동도 하고, 노래도 부르고."

"네. 선생님께서 오지 말라고 할까 봐 사실은 겁먹었거든요."

사람에게 받은 아픔은 꽤 오래 보이지 않는 상처를 남긴다. 그런 실수를 할까 봐 나는 떨리는 심장을 달래며 준영을 여느 아이들처럼 대하려고 진땀을 뺐다.

"목적이 뚜렷하니까 공부가 더 잘 되는 거 같아요."

"그럼. 우리가 살아가면서 목표는 나를 강하게 하는 힘의 원천인걸."

"제가 꼭 성공해서 선생님 많이 도와드릴 거예요. 선생님은 좋은 일 하시니까."

"와, 힘나네. 말만이라도 너무 고마워."

"아, 진짜에요. 전 선생님을 위해 공부해요!"

"준영아, 네 자신을 위한 공부라고 생각해야지. 난 그냥 작은 동기였음 좋겠는데."

"아니요. 전 선생님 때문에 새롭게 태어났기 때문에 그럴 수 없어요."

"그래. 그렇다고 생각해 주면 나야 기분 좋지. 또 내일이 오면 다른 상황이 오는 거니까, 마음 편하게 지금, 열심히 공부해."

"선생님, 부자에요? 땅도 사고 건물도 다시 짓는다면서요."

"마음만 부자지. 좋은 친구들이 도와줘서 할 수 있는 일이었지. 난 아직 완전히 독립 선언 못했어. 친구들 아니면 엄두도 못 낼 일이었어."

"선생님은 참 좋겠어요. 그런 친구들이 있어서. 난 그런 친구가 없는데."

"시간이 걸려. 넌 아직 열일곱이잖아. 나도 그땐 이런 친구들이 없었어."

"그냥 평소 학교에 친구들은 있지만 마음을 다 털어놓고 상의할 친구는 아직 없어요."

"고등학교 때 만나는 인연이 대학가서도 이어지고, 그러면서 진심을 나눌 수 있는 소중한 관계가 만들어질 수 있어. 너무 벌써부터 걱정하진 마."

"그래도 난 행복한 사람이에요. 선생님 같은 분하고 친하니까, 그렇죠?"

"그렇게 생각해 주니까 무지 행복해지네."

"저한테 선생님은 굉장히 특별한 분이세요."

"나도 널 그렇게 생각하고 있어. 대부분 고등학교 가면 거의 찾아오지 않거든. 바쁘기도 하고 공간적으로 멀리 떠나있기도 하니까."

살얼음판을 걷는 기분이다. 준영이가 불쑥 찾아오는 날이면 어김없이 태영에게 충고를 구한다. 그는 그냥 내버려두면 대학 들어가서 다른 세상을 만날 것이고 그땐 그렇게 크게 나를 바라보진 않을 거라고 말한다. 너도 열일곱을 지낸 소년이니까 선생님에 대한 마음에 대해 알 수 있지 않냐고 엉뚱한 태영에게 추궁하는 내가 있을 뿐이다. 이런 준영을 보면 그 아이 부모는 또 어떻게 나올지 걱정이 된다. 중희 부모님이 나를 거부한 이유는 간단하고 명료했다.

'중희 마음을 흔들어 놓는 사람이 선생이라는 게 이해가 안 됩니다. 더 이상 중희를 만나지 않았으면 좋겠습니다.'

중희 부모는 내게 치명적인 교훈을 남겼다. 학교에 갇혀 성적을 올리는 기계가 되고 있는 현실에서 내가 하는 일이 그리 반가울 수 없었겠지. 한동안 시간이 지나고 냉정하게 다시 나를 무장한다고 여겼는데 생각지 못한 순간 중희에게서 소식이 왔다. 녀석은 결국 나를 다시 무장해제 시켰다.

세상 밖에서 살아가는 내가 늘 외부의 왜곡된 시선들에 저항할 수 있는 힘이 유일한 무기인데 이상하게도 중희에게만은 휘둘린다. 이것만은 외면할 수가 없다. 나는 또 짓이겨져도 중희를 부모 몰래 만나야만 했다.

내 인생에서 '후회'라는 단어는 삭제당한 글자 중 하나이다. 설사 그렇다 할지라도 결코 입 밖에 내는 것을 나름 나만의 금기로 삼아 왔다. 어쩌면 중희를 내 인생에 끌어들임으로 인해 커다란 시행착오를 일으킬까 두려워하는지도 모른다.

그들 나름대로 살아가게 내버려 두어야 한다는 태영의 말이 문득 떠오른다. 오랜 시간이 흘렀음에도 여전히 내 안에 누군가 존재하고 있다는 거추장스러움은 나를 잠 못 이루게 한다. 어른이 되고 싶지 않은 피터팬이고 싶은 건가. 민선경, 알지? 네버랜드는 없어.

"그 애 앞에 있으면 아무 말도 할 수가 없어요. 무슨 말을 해야 할지 가슴은 너무 벅찬데 머리가 텅 빈다구요."

"중희야, 꼭 말을 해야만 하는 건 아니잖니?"

"가만히 있으면 그 애가 힘들어 하는 것 같아서요."

"너무 미영 입장만 생각하지 마. 네 마음을 전해 줄 수 있으면 지금은 괜찮아."

"빨리 친해졌으면 좋겠어요. 내 친구들처럼 여자 친구랑 같이 영화도 보고, 도서관에서 옆에 앉아 공부도 함께 하고 싶어요."

"네 마음을 미영이가 알게 된 것이 그리 오래되지 않은데 더 기다려 줘야지."

"아니죠, 얼굴 본 지는 오래됐거든요. 일주일에 한 번은 봤거든요. 벌써 몇 년째야……."

"얼굴은 익숙해도 너의 마음을 안지는 얼마 안 됐잖니? 왜 진작 말 좀 트고 친하게 지내지 그랬어."

"아 씨, 내가 못하니까 선생님한테 이러고 있지."

중희의 조급함을 바라보는 일도 내게는 즐겁다. 녀석의 마음은 오래전에 품고 있던 내 마음을 닮았다. 요즈음 찾아볼 수 없는 순수함이다. 그래, 그 순수를 지켜내고 싶었던 내 마음을 정작 본인은 잘 이해하지 못하는 것 같다.

"얼굴 보면 아는 척도 안 해요. 완전 무시해요."

"네가 먼저 인사하면 되잖아? 너는 못하면서 왜 바라니?"

"아, 진짜 입이 안 떨어진다니깐. 난 인사 같은 거 못한다니까요. 안 하던 짓을 어떻게 갑자기 하냐고요."

"그럼, 너도 바라지 마. 너 그런 거 보면 완전 부딜투덜거리는 게 꼭 뭐랑 비슷하다. 입을 쭉 내민 돼지새끼."

"뭐가요, 그니까 선생님이 도와 달라고요. 걔 다른 애들한테는 말도 잘 해요. 걔는 나한테만 그래."

지금 그 마음을 이어가면 신의 축복을 누리는 자가 될 수 있어. 아직 오지 않은 미래를 두려워하지 마. 지금 내 마음만 데려가면 되는 거지. 사람들은 그 두려움을 이겨 내지 못하기에 인생에서 마주치는 신의 축복을 알아차리지 못해.

단 한 번 나에게 내리는 빛! 낮은 담장을 넘을 수 있으면 돼. 두려워하면 낮은 담장 사이에 항상 열려있는 그 문을 절대로 지나갈 수 없거든. 이 세계에서 늘 그곳을 지키는 사람이 있기에.

담장을 지키는 사람은 아주 힘이 세거든. 이 세계의 전통과 관습과 왜곡된 시선, 자유를 억압하는 통념으로 문을 지키고 낮은 담장을 넘어가는 사람을 막아왔던 거야.

"그 애가 날 버리면 어쩌죠? 못살 거 같아요."

중희의 슬픔에 지친 목소리는 내가 스스로 만들어내어 꽉 움켜쥔 고통이다. 타인에게는 결코 보이지 않는, 내 살에 파고들어 이미 내 것이 되어버려 알아차리지 못하는 이식된 살갗.

다 주고 있으면 안 돼. 네 삶의 절반만 완벽하게 줄 수 있어야 해. 넌 몽땅 다 주려고 작정하잖아. 스스로 강해질 수 없다면 완전히 망가져야 해. 처참하게 바닥까지 내려가서. 완전 침몰해서 부딪쳐야 하는 거다. 철저하게 혼자 부딪쳐 깨야 하는 거라고. 그것을 선택할 수 없다면 스스로 강해지는 연습을 계속해야 한다.

끝이 보이지 않아 언젠가 주저앉게 되더라도 그럴 수밖에 없는 사랑은 불가항력이다. 대상의 몰이해. 무시해. 내가 선택한 것이라면 두려움마저 받아들일 수 있어야 하는 거야. 그것이 설사 나를 비껴나간다 해도 내가 선택한 것을 내 안에서 고스란히 받아들여 봐. 문제는 내가 나를 믿어주어야 한다.

그러나 세상은 워낙 웃기고도 슬픈 모양새라 그 세상을 비껴나 내 세상을 만들어야 할 때도 있는 거야. 열일곱 생각에는 불가능한 거 같아. 조금 겁이 나긴 하지만, 시간의 문을 넘어 온 시간여행자가 있다면 가능할 수 있지 않을까? 하지만 시간여행자가 가진 열쇠로 시간의 문을 영원히 막지 않도록 할 수 있어야 해. 마음의 문을, 시간의 열린 문을 그냥 지나치면 소용이 없다는 거야. 시간여행자는 열쇠를 갖고 있고, 언제든 그만의 방식대로 시간의 문을 열고 닫을 수 있거든.

중희에게 이입되는 내 감정은 중요하지 않다. 중희가 내게 바라는 건 그저 수월하게 미영에게로 이어질 나의 역할이다. 하지만 내 역할과 상관없이 신의 축복은 사랑을 품은 사람의 마음이 얼마나 지속될 지에 달린 문제이다. 모든 게 떠나고 깨닫기 전에 사랑할 수 있을 때 그저 사랑하면 된다.

5.

"섹시한 글 좀 보내 주십시오"

뜬금없이 편집장에게서 메시지가 왔다. 섹시한 글이라, 좋았어. '섹시한 존재감을 위하여'로 글의 제목을 잡았다. '섹시하다'를 형태 분석하면 영어 'sexy'에 '~하다'가 붙어 만들어졌다. 사전에서는 '성적인 매력이 있다'로 쓰여 있다. 이 말을 한글로 바꾸어 보려고 했더니 '매혹적이다'가 근접한데 그 의미가 다르게 다가온다. 이것이 한글과 외국어 차이이고, 그 차이에서 내 삶이 다르게 느껴질 수밖에 없었다. '매혹적이다'라는 말에는 겉모습뿐만 아니라 그 모습에서 보이지 않는 느낌이 있거든. 그것은 순전히 바라보는 시선에 따라 다른 것일 테고 사전 뜻만으로는 설명할 수 없는 무언가가 있다. 그래도 제목을 '섹시한'으로 선택한 이유는 '존재감'을 드러내기 위한 말놀이쯤으로 해둔다.

살아오면서 '섹시'라는 단어에 집중해 본 적이 없다. 이 가을에는 안 하던 짓들을 해 보려고 목록까지 만들어 보고 있던 중에 편집장에게서 온 연락은 뜻밖의 기쁨이다. 물론 지나온 가을과는 다르게 낯설지만 신선하다. 그것들을 파헤쳐 보고자 하는 나의 탐구욕망의 연장선일 뿐이지만. 그런데 이것들이 무의식 깊숙이에 있다가 말을 건네며 "나 여기, 이렇게 있었거든." 하며 얼굴 한번 디밀고 그야말로 산뜻하게 작별을 고하며 떠나는 거다. 의식한 일도 아닌데 무슨 자연법칙처럼 '섹시'라는 자기 존재감을 확인이라도 하듯 들이대고 흔적만 남기고는 떠나간다. 확, 잡아서 묻고 싶은데 그럴 기회도 주지 않고서는 알아서 하란다. 이런 제기랄.

익숙하지 않은 단어로부터 시작해 보게 된 이 우연을 따라가다 보면 잡히는 게 있을 것이니까. 섹시한 존재감을 위해 필요한 것들을 생각해 보고 정리해 본다.

먼저, 책을 읽어라. 둘, 누군가와 수다를 떨어라. 셋, 혼자 노는 시간을 즐겨라. 넷, 경계(고정관념, 흑백논리, 편견)를 넘어서라. 다섯, 게으름의 미학을 추구하라. 여섯, 몰입의 시간을 가져라. 일곱, 연애하라.

이쯤 되겠다. 이거 뭐, 가만 들여다보니 지금까지 내가 살아온 시간이다. 그렇다면 '섹시한 존재감의 나'가 된다. 이 견딜 수 없는 섹시한 존재감으로 이제 무엇을 해야 하는 건가? 십 대에 했던 연애를 다시 시작해 볼까, 그 연애 대상을 인간으로 상정한다.

아오, 대상을 물색하다가 너를 떠올린다. 근사하다. 이제부터 두툼한 편지로 나를 놀라게 했던 너와 연애를 하련다. 섹시한 존재감을 위하여. 이렇게 시작된 거다. 멀쩡하게 너에게로 달려가게 된 것은 편집장, 순전히 그니 때문이었다.

"그동안 어떻게 지냈어?"
"딱히 특별한 것은 없었는데요."
"나는 책을 꽤 많이 읽었어."

"나도 그런데."

우연히 마주한 것처럼 만든 너와 만남은 이미 예정했던 시간이다. 의식적으로 시간을 늦추었을 뿐, 의식적인 건 아니다. 그렇다고 무의식적인 것도 아니다. 그렇다. 아닐 수도 있고 그럴 수도 있다.

내 공간에 흔적을 남기고 간 너를 알아차렸지만 시큰둥하다. 아닐 수도 있고 그럴 수도 있으니까. 너의 행동이 작위적인지 그렇지 않은지에 대해서도 마음이 수직으로 움직이진 않아. 로맨틱 러브를 너는 결코 알 수 없을 거다. 몇 주간, 금요일이면 홀로 로맨틱 러브라는 이론에 빠진 내가 있다. 빠진 것은 아니다. 하고 있음이다. 얼마큼 물러나 있으면 네가 불러줄까도 생각했던 것 같아. 하지만 이렇게 우연을 가장한 필연이 아직은 가능하다는 것에 감사한다.

나에게 없는 나를 너에게서 만난다. 마치 며칠 전 함께 시간을 보낸 이들처럼 마주하는 너를 콩닥거림 없이 바라볼 수 있게 해 준 그 힘은 내가 만들어낸 것은 아니다. 나의 온전함을 향한 본능을 너로 하여 만족시키고 싶어 하는 것. 그거다. 난 농담도 못 알아듣잖아. 그게 말이야. 난 이해가 안 된다. 마음속 이야기를 나누기도 부족한 시간을 살면서 왜 사람들이 농담으로 대화를 채우냐고. 왜 그렇게 농담을 하는지도 모르니까 당연하다는 너의 대답에 입술이 굳어진다. 그래, 나는 그렇게 생겨먹은 인간이다.

"어, 머리는 왜 잘랐어요?"

"아, 한참 되었는데 잊었어. 머리 잘랐던 걸."

"이상하다. 안 어울려. 다른 사람 같아."

"그럼 다시 기르고 나서 올까?"

"그러던지요."

"알았어, 간다."

"어휴, 여전하군. 농담 못 알아듣는 거는."

"나도 농담이었는데."

"티나거든요?"

"그랬나요?"

너의 얼굴을 보면 어떻게 진담이 아니라고 판단할 수 있겠니. 네가 있는 이 거리는 너무 빨리 멀리도 가 있었구나. 내 시간은 언젠가 그 여름에서 멈추어져 있는데 이미 가을 한 중간에서 작은 바람이 일며 스산하다.

이제 나는 좀 다르게 너를 바라보려고 한다. 개인적인 실험을 시작하는 거니까, 은밀하게 너를 탐색하게 될 거다. 그런데 너는 그동안 야윈 얼굴 말고는 달라진 게 없다. 하지만 이제부턴 좀 달라질 수밖에 없을 거다. 너와 나는 그동안 단절에 대해 아무 말도 없다. 이유 따위는 서로 묻지도 않는다. 마치 며칠 전에 만났던 이들처럼 그렇게 마주 앉아 있다. 태연하게 앉아 있는 너를 가만히 들여다본다. 너의 손끝이 약간의 떨림을 감추기 위해 괜한 찻잔을 어루만진다. 이제는 너의 세상과 뗄 수 없는 팟캐스트와 트위터 이야기.

"이제 간다. 들어가."

"싫은데, 아직 시간 많잖아요."

이런 순간, 난 늘 특별한 이유 없이 설렜다. 지난 시간에서는. 허나 이제 그런 너의 말들이 무엇인지 안다. 넌 그냥 혼자 있기 싫은 거다.

"하나 물어볼게. 내가 섹시해 보이니?"

"네."

"거짓말도 대놓고 하네, 이젠."

"거짓말 아닌데, 그건 왜 묻는 건대요?"

"요즘 탐구 주제라 묻는 거야."

"섹시한 게 나쁜 건 아니잖아요."

"그야 그렇지. 내게 어울리는 표현은 아니잖아."

"아주 가끔 서너 번 느낀 건데, 활짝 웃을 때 한쪽에 들어가는 보조개."

"엥, 정말?"

"그랬다고요."

아, 내 얼굴을 내가 잊고 있잖아. 거울 속에 있는 나는 그런 보조개가 그렇게 보일지 확인할 수 없잖아. 거울을 보고 그렇게 신나게 웃는 인간도 있냐. 이건 한 방 혹, 맞은 기분이다. 얼얼하지만 돌아오는 길은 너무 산뜻하다.

드물게 아주 가끔은 누군가에게 섹시하게 보였다? 웃겨. 잊었던 내 몸의 감각을 다시 일깨우다니. 그래도 아무리 애를 써서 상상력을 발휘해도 성적 판타지는 없다. 내게 필요한 판타지는 몸과 몸이 아니라 영혼과 영혼에서 만나는 오르가슴이거든.

6.

거울 속에 있는 내가 나인지 아니면 거울 밖 내가 나인지를 잘 모르겠다. 여러 세계를 살고 있는 느낌이 들기도 하고 아닌 것 같기도 하다. 어떤 일을 할 때는 날카로운 지성인이 된 것도 같고 지금처럼 끄적일 때면 작가인 것도 맞다. 이것도 나였고 저것도 나. 새소리가 들리는 방으로 건너오면 아침이 와 있고, 창이 없는, 아니지. 창을 열 수 없는 방으로 들어가면 밤인 것 같다. 그 중간 공간을 지나치면 원두커피 향기가 옅게 풍겨서 내가 카페에 와 있는 것인지 내가 집에 있었던 것인지를 잘 모르겠다. 외출을 한 것도 같고 현관 저편에 차가 있는 것을 보니 나가지 않은 것도 같다. 그렇지만 밖으로 나가 무언가든 사들고 와야만 했던 것은 맞는데 언제 나갈지는 아직 모르겠고 안 나갈지도 모른다. 그러나 나갈 거다.

"진짜, 이걸 이렇게 만든다는 거예요? 신기해. 정말 신기하다니까."

그 어느 날, 너는 치즈와 크래커와 비엔나소시지를 접시 위에서 잘라 모양을 내고 있는 나를 본다. 앱설루트를 마실 때는 이런 게 필요하지. 내가 특별한 요리를 해 준다고 했잖아. 이 모든 것을 너는 휴대폰으로 찍어 댄다. 기념한다고 그래. 기념해도 좋다. 다시 해 줄 수 있는 시간이 오지 않을 수도 있으니까.

나름 정결하고 예쁘게 담긴 햄, 치즈, 소시지의 조화로움과 나를 번갈아 보는 네가 이상한 걸 너는 모른다. 왜 이런 걸 못한다고 생각했을까. 하긴 일상에서 여러 모습의 네가 만난 나는 타인들이 보려 하는 모습의 나만 있었던 것이기에.

너는 레몬수를 마시고 나는 스트레이트로 홀짝거린다. 별로 특별한 것도 없는 그렇고 그런 이야기들을 하는 동안에 특별한 의미를 발견하지 못하는 시간은 꽤 오랫동안 우리 앞에 있어 왔다. 그럼에도 우린 만난다. 너도 웃고 나도 웃고, 촛불을 들고 광장으로 나가야 하는가에 대해 한참을 떠든다.

결론은 뻔하다. 너와 나는 게을러서 절대로 행동가로 나서지는 못할 것이라는 사실, 서로가 이미 알고 있다. 시국이 시국이니만큼 앉아서 할 수 있는 게 무엇일까 생각하다가 지금은 우리 둘의 시간이니 그것은 각자 시간에서 알아서 하기로 한다. 비정치적으로 사는 내가 뜻밖에도 정치적으로 살아가는 너에게는 늘 이상한 나라의 앨리스였다.

"늘 궁금했는데 얼마큼 마시면 필름이 끊기고 어떤 기분일지 어때요?"

오늘은 내가 취하고 싶지 않으니 안 취할 만큼 마실 것이고, 너는 집으로 혼자 걸어가야 할 것이니 그 기분을 만나는 것은 다음 기회로 한다. 술이 들어가면 나는 침묵형이 되고 너는 수다쟁이 배나무가 된다. 그거 아나? 너는 술에 약하다. 아니 술에 취할 만큼 도전적이지도 낭만적이지도 않지. 나와는 다르게 너는 어느 부분 완벽주의자라서 스스로 취해 해롱거리게 놔 둘 수가 없는 인간이다. 이런 너를 보면 자꾸만 망가뜨리고 싶어지기도 하고 잘 보존해 주고 싶기도 하다. 아니다. 네 안에 갇힌 너를 자유롭게 하고 싶기도 하다.

한 번은 네가 심하게 찌그러지는 모습을 보게 할 수도 있을 것 같다. 아마도 저 밑에 숨어 있는 네가 드러날 것이라는 묘한 쾌감을 기대하면서. 필름이 끊긴다는 것은 내가 더 이상 내가 아닌 것이고, 세상이 더는 살고 싶어지지 않는 곳이 된다는 의미이다. 적어도 내게는. 그 단절된 시간은 안타깝게도 알코올의 절대적 효용성에 의존하는데 일반적으로 열두 시간 정도면 끝난다는 거다. 적어도 내게는 그 정도 효력이었다. 다시 또 깨어나 알코올을 불어넣는다면 절반의 하루는 또 비슷한 양상이 될 수는 있다.

분명한 것은 첫 번째로 끊긴 그 지점과 같은 수준의 의미 있음 따위는 발생하지 않는다는 것이지. 술이 술을 먹기 시작하면 인간이기는 틀려먹은 거다. 그런 비틀거리는 시간을 일 년만 하면 술이 더는 나를 우롱하지는 않더라. 내가 술이 되기도 하고 술이 나인 것처럼 지내게 되기도 하면 술이 나를 떠나거나 내가 술을 멀리 떠나온 게 되는 거지.

내가 해리포터에 빠져 있을 때 너는 매트릭스의 네오에 빠져 있었다. 마법의 세계에 들어갈 수 있는 것은 순전히 한 인간의 믿음에 의해 그 문이 열린다고 생각하는 나와 리플리증후군을 만난다는 너의 세계는 매트릭스일 수도 있다.

이렇게 소설 속에서 소설 같지 않게 생각하고 진짜가 가짜 같고 거짓이 진실 같은 시간이 오가면 그 끝이 될 정신병원에서 우린 만나게 될지도 모른다. 아니 정신병원의 일상이 꿈이라고 생각해서 아마도 그곳이 정신병원인지도 모르며 우린 이야기를 하고 있을 거다. 아마 그곳에서 정신병동이라는 낌새를 알아차리면 탈출을 공모하겠지만.

지금처럼 일탈을 일삼으며 우리 세계가 현실에서 일어나고 있는데도 사실 같지 않게 지나길 거다. 하지만 탈출을 거의 할 수 있게 되었을 때도 우린 나가지 않을 거다. 여기가 더 재미있으니까.

"창가에 자리잡는 게 익숙해져 버렸어요. 전에는 아무 상관도 없었는데."

사람 구경하는 게 얼마나 재미있는지 이제 너도 알게 되었다는 거다. 밖에서는 내가 보이지 않고 나는 그 밖을 그윽하게 바라보는 일이 얼마나 비밀스럽고 통쾌하던지 혼자 카페로 오면 한참을 시간 가는 줄 모르고 앉아 있을 수 있다. 긴 머리 여자가 십 분 동안 몇 명이나 지나갈까를 헤아리다가 한꺼번에 지나가는 긴 머리 그녀들을 놓쳐 버리곤, 실패했던 날들처럼 오늘은 지나가는 사람들을 무시해 버린다.

앞에 네가 있으니 세상은 어찌 돌아가도 상관없다. 그동안 내 일상을 얘기하고 너는 주로 듣는다. 너는 나의 이야기를 잘 들어준다고 생각했는데 사실 너는 할 말이 없는 거였다. 혼자 노는 것도 일주일에 금요일까지면 충분히 족한 갇힌 시간에 놓여있으니까.

너도 나도 각자 일상에서 혼자 잘 놀던지 일을 하던지 궁상을 떨던지 각자 알아서 지낸다. 서로를 탐내지 않고 잘 산다. 그러니 주말이면 나에게로 올 수밖에 없었다. 나도 네가 앞에 있기를 원했고 너도 그걸 싫어하지는 않는다. 시간이 멈추었으면 할 때가 있다. 굳이 필립 풀먼의 황금나침반에 등장하는 만단 검을 사용하지 않아도 이렇게 카페에서 책을 읽다가 너를 부르면 언제나 그렇게 내 앞에 있으면 좋겠다. 그런 시간은 아주 가끔씩 열리곤 하지만 이 부분에서 나는 한없이 욕심쟁이가 되곤 한다.

아무 생각 없이, 아무 일 없이도 너를 부를 수 있는데도 그렇게 부르지 않는 또 다른 내 마음이 싫어진다. 신기한 인간을 반짝거리는 눈빛으로 감시하듯 나를 들여다보려는 네가 있어서 나는 살고 싶은 지도 모른다. 아니다. 내 마음을 너무 잘 알아서 마치 너는 그 마음을 자유자재로 움직일 수 있는 대장 노릇을 하고 싶어 하는 것인지 모른다.

요즈음 알아차린 것은 오랫동안 알아온 네가 이미 아니라는 거다. 세기도 힘들었던 편지들을 써대던 작은 소년은 사라지고 나만큼이나 세월을 보낸 것 같은 사람으로 있다.

이제 너의 세계로 뒷모습을 보이며 걸어가는 너는 이렇게 투덜거리는 또 다른 너를 만나겠지. 아니, 여행 수다 이탈리아 편은 왜 업로드 안 해 주는 거야. 너의 중얼거림이 들린다.

너를 보내고 미처 알아차리지 못한 탓에 편의점을 향한다. 헤드셋을 끼고 머리를 질끈 동여매곤 이미 짙은 새벽길을 걸어간다. 이 동네에서 길을 걸을 때는 언제나 혼자였다. 거리는 외등만이 켜있고 사람은 없다. 드문드문 자신들의 존재감을 드러내 주려는 듯 몸을 굴리며 현란하게 흔들어대는 불빛들이 있다.

한여름 깊은 어둠에도 땅은 식을 줄 모르고 하늘 별빛마저도 온기에 질린 듯하다. 불어오는 바람은 창가에서 훅훅 내뿜는 더운 공기에 섞여 이미 바람이기를 포기한다. 2시간 49분 43초짜리 팟캐스트 방송을 들으며 내게 익숙한 단어는 고작 스무 개 남짓이었지만 다 듣기를 마무리한다.

마치 네가 강요하진 않았지만 내 준 숙제를 다 해서 조금 착해진 내가 나인 것도 같고 전혀 아닌 것도 같은 모호한 시간대에서 네가 올린 트윗이 타임라인에서 반짝인다.

'여행 수다 [이탈리아 편] 업로드'

7.

"요즘 내 글 내용이 궁금하지 않아?"

"네. 그냥 눈에 띠면 보고, 아니면 말고 그러는데?"

"내 글을 애써 찾아서 읽지는 않는다는 거네."

"꼭 읽어야 할 의무는 없잖아요."

다시 홀로 생각에 젖는다. 너의 표현에 경기를 일으키려 한다. 묻고 싶었다. 요즘 내가 무얼 생각하고 사는지 안 궁금하냐고 하나 그 다음에 나올 너의 말에 겁이 나서 입을 꼭 다문다.

너는 이런 인간이었다. 아직은 너만을 미치도록 사랑해야 하는 너만의 시간대에 있다는 거겠지. 너와 나는 시간으로부터 그리 많이 지나온 것 같지 않은데 나는 마치 아주 긴 터널을 지나온 느낌으로 있다. 나는 억지 같은 삶을 살지는 않아 왔다. 죽음을 선택하고 죽음으로부터 받은 거부는 타자들과는 다른 맥락으로 이해되길 바라지만 몰이해도 괜찮다. 죽고 싶은 생각이 들면 죽을 수 있는 준비를 해서 선택한 나의 죽음이 있었다. 하지만 첫 번째 죽음이 나를 받아들여 주지 않아 1박 2일 후에 황망하게 눈을 뜬 나는 이 세계 인간이 더는 아니었다.

멀쩡하게 눈을 뜬 그날부터 다시 죽음을 선택할 그 시간까지 철저하게 혼자서 살고 있다. 간절하게 내민 나의 선택을 무지막지하게 거부당한 이름이 이제는 삶의 또 다른 방식으로 곁에 있다. 홀로 있음으로 나는 약간 평정을 얻어 냈고, 세상 안에서 세상모르고 살아가도록 안내자가 되어 있는 여러 모습의 죽음과 동행하고 있다. 위안거리가 없는 것도 아니고 유령 같은 삶도 결코 아니다. 크게 슬픔이 있는 것도 아니고 벅찬 시간이 열리는 것도 아니다.

그저 그렇게 내 죽음은 삶처럼 있다. 주변에 아무도 없는 것은 분명하지만 늘 누군가를 내 곁에 데려다 놓았고 그 대상은 내 변덕처럼 달라질 뿐이다. 내일 내가 깨어나지 못한다 해도 아무렇지 않고 내일 깨어난다 해도 그저 조금 늦은 아침을 만나는 것일 뿐이다. 누구도 나의 잠을 방해하지 않고 나도 내 잠을 방해할 의도는 전혀 없음에도 난 불면 상태로 이른 아침을 맞는다. 앉아 있기가 힘들어 그대로 침대에 누우면 잠이 들거나 자지 않거나. 억지로 지탱되는 시간은 내게 더 이상 존재하지 않는다. 가만히 의자에 앉아 있어도 괜찮고 음악을 들어도 좋고 책을 펼쳐도 상관없다. 잠이 오면, 잠들 것이고 잠이 날 데려가 주지 않아도 별로 탓하고 싶진 않다. 내일쯤이면 인터넷 신문의 내 꼭지에 여전히 지난주 제목이 달려 있을 것이란 사실만 현실이다.

아무리 뒤적거려도 떠오르는 주제는 잡히지 않고 이런 순간이 잦은 것은 아닌데 여전히 아마추어처럼 있다. 그럼에도 내가를 받으니 나는 프로다. 하지만 이런 억지로 나를 혹사하는 게 맘에 들지 않는다. 글을 쓰지 않기로 한다.

광복절, 그래, 오늘이 광복절이었다. 두 해 전 오늘, 너와 함께 나서서 당도한 그곳은 노란 바람개비가 있는 금지된 죽음을 선택한 위대한 영혼이 잠들어 있는 곳이었다. 그 영혼을 느끼고 싶어 하는 이들이 모여들고 물리적으로는 확인되지 않는 영혼의 힘에 이끌려 너와 난 시종 침묵과 눈빛만으로 차근차근 아무렇지 않은 듯 말을 건네곤 한다.

각자 마음 안에서 자기 방식대로 우리는 각각 개체로 움직였다. 해거름 시간까지 그곳의 기운들은 내 삶의 흐름을 바꾸는데 어느 정도 기여한 듯하다. 흰 국화 한 송이를 그에게로 건네면서 그 위대한 영혼과 이야기를 나눈다. 다시 세상을 기웃거렸고 더는 세상 밖에서 서성거리진 않겠노라고 약속할 수밖에 없었다. 그 공간에 들어선 우리가 경계인으로 살아가기를 멈추게 한 무언의 의미들을 받아들인 거다. 그 약속을 지키기 위해 글을 쓰기 시작했다. 그러니 억지는 아니더라도 앞으로 책임을 다 할 일이긴 하다.

새벽인가, 이른 아침인가. 적막 속에 시간은 고요한 흐름마저도 멈춰버린 듯 있다. 오늘은 그냥 누워본다. 그 어느 날 밤처럼 베토벤 바이러스의 강마에를 불러내 경직된 그 목소리 속에 들어있는 마음을 만나고 싶었다.

과거 어느 한 순간이 누군가에게는 그리움이 되고 누군가에게는 뉴런을 자극할 아무 것도 아니다. 철학자 강신주가 말하더라. "쫄지 마!"의 반의어는 뻔뻔함이라고. 아마도 내가 쫄았던 거라고 뛰어넘지 못할 것만 같은 그놈의 관념 덩어리. 그것으로부터 탈출해 내가 나에게 뻔뻔해지려 한다. 내게 보낼 너의 손짓을 기다리는 내가 나만큼이나 뻔뻔한 너에게 나는 더 뻔뻔해지고 싶다고.

자기 최면을 걸기로 한다. 너무 건강해서 탈인 내게 효과가 있을지는 나도 너도 아무도 모른다. 이맘때 그리움들이 이제는 창밖으로 드러난 아침을 고통스럽게 조롱하고 있다. 나의 정서가 너와 함께 맞물리는 시간 동안만 나는 현존재로 있다. 그런 모습을 발견할 때 찾아드는 아픔은 늘 나를 넋 나간 모양새로 기웃거린다.

그랬다. 너는 아무렇지 않게 늘 그 자리에 있는데 그것이 그냥 그런 것이라는 것을 아는데 그 앎이 나를 흐느적거리게 한다. 이런 나를 그대로 느껴 주려고 하는 내가 더 맘에 안 든다. 이제 어느새 사회적 책임을 다 하기 위해 글을 써야만 할 아침이다.

8.
"바다 가고 싶다."

"그래, 가자."

"일 안 해요?"

"다음으로 변경하지 뭐."

이른 시간, 그 바다로 달려간다. 반나절 자유를 만들어 일탈이다. 바다로 향할 때마다 언제든 꼭 해 보리라 마음먹었던 몇 가지 일들을 하겠다고 오늘은 선언한다.

"사격부터 해 보는 게 어때?"

"아, 이거 꼭 해야 돼? 뭐, 이런 걸 하냐."

"아까 오면서 선언했지? 꼭 해 보고 싶었던 건데 한 번도 할 기회가 없었다고. 나, 저 큰 동물 인형 갖고 싶어."

"나, 이거 첨 해 보는 건데 내가 선순가? 그리고 이거 다 상술이에요."

"어쨌거나 인형 따달라고."

너는 마지못해 비비탄 총으로 사격을 한다. 생각보다 좋은 성적을 내고 두 번 시도해서 인형 하나를 겨우 얻었다. 두 번째 표창 던지기로 풍선을 많이 터뜨려서 인형을 또 얻어냈다. 이번엔 그냥 귀여운 동물 인형 하나를 더 얻는다. 세 번째는 야구공을 던져서 목표물을 떨어드리면 엄청 큰 곰 인형을 가슴에 안을 수도 있었지. 포기보단 도전을 외치며 던진다. 결과는 꽝이 없는 곳이니까 최소한 안마 방망이를 얻으며 뒷목을 두드릴 수 있게 되었다. 그 시간 안에서 나는 아주 작은 어린아이가 되고, 너는 아주 큰 어른처럼 서 있다.

"이제 됐죠? 이런 걸 왜 갖고 싶어 하지?"

너는 모른다. 모를 수밖에 없을 것이고 모르기 때문에 해 줄 수 있는 것일지도 이런 시간이 나를 얼마나 꿈틀대고 살아나게 해 준다는 것을 이해하거나 느껴주기에 너는 아직 너무 어리다. 그래도 쓴소리 없이 사격도, 표창 던지기도 야구공 던지는 것도 아주 진지하게 해 준다. 그렇게 보였다.

너는 아주 오래전에 나를 위해 그림자처럼 이 바다 한편에 서 있는 그와 같았다. 내가 그와 있는 것인지 너와 함께 하고 있는 것인지. 네가 그이기를 바라는 것인지 그저 너로 마주하고자 하는 건지. 알 수 없다.

"이제는 해 보고 싶은 일을 신나게 했으니 밥 먹으러 가자. 뭐 먹을까?"

"아무거나 상관없어요."

아무거나라는 게 어디 있나? 참 이상하다. 사람들이 늘 그렇게들 쉽게 툭 던진다. 나는 바다가 보이는 곳에서 창으로 바다를 보며 우아하게 점심을 먹고 싶다. 그런데 내 바람과는 상관없이 이곳 대낮은 그런 식당이 굳게 잠겨 있다. 그때도 그랬다.

나는 내 그리움에 빠져들어 있고 너는 그런 나를 그저 바라보고 있다. 너는 너의 바다를 가슴에 새겨 넣고 있는 거겠지. 그리고 먼 훗날 나처럼 이 바다 앞에 서면 이 시간을 그리워할 지도 몰라. 그리움이 많다는 것은 살아가는 동안 힘이 되어 주기도 하거든.

일몰과 밤하늘 별을 보고 싶은 마음이었는데 회색 하늘과 무거운 구름만이 가득한 날이다. 혹시라도 진한 구름 사이로 일몰이 펼쳐질까? 거대한 해가 다른 세상으로 건너가는 그 순간을 기대하며 일몰까지는 노래방을 간다. 못 부르는 노래를 제법 진지하게 세 시간 동안 불러댄다.

내가 유일하게 부러워하는 것이 노래 잘 부르는 사람이다. 노래를 잘 부르면 무척 행복할 거 같거든. 나의 마음을 담아 내 앞에 서 있는 대상의 가슴에 아름다운 무늬들로 채워줄 것 같거든. 너는 너의 노래들을, 나는 나의 노래들에 서로 다른 마음을 담는다. 너는 결코 잘 부르는 노래는 아니었지만 시를 낭송하는 것처럼 주변에 번진다. 내가 듣고 싶어 하는 노래를 애쓰면서 잘 부르려고 하지 않아 오히려 귀가 편안하다. 그 노래는 시간의 문을 열어 주고 나만의 그리움으로 들어가게 해 주거든. 그 시간을 지나 밖으로 나와도 여전히 같은 무늬 하늘이다. 일몰은 그저 가슴으로 스르르 젖어 들어오고 싶었나 보다.

어느새 밀물이라 그동안 바다를 찾아도 만날 수 없었던 하얀 포말과 함께 내 가까이로 들이대는 바다의 아우성을 그저 바라볼 밖에. 딱딱한 시멘트로 만들어 놓은 해변가를 뚜벅뚜벅 걸으며 내게로 덮치는 바다의 들이댐에 놀라기도 한다. 우리는 꽤 오랫동안 걸어간다. 그리곤 바닷가 구조물들의 눈부신 빛에 잠시 시선을 주고, 바다 가까이 있는 곳에서 저녁으로 조개구이를 먹는다.

우리가 처음 이 바다로 오던 날은 조개 속에서 진주를 발견했던 날이었다. 어둠 속에서 자신의 존재감을 소리로 들려주던 철 지난 바다는 우리만을 위해 열려 있었다. 텅 빈 바다. 노란빛 가로등을 따라 또박또박 걸으며 수다를 떨던 우리가 있다. 우주를 불러내는 상상력과 호기심 넘치는 나와 아주 잘 맞는 너라는 진주를 서로에게서 발견한 시간이기도 하다. 오늘 이 시간은 또 다른 그리움으로 남아서 그 어느 순간에 슬그머니 나를 웃음 짓게 하겠지.

음, 너의 일탈도 나만큼은 행복했을까? 이제 나보다 네가 더 행복했기를 바라는 착한 인간이 되어가고 있다.

9.

이른 아침에 〈Le Zirasi〉라는 정통 장르문학 소식지라고 자신들의 정체성을 설명하는 신문을 펴 들고 커피를 마신다. 이 신문을 정기적으로 구독하는 이유는 딱 한 가지이다. 진짜 신문 같다. 누런 갱지에 별로 복잡하지 않은 글의 나열들로 신문 냄새를 피우는 것 같은데 코를 들이대면 그 냄새가 아닌 것이 맘에 들어서였다. 별로 화려하지 않은 색체로 눈을 편안하게 해 주는 것이 오래 묵은 신문 같기도 하고 지금 막 구워 낸 빵 같기도 한 듯 아침에 만나면 흐뭇해지는 이유도 있다.

내 취향과는 다른 문학을 소개하는 것이 대부분인 이 신문은 나를 유혹하는 눈길을 보낸다. 특히나 일본 문학을 꽤 많이 소개하고 있는데 편집자 의지이기도 한 것 같다. 어쩌면 그는 섬세한 감정의 소유자이거나, 지독한 이상주의자이거나 아니면 말거나.

작가의 의도에 휩쓸리는 것이 싫은 나에게 이 신문은 그저 신문이기에 때가 되면 알아서 배달되어 오는 것인가 보다. 거기까지가 그 신문의 역할일 것이고 읽히거나 쓰이거나 버려지거나겠지. 대상의 선택에 따라 소용됨이 있는 것이겠지, 너에게 나처럼.

'하루 24시간 중에서 6시간을 빼고 그 시간을 생생하게 의식한다는 것은 자유의지가 발동된다 해도 결코 쉬운 일은 아니야. 여기서 벗어날 수만 있다면 내 영혼이라도 팔고 싶은 순간.'

30년이 아닌 3년이기에 웃자. 에둘러 문자에 답을 보냈지만 네가 보낸 완성된 문장의 끝은 '고역'이었다. 두 글자가 자꾸만 가슴으로 파고 들어와서 자정이 되어도 경계가 사라진 나의 또 다른 오늘은 이렇게 지나야 하나 싶다.

지금, 너에게 딱 맞을 조금의 위로이길 바라며 칸트의 '자유'를 건네고 싶었다. 칸트의 '자유'는 강제나 구속이 없는 상태가 아니거든. 칸트의 '자유'는 인간이 '경향성을 만족'시키는 욕구의 노예로서가 아니라 스스로 자기 자신에게 부여한 법칙에 따라서 자율적으로 행동하는 것을 말하더라. 욕구가 이끄는 대로 가는 것은 자율적 행동이 아니잖아? 스스로 정한 목적을 향해 스스로 정한 규칙에 따라 행동하는 것이 자율적 행동인 것이고 넌 그렇게 멀리 있는 그곳을 선택했으니까.

사실 난 칸트를 그리 좋아하진 않아. 참고로 '경향성'은 Neigung (독일어)로 '끌림', '기울어짐', '욕구'로 번역하는데 딱 맞는 우리말 단어가 없다더라. 하루가 일 년처럼 느껴지는 너에게 칸트의 철학을 빌어 위로의 마음을 보낸들 무슨 소용이 있을까. 자유로운 영혼은 시공간을 초월할 수 있는 자유의지 또한 가득하다는 거짓말 같은 진실을 떠들 수밖에. 그러나 너는 결코 너에게 주어진 그 특별한 위치를 접을 수 없다는 걸 알아. 그런 네가 이번만은 그런 스스로를 못 견뎌 채근하는 것이겠지.

아주 가끔씩 너의 비명 소리에 너무 진지하게 반응하는 내가 있기에 맘 놓고 하는 것인지도 몰라. 하지만 거의 모든 인간이 그런 걸 거야. 내 안에 있는 수많은 내가 각자 난동을 부릴 때가 있거든. 그 짓거리에 한참을 동요하다가 제풀에 기가 죽어 찌그러지는 나를 끌어안고 안락의자에 파묻혀 하나씩 그 열망들을 펼쳐 보는 거다.

누군가의 소설을 읽으면 소설이 쓰고 싶어지고, 사회과학 책을 만지면 칼럼이 쓰고 싶어져. 인문학 관련 책을 만날 땐 철학자가 되는 거야. 시를 읽으면 시인이 되려 하고, 수필을 읽으면 에세이를 다시 쓰고 싶어져. 유진 오닐의 책을 읽으면 희곡을 쓰고 싶기도 하고, 좋은 영화를 보면 시나리오를 품어 보는 거지.

소설의 시리즈가 연재되는데 (끝)이라 표시된 단 한 편을 읽곤 모두 읽은 척하는 인간들처럼 그런 척 살기는 싫다. 그런데 그렇게도 살고 싶긴 해. 난 결과보다는 과정이 훌륭해야 한다고 떠들면서 과정에만 집착하여 결과는 돌보지 않는 인간이기도 하고, 아닌 것도 같다.

읽고 싶은 책을 무조건 구해다가 서가에 쌓아두고 제목이 눈에서 마음으로 들어오면 읽어대는 지독한 개인주의자인 거지. 자기만족을 위해 책을 읽는데 그 만족을 누군가와 못 견디게 수다로 풀고 싶어 그때에야 주변을 돌아보지만 아무도 없다.

너는 네가 내 소설의 주인공인 줄도 모르고 나는 내가 이 소설을 쓴다는 것을 알고, 우리는 그렇게 평행선 위에 있다. 너가 이 소설을 읽을 확률은 지극히 낮고 내가 이 소설을 계속 써 내려갈 확률은 아주 높다는 것이 어쩌면 아이러니이기도 해.

너는 너의 세계에서 빠져나오기 어렵고 나는 나의 세계에서 언제든 시간 여행이 가능하다. 그런 의미에서 너는 갇혀 있는 시간에 머물 수밖에 없고, 난 열린 시간을 넘나들어 자유인인 거다. 그렇다고 네가 부자유스러운 인간은 아닌 거고 나도 자유인인 것만은 아니다.

관념의 세계는 무한한 듯해도 사실은 너무 협소해서 관념을 벗어던지면 실체는 없으니까 가능하다면 우린 관념 속에서 존재하길 원하는지도 모르지. 가끔씩 누군가의 책에서 한 줄 문장을 이용하여 자기 마음을 토로해야 하는 것처럼 과연 얼마나 나를 속여야 하는지 알고 싶지 않은 거다.

내 몸은 여기 있고 너는 거기 있고, 영혼은 그 중간 어디쯤 만나지고 있는 것이라고 작위의 세계에 공통된 시간으로 채워 놓는 거다. 나는 그 중간 어디쯤에 놓일 시간이 1년 365일 중에 10분의 1은 너와 함께 향유할 수 있음을 신께 감사드려야 할지, 신을 원망해야 할지 고민 중이다. 신께 감사를 드리면 행복할 것도 같은데 신을 지독하게 원망하면 더 행복할 것도 같거든. 그 두 가지를 다 하면 속은 시원하겠지만 마음이 편하진 않을 거야.

언제든 도망칠 준비가 되어 그 순간을 조바심 내며 기다리는 것도 스릴 넘치기는 해. 이 잡스럽고 알아듣지 못할 이야기를 읽고 있는 누군가는 상상력이 풍부해야 하거나 그저 글자만 열나게 읽다 말거나. 아니면 중간에 급 짜증이 나서 책을 덮어버리겠지. 그것 또한 읽는 자의 마음이니 내가 뭐라 할 것도 없다.

세상에는 오로지 자신만을 위해 소설을 쓰는 사람도 있다는 것을 알거나 모르거나 내겐 어차피 상관없으니까. 풀어갈 게 넘치는 내 이야기에 섹스 따위는 없음을 이제는 눈치챘을 것이고 사랑 타령쯤으로 생각해 준다면 그럭저럭 어긋나지는 것은 아닐 것도 같아.

네가 생각나면 난 소설을 쓰기 시작하는데 오늘은 그만 쓸 거다. 맥없이 사진첩을 뒤져 너의 마빡에 알밤을 한 대 먹이곤 내가 무얼 하고 있는 건가 싶어서 한심해 죽겠다고 중얼거리는 중에 너에게서 온 알림이 떴거든.

'주말 어디에? 언젠가 불쑥 찾아갈지 모름요'

난 그 시간을 생각하며 도근거리는 내 심장을 향해 방아쇠를 당기게 될지도 몰라. 그러니 어서 달려와.

10.

"신분증 주세요."

"왜요?"

"지금 금연 구역에서 담배 피웠습니다."

이런 개떡 같은 일이 벌어진다는 게 현실이다. 제복을 입은 한 인간이 계속 바라보고 있길래 그러거나 말거나. 아무 때나 아무 데서나 담배조차 피울 수 없는 세상, 난 싫다. 인간으로 누린다하기에도 너무 거창한 이 작은 자유조차 허용할 수 없다니.

누굴 위한 법인지를 난 아무래도 알 수가 없거든. 왜, 난 죄인같이 내가 하고 싶은 것을 해야만 하는 거지? 금연을 부추기는 사회는 구성원들의 건강을 이유로 내거는 것 같지만 웃기는 소리잖아. 간접 흡연자를 보호하는 것은 되고, 흡연자 보호는 어떻게 해 준다는 거지? 세상모르고 살아가는 데 필요한 것은 두둑한 과태료 지불 능력이다. 길 위에 서 있는 것으로도 지불 능력이 필요한 세상에서 나는 있고 싶지 않다. 적어도 나는 자본의 노예 상태에서는 이미 벗어나 있거든. 과태료에 화가 나는 것이 아니라 담배 연기를 뿜을 수 없는 불편함에 치미는 화. 이런 비슷한 감정을 만나는 지점이 SNS에 올라온 너의 글을 읽을 때이다.

글은 글에 불과함에도 그 글을 쓴 너는 내가 알고 있는 너가 아니다. 너는 글과 그 글을 쓴 사람과는 다른 입장인 것이라고 말하지만 그것은 너가 그러고 싶은 것이지 그건 아니다. 너와 나누는 것들이 무엇일까. 굳이 규정지어야 하냐고 물어 올 너에게 아니라고 말하는 나이기도 하다. 너는 너로 내 앞에 있고, 나는 나로 너 앞에 있다. 각자 시간을 다 풀어놓아도 서로 크게 막막하지 않을 만큼만.

무엇이고 싶어 하는 나와 무엇이 아닌 너와 같은 시간대에 있는 것은 우연일까, 필연일까. 시간의 연속성이라는 열린 가능성에 맡기고 싶은 나와 지금이라는 시간만큼은 그 무엇으로든 규정당하고 싶은 내가 있다. 내가 바라는 결말은 마련되어 있지 않은데 그 어떤 결말이 너의 의지에 의해 만들어졌으면 하기도 한다.

아니다. 영화의 엔딩 크레디트가 언제까지나 계속되었으면 하는 마음이기도 한 것 같다. 그런데 이런 것들이 무슨 소용이 있으며 또 무슨 상관이 있나 싶다. 영화는 영화일 뿐이고, 일상은 별 탈 없이 열리고 있었고, 내가 막는다고 막아지는 것도 아니었다.

의식하는 세계의 또렷한 나와 무의식의 흐느적거리는 바다 속 어디쯤에서 두리번거리는 나도 분명 나인 것은 알겠다. 이런 행위들이 그저 이 시간에서 벗어나고 싶어 하는 수단으로 쓰이는 것도 같거든. 내가 누군가의 무엇이기를 바라지는 않았던 것 같은데 분명 너의 무엇이기를 바라는 것도 같다. 그렇지만 너에게 난 아무것도 아닌 무엇이고 그런 느낌을 툭 던지듯 표현해 놓은 너의 글들을 읽으면 나는 휘청거린다. 수많은 시간에서 나처럼 너도 그렇게 수많은 모습이고 싶어 하나 보다.

한때는 열렬함이 필요하기도 하다. 어떤 대상에 몰입을 하는 동안 내게만은 아름다운 중독이다. 세상은 내가 있거나 없거나 상관없이 진행되기에 나를 묶어 둘 광기가 필요한 것이었지. 누구도 물어 주지 않는 존재에 대해 그 무엇으로 이름 지어 나불대 봤자 그건 흩어지는 거리에 소음으로 묻힐 뿐이야.

내 앞에 나타나지 말아 주라. 부디. 그건 아니다 하는 나와 그래도 된다 하는 내가 지루하게 다툼을 벌인다. 이런 짓도 한두 번 했어야지. 만날 것을 생각하면 설레고 만나는 동안은 유쾌하고 만난 후에는 그 향기가 오래가는 사람이 좋다고 하는 너에게 그 대상이고 싶었나 보다.

　오늘은 혼자 지난번 남겨 둔 보드카를 마시기로 한다. 애주가들의 금언이 있긴 해. 아픈 가슴으론 술을 가까이하지 말라. 이거 다 수작인 거 알고 있지만 그런 척하는 것일 뿐이다. 취하기 위해 마시는 것이 아니며 슬픔을 달래기 위해서 마시는 것도 아니다. 좀 더 나로 살아있음을 처절하게 홀로 확인하는 것이라 하면 너무 구차할까. 그래, 참으로 구차하다. 오지도 않을 답장을 기다리는 것만큼 비참한 기분을 더는 허용하고 싶지 않아 휴대폰을 꺼 버린다.

　그러면 조금 위로가 되긴 하지. 그 상황에서 도망치기 시작하면 나는 걷잡을 수 없이 허탈해도 휴대폰을 자발적으로 끈 행위가 나를 늘 구원해 주곤 해. 그건 아무것도 아닌 것이 되어 원점으로 돌아가고자 하는 노력이야.

　하지만 열을 셀 동안 이 모든 것을 되돌릴 초현상이 일어나지 않는다면 나는 너를 지워버릴지도 몰라. 당장 답장이 오지 않는다면 이 여명의 끝과 그 시작부터 너를 부르지 않겠다고 으름장을 놓는 거야. 나의 마음이 어찌 발동될지를 잘 알고 있는 너는 작은 악마같다. 그건 확실해. 이런 나의 휘청거리는 모습을 너는 마치 다 알고 있어서 너는 나보다 훨씬 고수이거나 이것 또한 그리 생각하고픈 나의 망상이거나.

　믿을 수 없는 과학의 진보에 의해 고립되어 있으면서 그 혜택을 받을 수 없다는 사실 확인. 그 겨울 처절하게 혼자이던 그날의 고요가 오늘 나에게로 불쑥, 달려든다.

폭설로 인해 앞이 보이지 않으니 내비게이션을 믿고 시키는 대로 모처럼 착한 짓을 했더니만 30% 경사도 가게 고개로 나를 이끌었던 과학 기술 세계. 사이드 브레이크에 의존한 채 더디게 흐르는 시간을 고스란히 지켜보던 그날의 생생함. 이 주말에 에어컨의 냉랭한 기운만큼 온 방을 가득 채우고 있다.

그 고개의 위치 확인조차 할 수 없어 나아갈 수도 뒤로 물러설 수도 없기에 자동차 문을 조심스레 열고 주변의 정적과 하얀 눈꽃들에 둘러싸인 그 푸른 밤. 의연하고 침착하게 한 가지씩 진행하며 어둠을 마주하는 내가 있었다.

원하지 않는 홀로 있음으로 놓인 내 마음과는 상관없이 함박눈이 나를 주변의 풍경 속으로 끌어안아 감싸고 있었지. 여기 있어야 할지, 아니면 이 장소를 떠나야 할지를 두리번거릴 수밖에 없는 시간이었다. 레커는 날씨로, 위치추적 미확인으로 두 시간 삼십 분이 지나서야 나를 찾아내었던 그날, 너를 집 앞에 내려 주고 고속도로를 향한 나는 안중에도 없던 너. 기껏 연락을 보냈더니 '살아서 보길' 현실감 떨어지는 너의 장난스러운 표현. 그런 형식적인 연락을 받고 새벽 한 시 팔 분으로 주변과 소통을 위한 일을 종료해 버렸다.

무심(無心)의 극치. 이런 인간에게 손을 내밀어야 한다는 내 존재감이 너무 가여워서 단절해 버렸던 그 시간은 이렇게 아주 가끔 나를 몰아세운다. 너에게로 가는 문을 닫아버리고 말았는데 이유도 알 수 없는 무엇인가가 나를 가로막고 있었다. 일상에서 당연하게 진행되어야 마땅할 일들을 거부해 버렸고, 며칠을 외부와 격리시킨 채 홀로 시간을 채워야만 했다. 약간의 심술과 너의 무심함에 애써 태연한 척하고 싶지 않은 마음으로 꽤 오랜 시간 동안 그 겨울은 네게 소식을 전하지 않아야 했다. 그래야 내가 좀 덜 아플 것만 같았던 거지. 이런 내가 얼마나 무모한지 사실은 오래전에 알고 있었음에도 다만 인정하고 싶지 않았던 것이기도 해. 매일 나누던 서로의 안부와 결별하고 6일째가 되던 날, 나에게 보낸 너의 짧은 글은 아주 얄밉도록 의연했다.

'또다시 내 앞에 서 있는 그대, 그거면 됐다.'

내부에 들끓었을지도 모를 너의 마음을 나는 결코 알아낼 수 없다. 그것으로 그날에 나는 눈꽃처럼 다시 슬그머니 숨어 버렸다. 그리고 다시 오늘처럼 너의 답장을 기다리며 마법처럼 너의 그 주문에 또 빠져버리고 만 거라고. 감기가 들면 약도 거부하고 일주일을 고스란히 아플 너를 걱정하면서.

허락도 없이 담쟁이는 창으로 열리던 내 작은 하늘을 다 가렸지만 스스로를 통해 맑은 햇살을 건네준다. 드문드문 조각난 파란 하늘을 내밀어 주면서 날 위로해 주는 것도 잊지 않아. 너에게도 그만큼만 바라면 안 되는 건가?

위대한 마법사가 되고 싶은 것은 순전히 이런 내 마음과 상관없이 흐르는 너의 마음에 주문을 걸고 싶을 때인가 보다.

11.
가슴에 손을 대면 뛰는 심장이 운다. 하루 종일 이 비가 나를 삼킨다. 네가 남긴 흔적이다. 너를 부르며 내지른 아우성의 파편들이 남긴 상처일지도.

누구나 자신에게 그 대상이 간절하지 않으면 자신을 바라보고 있는 또 다른 대상을 전혀 인식하지 못한다. 그렇기에 때로 나를 바라보고 있는 대상의 아픔을 눈치채지 못한다. 오늘은 엄청나게 내게로 오는 빗속을 달리면서 그 마음을 만났다. 내 앞에 있는 대상만을 생각하느라, 그 대상에 빠져 있어 자신을 바라보고, 지켜보는 또 다른 대상에 대한 걱정 따윈 생각조차 못한다.

우린 모두 그렇게 살아가나 보다. 그런데 그렇게 지나는 것들까지도 마음에 들어온다. 그래서 일순간 이런 생각이 드는 내가 귀찮아졌다. 이 비가 그치면 아무렇지 않을 그 작은 마음이 검은 새벽 나를 비와 함께 침몰시킨다. 내보일 수 없는 쓸쓸함을 어떻게든 희석시킬 무엇인가가 필요한 시간이다. 더는 보이지 않는 것들에 기대하지 않으려고 비워내지만, 만나는 대상 앞에서, 마주하는 시간에서 나도 알 수 없는 수많은 내가 비틀거린다.

"가장 영향을 많이 준 자기계발서 한 권은요?"

"자기계발서는 없고, 지두 크리슈나무르티, 자기로부터의 혁명."

"너는?"

"없어서 물어봤지요. 있다면 읽어보려고."

"안 읽어도 됨."

"왜요?"

"내가 있으니까. 내 말이 다 자기계발서야."

"깔때기다."

"진짜 그렇게 생각해?"

"진실이 있는 깔때기."

"그럼 진짜 깔때기 맞네, 남이 쓴 계발서는 소용없네요."

"남이 쓴 것은 소용없다?"

"응."

"읽고 확인까지만."

"그렇지, 철학책이 진짜임요."

"그럼 결국 나를 움직이는 힘은 철학이던 거? 나만의 철학이 필요한 건가?"

"맞아, 네가 이것저것 탐구하면서 조화를 이루어 가면서 만들어지는 거."

"내 색깔이 담긴."

"한 가지만으론 이 복잡계를 설명할 수 없지요. 내 얘기도 어떤 한 부분이 너에게 물들여지듯이"

"내 얘기도 그렇겠지?"

"그렇지요. 더 살아온 시간을 지나온 나 같은 인간의 조언은 아주 아주 유효한 것이고"

"사실이 담긴 것이니 그럼, 경제는요?"

"경제 분야는 좀 다른 얘기 아닐까? 경제 철학은 능력에 따라 달라지는 거 같거든. 내 연봉은 괜찮은 편이니 이리 살아도 가능하지만."

"가능한 일이기보다는 가능해선 안 되는 일일지도 모르지요."

"그럴지도 모르겠다. 그 부분이 취약한 인간이야 내가. 탐욕만 버린다면 그렇게 많은 것이 필요하진 않더라. 생존을 위한 긴장감은 갖고 있어야 자유롭지 않을까 싶어."

"긴장감 있으면 좋은 것이니."

"삶이 그대를 속일지라도 난 기꺼이 속아 주리라. 뭐, 그렇게 사는 거야. 와, 시간의 경계를 만나기도 참으로 오랜만이네. 자정입니다."

"그런 경계, 만나지 않아도 됨. 내겐 이미 그런 건 없음. 유일한 경계는 내가 만든 경계지, 유연한 경계."

"아, 드디어 초월자 되셨군."

"이런 것쯤이야!"

이런 이야기를 건네던 너는 맑았다. 계절이 한 번씩 지나칠 때마다 너는 눈부시게 성장한다. 이제 너는 그곳에서 너만의 세계를 만들어 놓고 현재를 즐기고 있다. 어쩌면 그런 척하는 걸까? 하다가도 이제는 아니라는 걸 알겠다. 오히려 네가 있는 그곳으로 널 찾아가면서 걱정과 두려움의 마음은 내가 가진 것이 더 컸나 보다. 더 이상은 내가 할 일이 없는 것일지 모른다. 앞으로 남은 시간은 너의 마음과 선택에 따른 모습일 것이고, 스스로가 내뱉지 않는 한은 타인들이 알아차리기는 힘들겠지. 강해진다는 것은 그런 시간을 거친다는 것이고, 누구도 비껴가거나 건너뛸 수는 없었다. 강한 사람은 언제든 우적우적 홀로 걸어갈 수 있으니까.

　너는 이번 주, 그렇게 가고 싶어 하던 여행을 떠났다. 바다를 가
르며 검은 바다, 현해탄을 어떤 생각으로 바라보고 있을까. 기상이
안 좋다. 여기 남은 나는 걱정으로 안절부절 한다. 애초에 배로 가는
여행은 조금은 위험 부담이 있지만 혼자만의 상념에서 빠져나오지
못한 채 너의 뒷모습을 뒤따르며 의식의 흐름으로 따라간다.
　설마, 영화의 한 장면처럼 흉내를 내지는 않겠지? 함께 보았던
<타이타닉> 생각을 하고 말이지. 메시지를 보내 놓고 혼자 웃고 있
다. 바다 위에서도 와이파이가 터질까?
　너의 바다 여행을 생각하자 스물 둘 그 날이 떠올랐다.
　친구들과 돈을 탈탈 털어 떠났던 첫 여행이었다. 바다 위에 서서
그 짙푸른 물결과 은빛 꽃들의 유혹에 흐느적거리며 제주도로 가던
선상 위 내 모습이 겹쳐진다. 바다가 나를 마구 부르는 것 같았는데
그때는 바다로 들어갈 마음은 없었던 화려한 청춘이 누린 여름이었
다.
　좋은 여행을 하고 있을 거야. 홀로 생각만으로 나도 너를 따라 길
을 걷는다. 그곳에 도착하고 네가 간간이 보내주는 사진들을 보며
그곳에 나도 함께 있으면 묻고 싶은 것들을 허공에 던진다.
　너의 여행 사진들을 메신저로 보내 주는 친절한 행동은 나에게로
만 향한 것이 아님을 알기에 그저 바다와 너를, 거리 위에 홀로 걷
고 있는 풍경을 생각한다. 함께 그런 길을 걸을 수 있는 시간은 결

코 오지 않겠지만 상상 속에서 함께 이야기를 나눈다.

사랑은 말이야, 아주 다른 공기의 흐름에서 너를 만나게 된다는 거다. 사랑은 말이야, 낮은 담장 너머 세계로 함께 가는 거다. 사랑은 일곱 가지 빛으로 세상을 비추는 거야. 사랑은 너를 고스란히 느껴 주는 거고 그렇기에 많이 아프다. 두근대는 설렘이 없다면 심장을 멈추는 게 그리 힘겹지는 않을 거다.

나는 사랑이 없는 세상을 별로 살아내고 싶지는 않아. 대상에게로 달려가는 설레는 마음이기에 살아 나오면서 마음이 흐르는 것을 억지로 막으려 하지는 않는다. 흐르는 대로 그렇게 사랑하며 살고 싶었다. 몽상가가 되어 그 힘으로 지금까지 버티어 내었던 시간을 지나왔거나 그러고 싶은 것이거나.

그것은 내가 십 대일 땐 꿈이라는 이름으로 불리었다. 이십 대에는 환상이라 불리더라. 시간여행자가 된 그 어느 날부터 그렇게 이름 지어 부르는 그 사랑을 아직까지 담고 사나 보다. 빛깔이 다르게 차곡차곡 쌓인 내 사랑의 힘은 퇴색되지 않은 채 몸부림친다. 시간의 흐름에 겹겹이 덧칠을 하며 미화시키는 걸지도 인간이 지닌 가장 아름다운 가치는 사랑이라고 여전히 믿고 있거든. 내 영혼을 달래주는 유일한 희망이니까. 내 앞에 너도 사랑이 넘치는 인간이면 싶다.

12.

'오늘 몇 시 올 거?'

'일 끝나면 다섯 시 출발할게.'

익숙한 너에게로 가는 그 길을 오늘은 여행 이야기를 듣느라 또 돌고 되돌아 '더 암' 앞에 도착한다.

"아이스커피 한 잔과 핫커피요."

가방 속에서 가져온 과자와 책들을 꺼내고 우리들 자리에 앉아 테이블을 내 앞으로 끌어당기고 마주 한다. 나는 두 다리를 의자 위로 끌어올리고 세상에서 가장 편해진 내가 되어 앉는다. 잔뜩 상기된 너의 모습이 또 다른 생기를 건넨다.

"여행 이야기 해 줄게요. 사진 보면서."

"그래, 한번 풀어 보셔."

사진을 한 장씩 보여 주며 설명을 하는 너는 장난감을 갖고 노는 어린아이 같다. 그곳에서도 너는 혼자 거리를 돌아다녔고 그런 시간에 만족스러워한다. 혼자 노는 인간은 사실 강해보여도 외롭다. 그 외로움마저 즐길 수 있으려면 더 많은 시간이 너에겐 필요하지만 지금까지는 잘 버틴다. 물론 내가 있기에 가능한 것이라고 너는 미처 알아차리지 못해도 나는 이미 알고 있다. 너로 있을 수 있는 것은 내가 이렇게 있기에 가능한 것이고, 나는 너로 하여 나일 수도 있다. 이런 우리 모습은 친근함으로 넘치기에 타자의 시선으로 연애하는 모습일 수도 있겠다.

나야 평생 너무 많은 이들과 연애를 하고 살아온 인간이지만 연애 한 번 못한 너는 억울할 수도 있겠군. 상쇄의 의미로 너도 나를 많이 그리워할 시간을 만나게 되기를, 나 같은 인간은 희귀종이니까.

이렇게 네 앞에 있을 때처럼 떨어져 있는 시간 동안에도 같은 느낌을 만날 수 있다면 하다가도 그러면 안 보고 싶어질지도 모르니까 여기까지.

"팟캐스트 니홍고가 도움 되었어?"

"아니요. 한자로 읽는 게 그나마 조금 도움이 되었지요. 말뜻은 대충 알겠더라고. 또 하나, 내 한자 실력이 무식에 가깝다는 사실을 확인했고요."

"중학교 때 한자 급수가 뭐 엄청난 재산인 줄 아셨나?"

"그러게 말이에요. 제법 안다고 생각했는데 아니더라고요."

"같이 간 친구들과도 좀 어울려 다니지 그랬어?"

"가고 싶은 곳이 달라서 혼자 걸어 다니며 놀았죠."

가장 인상에 남았다는 신사이바시 밤 풍경과 그곳을 가득 메우고 있는 음식점과 옷가게 사이에 있는 안 어울리는 호스트바를 설명해 준다. 외국을 여행하는데 언어에 두려움을 가질 이유가 없다는 탁 PD의 여행 수다가 진짜 맞더라는 너는 여행의 즐거움에 아직도 빠져 있다.

"와, 진짜 바다가 검은빛이네? 그래서 현해탄? 검을 현?"

"그런가요? 정말 검은 바다처럼 보이네."

"왜, 생각 안 나? 우리 바다 가서 보면 파랗거나 짙푸른, 그런 빛으로 바다가 펼쳐 있잖아?"

"그랬지요. 검은 바다라 그런 이름이 붙은 건지 한번 찾아봐야겠네."

"다음에 알려 줘. 사진 말고 직접 볼 땐 어땠는데?"

"갑판 위에는 가지도 못했다니까요. 비바람이 세서 못 올라가게 하더라고요. 창문으로 바라만 보았죠."

"그래? 타이타닉은 생각도 못해 봤겠네."

"그렇지요."

어릴 적 내게는 친근했던 캐릭터 인형을 비싼 값을 치르고 제일 먼저 샀다는, 미처 예측하지 못한 너답지 않음에 쭈뼛거리게 되는 내가 있다. 여행 중 나를 기억해 주었다는 것이군. 하긴 너의 기억력 은 늘 천재성을 발휘했더랬지.

마주보고 있는 동안만큼은 모든 물리적인 경계는 사라지고 만다. 각자 시간과 공간에서 살아갈 때는 낯선 타인으로 있다. 너는 내게 허용하고 싶은 만큼 시간을 내주었고, 나도 그 시간만큼만 너를 마 주하는 것에 소용되고 있음으로 결정해 버린다.

"옆으로 갈래?"

"좋아요, 오늘은 카레가 먹고 싶었거든요."

13.

정영문의 장편 소설을 읽었다. '이 세상에서 물고 있기에는 젖꼭 지만 한 것이 없다.'고 하며 젖꼭지 타령을 내내 해댔다. 아, 내 젖꼭 지는 누가 물고 있었지? 없었다.

옷을 헤치고 고개를 숙여 본다. 연한 갈색 빛으로 아주 작은 젖꼭 지가 있는데 그것이 물리고 싶어 하지 않는 것 같아 보인다. 그냥 젖무덤 위에서 나는 잘 있거든. 하는 모양새.

젖꼭지를 물면 어떨까? 엄마는 내게 우유를 물렸던 것일까. 내 기억 속에는 왜 젖꼭지에 대한 그리움 따위가 존재하지 않는 거지? 난 무엇을 먹고 큰 거야? 한 번도 묻지 않았던 말을 하기 위해 전화를 건다.

"엄마, 나 젖 먹고 자랐어?"

"갑자기 전화 걸어서 기껏 묻는 게 그거야? 그럼 뭐 먹고 컸겠냐 이것아. 망할 것. 살아는 있네."

"응, 나 잘 살고 있어. 엄마도 잘 지내지?"

내 엄마는 늘 나의 존재함을 확인하기 위해 내 주변을 다 훑어서야 겨우 알아차린다. 난 전화를 안 받으니까. 일부러 그런 것은 아니다. 엄마는 늘 내가 딴 짓을 하거나 전화기와는 멀리 떨어져 있거나 잠자는 동안에 걸곤 한다. 그뿐이다. 그런 선택을 한 것은 순전히 당신 탓이지 내 탓은 아니었다. 부재중 전화를 발견했을 때는 시효가 너무 지나 그냥 지나쳤던 것일 뿐이다.

무언가를 물고 있다는 것이 어떨지 오래도록 생각해 본다. 별 느낌 없이 담배를 물고 있던 순간을 떠올리다가 괜한 담배를 문다. 그저 익숙한 담배. 누군가 내 젖꼭지를 물었던 적이 있었던가. 기억에 없다. 소설 주인공이기도 하고 그것을 쓴 작가이기도 한 그의 느낌을 따라 가려 해 봐도 되질 않는다. 너무 오랫동안 아무도 내 몸을 만지지 않았던 거구나. 아, 그거였구나. 몸을 통해 내게로 오는 감동이 없었다. 긴 시간 동안을 반쪽 인간으로 살아왔던 거네.

연애를 하게 되면 내 젖무덤에 얼굴을 묻고 내 작은 젖꼭지를 물고 있을 누군가의 머리칼을 쓰다듬어 주면서 충분히 정영문의 소설을 떠올려 보고 싶어진다. 드디어 머리칼을 욕망해 본다. 그 욕망과 함께 오버랩 되는 검은 형체들이 대비된다. 아무런 느낌이 없다. 불쑥 튀어나오는 건조한 욕망과 소설 속 젖꼭지를 물고 행복해하는 작가 모습이 뒤범벅된다.

"오늘 되게 신기한 것을 또 보네요"
숯불에 고기를 올려놓으며 뒤적거리고 굽고 있는 내가 왜 신기한지 난 모르겠다. 이런 모습이 왜 내게 어울리지 않는지, 왜 이런 상황의 모습을 떠올려 보지 못했는지 묻고 싶었다. 허나 묻지 않는다. 나 또한 자주 하는 일은 결코 아니었으니까. 운전석에 앉자 너는 작은 유리병 로션 샘플 병을 발견하곤 이런 것도 바른다며 유레카를 외치듯 멍청한 말을 던지고는 나를 신기한 동물처럼 본다. 맨얼굴로 다니는 이유가 게으름 때문이란 것을 알고 있으면서 엄청 신기해한다. 그래도 가끔은 로션 정도는 바른다, 뭐.
"이 맛있는 고기를 왜 안 먹어요?"
그래, 난 덩어리 살코기를 먹으면 연상되는 것이 있다. 풀을 되새김질하는 연초록 풀밭, '음메'하는 소와 꿀꿀거리며 콧구멍을 벌름거리고 소리를 내는 돼지가 있다. 하지만 햄버거 미트 정도는 잘 먹는다. 잘게 갈아 씹히는 살코기가 아니기에.
무엇보다 그 육질이 맛있다고 꼴딱거리는 너와 같은 사람들이 오히려 이해가 안 되는 걸 어쩌하나. 맛이 없어서 안 먹을 뿐이다. 채식주의자도 아니고 다이어트 따위를 생각하는 인간도 아니기에 내가 고기를 안 먹는 이유가 문제될 것은 없다. 이렇게 너를 위해 고기도 구워 주고 된장찌개와 계란찜과 채소들로 맛나게 밥을 먹는 게 난 좋으니까.

"그러고 보니 물도 안 먹잖아요?"

물을 마시고 싶은 생각이 들지 않는 것을 억지로 먹을 수는 없다. 난 하루에도 블랙커피를 물 마시는 것보다 더 마시며 살아도 이상한 증상이 있거나 아프지 않거든. 밥과 커피 중에서 선택해야만 한다면 난 당연히 커피다. 그런 내가 왜 이상하지? 취향대로 사는 거다. 이렇게 살아오는 데 불편한 것이 없었다. 그렇게 툭 던지며 말하는 너는 그저 그런 나를 그대로 인정하면서도 늘 궁금해 한다. 뭔가 아주 커다란 이유가 있어야만 되는 선택이 삶에는 사실 딱히 없다.

"커피는 테이크아웃해서 차에서 마시면서 가죠"

오늘은 다행스럽게도 멀리 돌고 돌지 않아도 한 끼니를 때울 장소를 아주 쉽게 선택한다. 시간이 남는 까닭에 UMC 음반을 걸고 랩을 듣는다. 내가 좋아하는 래퍼를 너도 좋아한다. 네가 좋아하는 안녕바다를 나도 좋아한다. 그 음악들을 들으며 팟캐스트 이야기로 또 한 차례 우리는 웃는다.

"아부나이는 잘 듣고 있어요?"

일본어를 배워야 할 이유가 없는 나는 아부나이 니홍고가 팟캐스트에 올라왔을 때 외면해 버렸다. 그러던 어느 날은 들어야 할 팟캐스트를 다 들었는데도 할 일이 없었다. 그래서 새로 올라온 아부나이를 마지막 올라온 편부터 들었다.

체육 동영상이 왜 나오지? 그 동영상을 일본 자막으로 볼 수 있게 되기까지를 공부한다는 말에 의아했던 나는 그 방송이 거의 끝나갈 때에야 아하, 일본 AV를 말한 것임을 눈치챘다.

문득 그 방송을 꾸준히 들어왔던 네가 궁금하다. 그들이 하는 이야기를 다 이해하고 있냐고 묻는 나의 말에 그럼, 하고 단숨에 말하면서 파일럿부터 들으면 다 안다고 일러 준다. 친절한 너. 이제는 너와 함께 아부나이 니홍고 이야기도 자연스럽다. 이제 죽돌이와 마사오 흉내까지 어느새 하고 있다. 키득거리며, 스토리 급조를 의심하면서도 여전히 기대치를 갖고 있는 우리. 오늘은 여기까지.

14.

'태양은 가득히 영화 본 적 있어요?'

주인공은 알랭 드롱이다. 1960년 작품이었고, 아마도 바다 한가운데서 살인을 하고, 완전 범죄를 한다고 생각했는데 항구에 도착했을 때, 배 밑 프로펠러에 시체가 묶여 있었지.

'주인공 이름 기억나요? 내가 지난 번 문자 보낼 때 느낌이 달랐다고 했죠? 그 문자 보면 알 수 있는데 찾아 봐요.'

기억에 없을 수밖에. 알랭 드롱이 나오니까 본 영화거든. 안타깝게도 그 문자들을 지난 밤 다 털어 버렸다. 저장 공간이 부족하다는 알림이 자꾸 뜨는 바람에 메시지 보관함을 다 비웠거든.

'찾았다. 이거야, 톰 리플리. 주인공 이름인데 여기서 나온 거래요 '리플리증후군' 그거에 빠진 것 같은 상태에서 문자를 보냈거든요.'

띄어쓰기도 안 하고 보내는 게 너답지 않아서 또 무언가에 빠져 있다고 생각했지. '매트릭스'라곤 생각도 못한다. 이럴 땐 문자를 안 보내는 게 낫다는 것을 알기에 단절한다. 그리고 침묵. 다시 3주가 지나 있다. 같이 저녁을 먹으려고 기다리고 있는데 시간을 계산하니 이미 도착해야 할 시간이다.

'가고 있어요.'

이렇게 너는 내 앞에 와 있고, 왜 지금까지 저녁을 안 먹었냐고, 당연히 너는 먹고 왔노라고 말한다. 더 먹을 수 있으니 뭐든 시키라고 하는 네가 나를 배려하는 것인지 그냥 하는 말인지 나는 모르겠다. 허기도 사라졌고 그런 너와 먹기도 싫다.

너의 어느 부분에서 나를 발견한다. 어떤 하나의 대상에 빠지면 그것에서 스스로 빠져 나올 때까지는 다른 사물들은 안중에도 없다. 지난 3주가 그렇다. 너는 또 시작이다. 그 끝이 될 즈음에야 너는 나를 응시한다. 오늘처럼.

내 얼굴에 발그레한 온기가 번지는 것을 보며 나에게 시선을 준다. 나를 바라보는 너의 두 눈에 조금 당황한다. 나도 너의 두 눈을 이렇게 가까이 내 얼굴을 들이대며 두 눈에 힘을 주어 쌍꺼풀이 만들어진 눈으로 뚫어지게 본 것은 처음이다. 너의 눈은 이제 보니 외꺼풀로 가느다란 각이 없는 직사각형이었다. 그걸 몰랐다.

"왜요?"

나를 바라보는 너의 시선이 달라져 있다. 왜 일까.

"자, 뭐 하면 되죠? 적어 놓지. 뭐 해 주어야 할지 생각해 봐요, 그럼."

너는 내가 기억해 내어 원하는 것들을 위해 PC를 적절한 상태로 만들어 주었다. 늘 그랬다. 내가 필요한 것들을 너는 너무 쉽게, 당연한 듯이 웃으며 해 주었다.

네가 할 수 있는 것은 무엇이든지 그랬다. 참으로 친절한 네가 진짜인지 가짜인지. 나도 리플리증후군에 빠진 건지 모른다.

"정말, 세계 어떤 나라든 가고 싶은 곳이 없다는 거예요?"

굳이 가고 싶은 곳이 없다. 주변에서 버킷리스트 타령을 하면서 생각에 빠졌던 그날 겨우 한 가지를 내 버킷리스트에 담았다. 그것을 실행할까 말까, 하게 되면 하고 아니면 말고 그랬던 내가 어제는 탁PD의 여행수다를 들으면서 크루즈 여행을 생각했다. 좋아. 현해탄을 건너 에도 시대 정취를 만나보는 거야.

"이상하지, 가족들은 전부 외국에 있으면서 혼자만 여기 남아 있잖아요?"

그래, 나만 남아 있다. 난 움직이기 싫으니까, 가고 싶다는 생각이 안 드니까. 나만 여권도 없거든. 이참에 여권은 만들어 볼까. 10년짜리로 만들어 놓으면 그 시간 안에는 떠날 것 같기는 하다.

"때론 굉장히 무능력해 보이고, 경제라는 건 아예 모르는 것 같았는데 지금 생각해 보면 능력자야. 가계부 같은 건 쓰지도 않을 테지만."

무슨 소리. 가계부라는 기록장을 이용하진 않지만 들어오고 나가고는 다 기록하거든. 어느 부분 사회화가 되지 않고는 여기서 생존은 불가능하지. 있으면 쓰고 없으면 안 쓰고, 아프게 되면 아프고, 아직까진 멀쩡하니 괜찮다.

"난 일본은 꼭 다시 가보고 싶은 곳 중 하난데."

일본 영화, 일본 소설들을 거의 읽지 않았다. 일본에 대한 악감정 따위는 없다. 다른 나라들과 별반 다르지 않다. 다만 일본 영화는 내 감정이 스며들 여지를 주지 않는다. 너무 섬세하기에 작품을 만든 이에게로 무조건적인 감정 이입이 되기에 내 취향과 맞지 않을 뿐.

소설 또한 그렇다. 하루키가 주변인들에게 붕붕 떠 다녀도 난 그의 소설에 마음이 가질 않는다. 소설을 읽는 행위가 적어도 내게는 나만의 감정을 찾아가는 여정이기에 그들이 요구하는 대로 자연스레 따라가게만 되는 것이 내키지 않는다. 나의 상상력을 가로막거든.

나스메 소세키가 일본 작가라는 생각으로 남아 있지 않듯 국적과 상관없이 내가 좋아하는 서가에 채워진 책이면 된다. 하지만 이제는 너와 이야기를 하기 위해 일본 소설을 읽고 있다.

"나는 오늘처럼 바람 불고, 비 오고, 천둥치고 번개까지 쳐서 창문이 들썩거리면 무지 좋더라."

너는 틀어박혀 있는 것을 좋아한다. 그런 너는 화창한 날들, 인간들이 거리에서 신나게 웃고 떠들며 노는 모습에 화가 나는 거지. 비가 오면 나가고 싶어도 못 나가는 그네들을 보면 신바람이 나는 거야. 너도 마녀 기질 있거든. 너는 어차피 안 나가고 움직이기 싫어하는 인간이기에 이런 날들이 좋은 거다. 난 비가 엄청 오는 날에는 길 위에서 자동차 와이퍼를 움직이지 않은 채 길을 달린다. 그때 나는 바다 속에 있는 것 같거든. 바람 부는 날이 좋은 것은 그 바람과 함께 다가오는 나만이 꺼낼 영상들이 펼쳐지기 때문이니 너와는 다른 이유다. 하지만 이런 날을 좋아하는 우리이긴 하다. 너를 보내고 돌아오는 자정이 넘은 길 위 풍경들이 평화롭다. 비는 그치고 작은 바람으로 거리는 가로등 빛과 어우러져 흔들거린다.

오늘 너와 지낸 시간을 다시 꺼낸다. 커피를 내리는 동안에도, 물건을 가지러 움직이는 나를 계속 졸졸 따라다니며 이런 저런 말을 하는 너는 마치 지난 3주간의 결핍을 채우려는 모습 같다. 오늘은 나도 모를 기운들이 자꾸만 스멀거린다. 내 몸 위로.

15.

거리가 추적추적. 어김없이 주말이고 나는 너에게로 와서 운전석에 깊이 파묻혀 있다. 또 여전한 모습으로 아무렇지 않은 듯 네가 내게로 왔다.

"오늘, 시간 여유 있죠? 서점에 가요."

"뭐, 살 거 있어? 이 동네에서 벗어나야 하는 거네."

"그렇죠. 핸드폰 줘요. 찾아서 안내할게."

검색의 달인이 실수로 엉뚱한 길 안내를 하고, 후후. 이 지역에서 유서 깊다는 대형 서점을 찾아 돌고 돌고 돌아.

"아, 미안. 진짜 짜증나죠?"

"아니, 뭐 별루. 길은 다 통하니까 언젠가는 도착하겠지."

골목길들을 헤집고 다니며 다시 큰길, 그리고 골목길. 또 다시. 멍청한 내비. 기계들이 다 그렇지 뭐.

유서 깊은 서점 건물은 늘 와서 놀던 그곳 뒤편 어디쯤이었다. 네가 원하는 책은 없었고, 4층 공간은 그리 쾌적하지는 않았지만 오히려 흐트러진 내부가 친근하다. 이곳의 유서 깊음을 기억에 담기 위해 지루하게 먼 길을 돌아 방문한 기념으로 책을 고른다.

유시민의 『어떻게 살 것인가』. 그래, 자주 들리던 광고의 힘은 역시 살아 있었다. 너는 그 책을 선택했고, 나는 파트릭 쥐스킨트를 찾아낸다.

"내가 해 주고자 하는 말이 있어 오늘 날 잡아 서점에 온 건데."

"그래? 내용 기억 못하나 봐."

"좀 더 디테일하게 보여 주고 말해 주려던 거지요."

"그래? 그럼 내가 찾아서 보도록 할게, 약속은 못하겠지만."

목적지를 찾아가는 길은 멀었지만 우리가 앉아 쉴 곳을 찾는 일은 순간이다. 골목에 주차를 하고 이제는 익숙한 돌담길을 걷는다. 눈에 들어오는 곳에 눈을 맞춘다.

Le cafe The Po Po. 숫자 '4와 4'란 의미이고 그 숫자는 카페 주인이 좋아하는 숫자란다. 단지 그뿐이다. 호기심 충족.

너만큼이나 큰 판다가 내 옆에, 처량하게 판다를 바라보는 누렁이 곰돌이는 너의 곁에. 내 눈 앞에는 그리스 산토리오 해변이 실물처럼 걸려 있고 너의 눈에는 고양이들이 가득하고 산토리오 해변은 파란빛으로 날 품는다.

여기서도 어떤 팟캐스트를 떠올리는 흔적을 만나는 것이 마치 우리 움직임이 사찰당하는 묘한 느낌. 뭐, 괜찮다. 우린 명망을 드높인 유명인사도 아니잖아. 두 마리 고양이는 나무 의자 위에서 편안한 잠을 누리는 중이거나 카페에 들고 나는 이들의 시선에 지친 눈을 감고 있거나.

지금, 너의 눈에는 온통 고양이로 가득하다. 너는 고양이를 좋아하고 나는 무서워한다. 하지만 같은 공간에 있어도 내 가까이만 오지 않는다면 난 상관없다. 고양이 눈이 맘에 든다는 너와 그 눈이 무섭기만 한 나는 움직이는 동물들은 다 못 견딘다.

"고양이가 왜 싫지?"

"싫은 게 아니라 무섭다고"

"그니까, 왜요?"

"어렸을 때 추리 소설에서 늘 고양이는 무섭고 서늘하고, 영물이라 하잖아."

"뒤에 고양이 온다, 크크크"

사람들 참, 많구나. 토요일이라는 현실감은 투명한 창밖 거리에 넘친다. 이즈음 다시 생겨난 버릇들. 내 생각과 이미지에 빠져들어 순간 내 앞에 있는 대상 인식을 못하는 증세가 다시 나타난다. 이런 내 속에 끊임없이 일고 있는 물음들에 실실거리며 바라보는 너. 하지만 오늘 만큼은 공간 이동을 하고 싶어 하는 너의 충동적 선택에 동조하고 싶지 않다.

"갑시다. 같이 다 째고 가요."

"싫어."

"왜 안 데려가고 싶은 건데요?"

"밀린 일들 해야 돼."

"얼마나 걸리는데?"

"대충 새벽 두세 시까지는 해야 할 거야."

"그 다음부터 얘기하면 되잖아요."

"싫어. 곧바로 이동해야 돼. 아침부터 일 있어. 너야 혼자서도 지내는 거 괜찮겠지만 난 아니거든. 나도 같이 있으면 좋은데 일한다니까."

"그동안은 혼자 있을 수 있다고요?"

"난 현실적으로 일을 해야 하고, 너는 와 있지. 나는 계속 마음이 쓰일 거란 말이지. 그럼 난 그런 내가 싫어지거든."

"날 새면 되지."

"오늘도 아침에 잠깐 눈 붙였거든, 분명 감당 안 될 거야."

"다른 때는 안 자고도 잘만 살더만, 핑계지."

"체력이 달린다고요. 알려주겠다던 그 성 정체성에 관한 공부하려고 여기까지 왔구먼."

"그니까, 그냥 오늘 밤 끝냅시다. 오늘 이 얘기를 하려고 나도 준비를 하고 왔는데."

여기에서 해 줄 수 있는 말을 일부러 안달 떠는 나를 바라보면서도 너는 하지 않는다. 여느 때처럼 결국에는 홀딱 넘어가서 네가 원하는 것을 들어 줄 수 있다고 생각하고 있는 너. 편하지 않은 마음이면 내 가까이 없는 게 조금은 더 나은 나. 툴툴거리지도 않는 너, 오히려 더 툴툴대기만 하는 나.

이번만큼은 데려가고 싶은 마음을 그곳에 툭 던져 버리고 내 세계로 돌아온다. 네 앞에선 늘 작동되기 어려운 내 의지들을 다시 찾아내지 않는다면 너의 그 악마 같은 유혹에 매번 넘어갈 것 같거든. 이제 멈추고 조금씩만 흔들리고 싶다. 흔들려도 감당할 수 있을 만큼만, 너 만큼만 허용하고 싶다. 일을 마치고 웹툰 앞에 있다. 네가 내게 보여주고 싶어 했던 총 171화 중 66화까지 보고 잠시 지나온 시간을 되짚어 본다.

웹툰에는 대부분 인간이 갖고 있는 사회화로 체득된 관습적 사고의 흔적들이 드러난다. 그 흔적들에 머물러 있거나 지워버리거나 빠져 있거나. 나는 어디쯤에 있는 인간인가? 그들이 나를 이렇게 부르겠구나, 하는 것에 의식조차 하지 못한다.

내가 불러 줄 나만의 이름이 필요했던 시간을 지나왔고, 이젠 그들이 부를 이름으로 있어야 하는 것일지도 너의 모습을 알아차릴 때까지 충분히 기다릴 수 있다고 확신하고 있는 너와 이미 시간을 다 써 버린 나는 어찌해야 하는 거냐.

16.
"무성애자가 뭔지 알아요?"

무성애자가 뭐지? 처음 듣는 단어를 되묻는 나에게 너는 구구절절 친절하게 설명을 해 준다. 성소수자(LGBTIAQ)를 술술 풀어 놓고 있는 네가 내 머리 속을 엉키게 한다.

매력 없어. 그 매력이란 말이 싱직매력이 없다는 말인가? 그럼 무성애자이기에 가능한 것이라고 할 수 있을까? 아니면 자신의 성 정체성을 모르는 인간일 수도 있다. 아, 살아오면서 성적매력이란 단어를 써 보지도, 들어 보지도 않은 것 같은데 말이야.

그런데 인간에게 꼭 성적매력이 있어야 사랑하게 되는 건 아니야. 오히려 성적매력이 방해가 될 수도 있잖아. 성 정체성을 꼭 알아야 하는 거야, 뭐야. 사는데 문제가 없다면 상관없잖아? 그렇다면 모든 성적 취향이란 개념에 다 해당한다면 무엇이라 명명해야 하지?

성적 취향에 따른 분류로 불리어지는 것이니 아무렇게나 해도 관계없다고 정리해 두고 싶은 나와 그렇게는 생각하지 않는다는 너. 왜 그딴 걸 말해서 궁금하게 만드는 거냐고 하는 나와 당연히 알 줄 알고 한 얘기라는 너.

"성적소수자라는 개념 자체가 숫자로 규정지은 의미잖아."

"무성애자가 전 인류의 1%밖에 안 되니 소수자는 원래 숫자적 의미죠."

"그런 거였어? 난 다른 의미로 생각했는데. 숫자와는 상관없는 특이성으로."

"숫자이기 때문에 소수자라는 건 어떤 것도 정의하지 못하는 거 아닌가요?"

"숫자가 적어서 소수자인 것과 성향이 달라서 소수인 것과 같아?"

"누구와 비교해서 다른 거지? 비교 기준이 된 이는 왜 비교의 기준이 된 거죠?"

"그게 누구와 비교할 수 없다는 게 내 생각이야."

"수가 많아서 아님?"

"비교하니까 숫자가 등장한 거지."

"그렇지. 그러니까 누구와도 비교할 수 없는 거고요."

"그니까 사회적 언어에 의해 구분될 성적소수자란 건 아니어야지."

"아무런 의미도 없는 숫자로 비교하다 보니 아무런 의미도 없는 '소수자'라는 게 등장하는 거지. 각 개인들일 뿐인데 소수자라는 이름으로 부르는 건 의미 없는 혹은 부당한 일이지요."

"그래, 오랜만에 의견 일치 같네."

"되게 오랜만이네요."

"그러고 보니 의견 일치되는 것도 없는 인간끼리 참 잘 논다, 우리."

"그러니까 잘 노는 거죠."

행위(명사)로 볼 때 '에로스'는 사랑(연애), 필리아는 사랑(친애)이다. 행위자(명사)로 부를 때는 '에라스테스'로 사랑(연애)하는 자이고, '필로스'는 사랑(친애)하는 자로 친구를 의미한다. 이 땅에서 무지막지하게 관념적으로 시달리는 것이 이것들이다. 여자와 남자는 친구가 될 수 없다. 소수자들을 괴물처럼 바라보는 사회적 시선이 가진 근거.

플라톤의 '뤼시스'를 이십 대에 읽은 이가 적은 이유라고 해 두자. 나의 편리함을 위해. 남녀 관계를 거의 일방적으로 '필로스(친구)'라는 개념에 대입하지 못하는 나라의 편협함. 그래서 마치 에라스테스보다는 필로스로 살아가는 인간들을 새로운 개념어로 묶어버리려는 억지다.

'소수자'라는 부당한 표현으로 다수의 오류를 범한다. 그럼에도 인류는 소수 선택에 의해 진보해 왔음을 망각하지. 가장 상위 개념 인간이 다른 인간을 사랑하는 것이 왜 부자연스러워야 하는 거지? 사랑은 그 어떤 규정 따위는 필요하지 않았어.

김조광수와 김승환. 그들 결혼을 축하한다며 지지한다는 말은 쓰지 못하겠다고. 누가 밥을 먹고 화장실 가는 일에 지지하거나 반대한다는 그런 이상한 말을 하느냐고 그래서 하고 싶지 않다는 너. 그 이상한 말 풍경은 이 사회에 지루하게 자리잡은 낯익음이야. 언어유희는 나를 가두기 위해 쓰인 다수들이 휘두르는 도구, 다수자 횡포이기도 하다. 언젠가 트위터에 올라온 김조광수 커플 웨딩 사진을 보면서 참 행복하겠구나 하는 생각을 한다.

그렇게 생각하는 내가 단지 부러웠던 것은 두 사람이 건네는 행복한 기운이 사진에서 튀어나올 듯해서다. 이안 감독의 영화 <브로크백 마운틴>을 보면서 그들이 품었던 긴 사랑에서 만났던 그 감동들이 그들의 웨딩 사진을 통해 다시 내 마음을 휘젓기 시작했거든.

영화 속 잭, 자기감정에 충실한 그가 아름다웠다. 20년 동안 기다려왔다는 잭.

"난 가끔 네가 보고 싶어 견딜 수 없어."

인간에게 주어져야 할 단 하나 권리가 있다면 그것은 사랑할 권리라고 말하는 너. 권리라는 단어조차 굳이 붙일 필요가 없이 자연인이 가진 본성 중 가장 아름다운 것이 사랑이라고 생각하는 나. 성정체성을 굳이 따질 이유가 없이 살아온 나를 오늘은 네가 규정지으려고 하는 건 아닐 테니까.

우주적 차원에 가능한 사랑, 플라톤의 『향연』에서 에뤽시마코스 연설에 드러나 있었지. 그걸 나는 그냥 Z차원 사랑이라고 명명해 왔던 거야. 로버트 제임스 월러. 매디슨 카운티의 다리에서 로버트 킨케이드가 뒤늦게 만난 사랑을 'Z차원에서의 추락'이라 표현했어.

추락하는 삶이어도 Z차원으로, 사회적 언어로 규정된 모든 성을 구분할 필요가 없는 인간으로, 분명 나를 사로잡는 매력에 끌리는 대상을 향한 그리움으로, 난 그저 자연인으로 사랑할래.

어느 날 누군가 내 앞에서 내 몸을 들쑤시게 자극한다면 나도 흐느적거리겠지. 아직까지 그런 대상이 내 앞에 없었던 것이지. 그 달콤한 전율, 그 기억을 잃은 건 아니거든. 불행은 인간들이 만든 관념에 매몰되어 있을 때 파고들어온다.

17.

새벽 3시다. 아무도 없는 거리. 서로 팔짱을 끼고, 아니다. 다리에 힘이 빠져서 의지해야만 했기에, 아니면 다정한 척해보고 싶었던 건지도 아니면 말고 인기척이라곤 찾을 수 없는 가로등 불빛으로 세상은 속살을 드러낸다.

비틀거리는 네가 내게 의지해야 한다는 사실이 왜 이리도 자연스러운 것인지는 순전히 술기운 탓이라고 해야 하겠지. 한번은 키득거리다가 또 한 번은 내 세상에 우리만 있는 듯 휘청거리는 걸음을 옮기며 밤공기가 필요하다던 너.

검푸른 밤, 침묵은 너의 소리를 내게로 좀 더 분명하게 전하기 위해 마련된 것일지도 거의 대부분 상황에서 날을 세우며 이성을 발휘하며 마시던 맥주를 오늘은 네가 넘치도록 마신다. 내 앞에 있는 대상이 술을 들이켤 때 본능적으로 난 술을 안 마신다.

유쾌하게 취한 너를 바라보는 일이 즐겁다. 넌 다시 수다쟁이가 되는군. 난 이런 너에게서 인간이 가진 향기를 느껴. 너의 이런 모습을 얼마나 자주 보게 될까. 네 세상이 열리면 여전히 넌 이렇게 내 앞에 있기는 할까.

"설국열차를 봤는지 모르겠지만, 설국열차 중간 칸에 중산층을 상징하는 사람들이 나와요. 뭔가 스포일러가 될 것 같지만, 열차가 위기를 맞는 순간에도 이 중산층들은 뜨개질만 열심인 모습이 나오는데, 나는 말이죠, 지난번에 그 장면이 떠올랐어. 개인에 대해서, 사회에 대해서 사는 데 문제만 없으면 상관없다는 식인 사람 때문에 도대체 이 사회가 어떻게 흘러왔는지. 이 사회가 그들 때문에 어떻게 망가졌고, 그들 때문에 우리가 어디로 가고 있는지."

800만 이상이 보았다는 그 영화를 난 아직 보지 않았다. 여기저기서 설국열차를 거론하는데 별로 내키지 않는 걸 어쩌겠어.

"어? 영화마니아가 왜 지금까지 안 봤어요? 꼭 봐요."

네 말은 결국은 나 같은 인간 때문에, 내가 사는 데 문제만 없다는 식인 나 때문에 대한민국이 망가졌거나, 대한민국에서 살아가면서 나 같은 인간이 생겼거나 라는 거네. 이런 나라에 내 삶을 잃고 싶지 않았던 정신승리법이라 하면 기껏해야 변명쯤으로 들리겠지.

"뭐, 그 말을 들을 때 그 장면이 떠올랐다는 겁니다."

사회에서 어떤 문제를 인식한다는 것과는 본질이 다르다고 보는데 너는 연결이 되었던 거지. 그렇다고 네가 대단히 사회적인 인간은 아님에도 말이지. 나는 사회적 언어로 규정된 모든 성을 구분할 필요가 없는 인간, 그러면서도 성적 매력 따위는 상관없는 인간이라 했지?

너는 말한다. 그럼 범성연애(Panromantic)의 성향을 가진 무성애자(Asexual)라고 볼 수 있겠네. 이런 식으로, 실제로 우리가 사랑을 느끼는 방식은 어느 정도 범주를 분명 지니고 있다는 거지. 이건 전 세계 무성애, 혹은 성적 다양성을 연구해 온 사람들 업적이라 할 수 있고 그들 업적을 뭉개버릴 것도 무시할 이유도 없다고. 그러니까 그들이 만든 그 범주에 내가 굳이 맞춰서 나를 들여다 볼 필요 또한 없다?

"생각해 보지도 않았다니. 성 정체성이라는 것은 '나'라는 본질을 이루는 그 요소 중 하나 아닌가? 그것을 몰라도 사는 데 상관은 없겠지요. 그런데 그게 과연 진짜 '삶'이라 말할 수 있겠어요? 내가 누구인지를 모르고서는 진짜 '삶'을 살 수 없다는 사실을 너무 잘 알고 있는 사람이라 믿었기에 더 충격적인데요."

성 정체성이 내 본질을 이루는 요소 중 하나이고 그걸 모르면 진짜 삶이라 할 수 없다? 그런 의미로 말해야 한다면 난 가짜 삶이거나 진짜인 척 살아있는 것이거나 아님 절반은 죽어있는 거겠지. 몽땅 가짜일 수도 있겠고

"그럴 수도 있겠지? 성적 매력이 없어도 에로스를 느낄 수 있는 사람, 에로스에 오히려 성적 매력이 방해가 되는 사람을 우리는 무성애자라고 불러요. 그러니까 그런 사람을 분류하는 말을 우린 이미 가지고 있는 거죠"

그 분류함을 가졌다고 해서 그 분류에 꼭 들어가야 할 것은 아닌 거지. 그런 분류된 인간으로 살아가기를 벗어나려는 것이 궁극의 나를 지향하는 것이라면 그것에 대해서 또, 넌 어떤 분류 기준을 들이댈 건가?

"나를 어떻게 늬들 따위가 정의하냐며 불쾌해하지는 말라고요. 상관없다는 말은 바로 이럴 때 쓰라고 있는 말이니까. 그냥 그들은 우리를 분류해 놨을 뿐이야. 속하고 싶지 않다고 발버둥 칠 필요는 없죠. 우리 사랑에 다양성이 부족하다기보다는, 그들 연구가 우리를 충분히 살펴봤다고 할까요"

너의 눈에는 내가 발버둥치는 걸로 보이나 보다. 새로운 개념이 내게로 정착되기까지 과정에서 생기는 의문인 거야. 그들 업적은 업적인 거고 그 업적에 응답하기 위해 나를 정의된 개념에 꼭 밀어 넣을 것도 아니거든.

"나는 지금 이 순간, 어떤 성적 지향성을 가지고 있다는 거. 그게 중요한 거라 생각해요."

"그니까 왜 구분되어야 하느냐는 거지. 너의 말대로 지금 어떤 성적 지향성을 가지고 있다는 거, 그게 중요한 것인데 성적이란 것이 대상을 앞에 두고서야 생겨나거나 행동으로 옮길 그 무엇 아니야?"

"나에 대해 탐구하고 저들이 '나'를 어떤 말로 정의하는지, 그래서 '나'를 표현할 때 적절한 어휘가 무엇일지 생각해 보는 것도 과연 불행이 스며들게 만드는 관념일까요?"

나를 어떤 말로 정의할 수 있다는 게 불가능하지 않나? 만약에 내가 사랑하는 이에게 성향이 나와 다르다고 해서 사랑할 수 없다는 것은 인정할 수가 없잖아. 그건 성적 취향과 사랑한다는 것과 반드시 일치하지 않을 수도 있다는 거겠지.

술은 술을 부르기에 계속 마시려는 본능을 막는 건 되게 멍청한 일이라, 마실 만큼 마셔 보라지. 이른 아침까지 너의 손엔 맥주병이 들려 있었고, 다행인지 불행인지 이 아침엔 조용히 잠든 네가 있다. 너의 가슴엔 무슨 이야기가 들어 있을까. 쏟아 놓을 마음들이 딱히 없는 것일 수도 있지. 너는 웹툰을 보다가 성 정체성에 대해 궁금증을 갖기 시작했다고 그런 웹툰을 보지 않는 나도 보았다면 너처럼 궁금해 했을까?

성 정체성을 군이 생각해 보지 않아도 되는 인간으로 살아온 나였던 거고, 너는 우연한 기회에 그것들에 궁금증이 일어났던 것일 뿐. 그래, 너에게서 처음 내 세상에는 없었던 절반 정도 삶에서 오르

내리는 이름들을 배운 걸로 할게. 그래서 놓친 수많은 인연들이 있을지도 모른다는 너. 지금까진 성적 취향이 특이한 이들은 없었던 것 같다는 나.

"그렇다면 그런 거야? 개념조차 있는지도 몰랐으면서? 그럼, 앞으론 그런 인연을 놓치게 될 지도 모르지요."

너는 모호하게 중얼거리며 잠이 들었다. 일요일 아침은 이미 열리고 있는데 나는 아직도 어두운 밤, 소리 높여 뿜어대는 너의 말이 뿌린 파편에 어지럼증을 만난다. 술 힘을 빌어야 했던 거니? 하긴 그런 것마저 없다면 너는 너무 비인간적으로 보이긴 해.

18.

"금요일 와서 같이 갈 수 있어요? 주말 거기서 지내도 되죠?"

거절하고 싶은 마음과 반가운 마음 사이에서 순간 선택은 내 의지를 깔아뭉갠다.

"그럼."

너는 어젯밤 내게로 와서 거실에 자리를 잡고 요즈음 일어난 일들을 유쾌하게 털어 놓는다. 두어 시간 남짓 이야기를 나누는 동안 너는 어느새 내 세계 중심이 되어 투명하게 소리를 낸다. 각자 할 일을 해야 했음에도 안락의자에 푹 파묻혀 일부러 움직이지 않는 너의 작은 웃음이 환하다. 너는 할 일이 있다며 노트북을 앞에 두고, 나는 서재에서 책을 읽는다. 같은 공간에 다른 시간을 보내는 것에 우리는 참 익숙하다. 밀려있는 작업량은 쌓여 가는데 손도 댈 수 없다.

밤이 이미 지쳐버린 시간인데 나는 잠이 오질 않는다.

짙은 새벽은 이미 지나 푸른 새벽을 알리는 뒷산 새소리가 창으로부터 맑게 들려온다. 아무리 애를 써도 새벽을 지나 잠을 잘 수가 없는 밤이다. 이미 이른 아침이 와 있고 세미나를 가야 하는 나는 어떻게든 눈을 좀 붙여야만 한다. 이른 아침에 깨워 달라는 너를 깨우고도 한 두 시간만이라도 잠을 자려고 해 보지만 안 된다.

"왜 그렇게 잠을 못 자요?"

"아, 몰라. 자려고 해도 잠을 잘 수가 없어."

"그러다 중앙선 침범하는 거 아닙니까?"

"그래서 눈을 붙이려고 하는데 안 붙어."

"오늘이 마지막일지도 모르겠네? 근데 안 자고도 잘 살잖아요."

"자고 싶을 때 자고, 먹고 싶을 때 먹지. 장거리 운전 안 할 때만."

"배고프다."

"아, 안되겠어. 안 잘래. 나가서 뭐, 먹을 거 좀 구해 올게. 아직 시간이 좀 이르긴 해서 쌀 종류는 없을 것 같고 빵이라도 먹자."

"스펀지케이크만 아니면 돼요."

"나도 그래."

너와 나는 많은 부분에서 닮아가고 있다. 아니면 본래부터 같은 취향이 있었던 것인지 모른다. 아니 길들여진 부분들이 많아진 것일지 모른다. 어떤 사안에 의견 일치를 보는 것은 그리 많지 않아도 그것으로 엇갈릴 이유도 우리에게는 딱히 없다.

차를 끌고 동네를 한 바퀴 돌아본다. 가는 바람이 좋은 아침이다. 이제 막 문을 연 빵집에서 샌드위치와 우유를 챙겨온다. 우유를 마시는 너는 영락없이 어린 소년 같다. 그냥 그렇게 세팅을 해 버린다. 음, 잘 어울린다. 아직은 그게 너의 모습인 거다. 마주하고 아침을 나눈다.

너를 남겨 두고 나는 곧 출발을 한다. 이주 전부터 예정된 일로 홀로 가는 두 시간 남짓 시간은 곤혹스러웠다. 일을 하는 동안 내내 네가 있는 그곳 생각에 마음이 흔들거리며 뒤를 돌아본다. 도착하고 메시지를 보낸다.

'무사히 도착했음.'

'지금 친구 와 있어서 같이 있어요.'

'같이 잘 챙겨 먹으면 되겠다. 친구한테 밥 사달라고 해.'

피곤이 몰려 왔다. 돌아갈 길이 걱정이 되는 날이다. 중앙선을 또 침범할 지도 모른다. 세미나는 건성이었고 형식적으로 메운 시간이다. 회식은 붉어진 눈을 핑계로 물리고 더 어둠이 내리기 전에 서둘러 고속도로로 나선다. 출판사 주최 회식을 피하는 나를 향해 보내는 그들의 시선이 곱지는 않지만 아직 저물지 않은 저녁에 달리는 것이 생명 보존에 좋을 듯싶어 외면해 버린다.

고속도로를 달리는 동안 어둠이 내린다. 그 어둠 안에 수많은 생각들이 별빛처럼 내린다. 눈앞을 가리는 빗방울들까지, 이 길은 지금 내가 놓인 순간처럼 불투명하게 펼쳐있다.

'지금 출발해. 죽을 맛이야.'

'왜요?'

'눈이 너무 아프고 졸려.'

'졸려서 죽을 지경?'

'응. 눈이 빠질 듯해. 들어갈 때 먹을 거 사 갖고 갈까?'

'야식 먹을 거 아무거나 있으면 좋을 듯. 근데 그거는 살아 돌아온 다음의 일.'

'눈에 힘주고 감.'

연락을 해 놓고 절반은 달렸을까, 도저히 앞이 보이지 않아 갓길에 차를 세운다. 십분만 자고 가야겠다. 알람을 켜놓고 창문을 조금 열고 비상등을 켠 채 잠을 청한다.

심하게 흔들리는 진동에 눈을 뜬다. 50분이 지났다. 이런. 속도를 높여 본다. 다행스럽게 비는 그쳤고 예정보다 한 시간은 족히 늦게 도착할 거라 생각하는데 메시지가 뜬다.

'살아있나?'

'거의 다 왔네.'

이런 너는 또 다르게 느껴진다. 걱정은 하고 있었던가. 웃는다. 이번에도 가게 문을 연 곳은 빵집뿐이다. 말쑥하게 차려 입은 너를 바라보며 오늘 있었던 서로 일들로 우리는 또 조잘거린다. 어렴풋이 난 느끼고 있었나 보다. 네가 여기에 온 것은 그 친구를 만나는 것이 더 큰 의미였던 것을. 아무렇지 않은 척하는 듯 보이지만 난 그냥 슬며시 알아차린다. 집에 오는 길에서 잠든 시간은 짧았지만 어느새 도망가 버린 잠. 우린 다시 수다를 떨고 그렇게 새벽은 세시를 가리킨다.

"오늘은 거기에서 자면 안 돼?"

"그래, 뭐. 난 괜찮은데요."

"그럼 드라마 보면서 잠들래."

티 테이블을 가운데 놓고 마주보고 있는 소파에 눕는다. 일할 때면 배경으로 켜 놓고 다음에 나올 대사까지 기억하는 네가 좋아하는 드라마를 켜 놓고 잠을 청한다.

"이왕이면 성대모사를 해 줘."

네가 중얼거린다. 화면은 내게로 향해 있고 너는 불쑥 등장인물 다음 대사를 익숙하게 읊조린다. 그런 모습을 보면서 네가 귀엽다는 생각이 드는 걸. 어디쯤에서 잠든 지도 모르는 나와, 그런 나와 상관없이 지냈을 너의 밤은 어떤 시간으로 흘렀을까.

내가 깨어나기를 기다린 너를 많이 지치게 하지 않은 너무 늦지 않게 맞은 아침이다. 죽음처럼 빠져든 밤이었다. 모닝커피를 내리는 동안 너도 일어난다. 지금 네가 있거나 없거나, 딱히 마주보고 싶은 간절함도 이미 다 채워졌기에 나는 서재로 돌아와 널려있는 것들을 정리한다. 어느새 슬그머니 내 서재로 들어와 너는 내 안락의자를 점령한다.

"진짜, 이 의자 편하다."

"그러니 일어나서 어서 저 방으로 가 할 일이나 해."

"싫은데. 여기서 할래요."

"방해 안 돼?"

"괜찮은데. 내가 일하는데 방해 돼요?"

"아니, 나도 뭐. 상관없어."

너는 안락의자에서, 나는 책상에서 일을 하기 위해 자료들을 펴놓는다. 배경음악은 이미 충분히 우리에겐 익숙한 네 노트북에 담긴 노래로 랜덤 해 놓고

"밥은 이따 친구 오면 같이 먹을까?"

"그러지요 뭐. 지금 안 배고파요"

이렇게 함께 각자 할 일들을 하며 이야기도 하고 괜한 소리도 해가며 각자 시간에 머문다. 우린 이런 시간이 마치 늘 열리는 일들처럼 자연스럽다. 내 공간이 너에게 참으로 익숙해져 버렸다. 네가 있거나 없거나 크게 달라질 것 없다는 것은 기분 좋은 일이다.

"둘이 꼭 애인 같은 걸."

"그래? 편안해 보여서 그런 거겠지."

너도 나도 그냥 웃는다. 사실인즉, 우린 보편적인 의미로 애인은 결코 아니었으니까. 너의 친구는 오래전부터 우릴 바라보면서 노예 같다느니 곧잘 객쩍은 소리를 하곤 한다. 타인들에게 그렇게 보인다는 것이 신기하지만 상관없다. 그런 표현에 별로 신경 쓰지 않는 너여서 다행이긴 하다. 고민 끝에 셋이서 중국음식을 시켜 먹는다. 이런 저런 이야기를 나누면서 음악과 책과 공부, 같은 공간에 우리 셋은 평화롭다. 그는 이내 돌아가고 우린 또 같은 시간 안에 남는다.

"난 여기가 무슨 일이든 제일 잘 되더라."

"진짜? 그럼 이번에도 잘 한 거야?"

"그럼요, 거기에 있으면 놀았거나 엉뚱한 짓만 하고 해야 할 일도 안 했을 걸요."

"그럼, 다행이구."

너는 담쟁이덩굴로 뒤덮인 창문에 손이 닿지 않아 미루어 두었던 예쁜 스티커를 붙여 주었다. 살포시 두 눈을 감은 새침한 소녀가 내 창에 자리를 잡았다. 그리고 너는 다시 떠나간다.

어두워진 저녁, 길 위를 달리면서도 너와 내가 함께 듣는 음악과 팟캐스트 이야기를 빼먹지 않으며 나누고 오늘은 헤매지 않고 바로 돌아 너의 세계로, 그 공간 앞으로 도착한다.

"삼주는 되어야 보겠다. 그치?"

"모르지요, 우리가 그렇게 말하고도 아니었잖아요?"

작은 악마 같은 미소를 띠고 너는 등을 보인다.

"후후, 그랬던가."

너는 마치 그런 시간을 나만큼이나 기다리는 듯 건네지만 너에게 그런 표현들은 그저 겉치레였지. 어쩌면 진심일지 몰라. 아무려면 어때. 보고 싶은 것만 보고 믿고 싶은 것만 믿으며 사는 내가 있을 뿐이지. 어차피 너의 마음과는 상관없이 진행되는 나와 네가 하고 싶은 대로 하고자 하는 너로 있으면 되는 거다.

19.

'시간 괜찮아?'

'난 괜찮은데.'

절대로 먼저 손을 내밀지 않겠다고 스스로를 가두어 놓았던 내가 연락을 하고 밤새 앓는다. 결국 또 내가 너를 부른다. 더 참아냈어야 했어. 겨우 일주일을 버티다니.

고속도로를 여유 있게 달려도 되는 이 길에서 언제나 너에게로 가는 길은 낯설다. 지금 막 새로 찾아 나서는 길처럼. 헤매지 말아야 한다. 그렇게 다짐하고는 어김없이 마지막 우회로 길을 지나친다. 이런, 또 지났군. 다시 우회를 하여 차를 오던 길로 되돌린다. 집중을 안 해서인가, 늘 같은 그 길목에서 바로잡지 못한다. 그래도 약속한 제시간에 도착했고 너는 뒷좌석을 열고 가방과 노트북을 던진다.

"그게 말이야, 번역본이 원서와는 많이 다른 것 같아."

"어디가요?"

"이따 도착하고 얘기하자. 아씨, 이 길 아니잖아. 좀 전에 좌회전 했어야 하는데."

멍청하게 혼자 어제 감정을 떠들다가 또 길을 놓쳤다.

"내비를 켜는 게 낫겠지?"

"그렇겠지요, 또 헤맬 테니."

너는 심드렁하게 웃는다. 휴대폰을 건네며 나도 멋쩍게 웃는다. 늘 그랬다. 3년이 되도록 나는 이 동네를 도저히 파악하지 못하고 있다. 올 때마다 낯설고 헤매고 모든 길은 다 연결된다는 말로 둘러 댄다. 그런 나를 신기하게 바라보면서도 너는 은근히 동조자가 되어 있다. 너도 나와 별 차이 없이 길을 알아차리는 것은 못하니까. 우린 늘 가던 길을 되돌아오고 내비게이션에 의존하면서도 그 기계를 믿지 못하고 표지판과 길가 분위기들을 말하며 갈 곳을 찾아 길거리 여행을 하곤 한다.

"책 어딨어요? 지금 읽어 볼까?"

"뒷자리에 번역서랑 원서랑 다 있어."

"아, 서문을 읽는데 모르는 단어가 9개가 넘더라고. 그래도 예전 열정이 떠올라 성실하게 단어를 찾았지. 잠깐, 서문은 보지 마. 모르는 단어로 도배를 해 놓았다고."

"원래 영어 못하는 거 아는데 뭐. 다 찾아봤어요?"

"응, 서문만. 그런데 본문으로 넘기는 순간 아찔해지면서 숨이 막히더라고. 이건 까만 게 글자고 하얀 건 종이. 도저히 열이 나서 진행할 수가 없는 거야. 그래서 여기 있는 거지요."

"나도 서문 읽다가 막혀서 접어 두었는데."

"그럼 내용을 모른다는 거야?"

"내용이야 대충은 알죠. 제대로 읽지는 않았다고요."

네가 얘기해 준 대로 번역서를 옆에 두고 원서를 읽는데 이건 영 안 되는 거다. 어젯밤 번역서는 다 읽었는데 그때는 다가오지 않던 감정들이 이번에는 전혀 다르게 읽히더라고.

아, 이건 완전히 다른 마음들이 너무도 선명하게 절절하게 다가오는데 미치겠는 거다. 원서로 이 부분을 읽을 수 있다면 얼마나 좋을까. 그래서 연락한 거야. 번역서에 밑줄 그은 것만이라도 원서로 읽어 봐야겠다 싶더라고. 그거 찾아서 밑줄 긋는데도 무척 힘이 들었거든, 난. 또 어김없이 어린애처럼 너를 앞에 두고 수다쟁이가 되어 혼자 마구 떠들고 있다.

"어디, 읽어 볼까."

부디 네가 주인공 마음처럼 읽어 주기를 바랐다. 책을 제대로 읽지도 않았다는 네가 젊은 베르테르 마음을 어찌 느낄 수 있겠나. 가능하지 않을 것을 알면서도 발동되는 기대 심리에 너는 부담스럽다고 했지. 그래서 아무 말도 하지 않기로 한다.

세 번째이다. 카페 '더 암'은 작지만 아늑하다.

"우리 자리로 가자."

"카페에 우리 자리 같은 게 어디 있어요?"

"지난번에 앉아서 편안했던 곳이 우리 자리인 거지 뭐."

"아, 역시 고전이란 이런 거야. 시간을 달리해서 만나지는 마음이 너무 다르거든요."

내가 밑줄 그은 문장들을 너는 원서로 읽기 시작한다. 나는 약간의 흥분으로 번역서를 들여다보며 책 읽는 소리에 귀를 기울인다. 그렇게 너는 젊은 베르테르의 슬픔을 읽어 주었다. 내가 연필로 밑줄을 그어 놓은 문장들을 읽으면서 모르는 단어를 찾아도 보면서 해석까지 해준다. 서툴지만 책을 읽어 주는 진지한 네 모습은 근사하다. 오늘따라 옆모습이 다르게 느껴진다.

"와, 이 문장 너무 근사하다. I left her asking permission to visit her in the course of the day. She consented, and I went, and, since that time, sun, moon, and stars may pursue their course; I know not whether it is day or night; the whole world is nothing to me."

"아, 그거. 느낌이 우리말로 번역하는 것과 완전히 다르지?"

"헤어지기 전에 난 그녀에게 한 번 더 만나자 부탁했고 그녀는 내 청을 들어 주었고 난 집으로 돌아왔다네. 그 이후로 해와 달과 별은 변함없이 자신의 궤도를 돌고 있었지만 나는 도무지 낮과 밤을 분간할 수 없었네. 내 주위 세상이 통째로 사라져 버린 것일세."

우리는 함께 공감을 했고 탄성을 지른다.

"이렇게 어감이 다를 수 있을까요?"

그러니 독일어로 된 원작을 읽는다면 어떨지 상상이 안 간다. 괴테 작품을 제대로 읽기 위해 독일어를 공부해 볼까 고민할 정도였다. 아마도 너는 절대로 이 느낌을 나처럼 진저리치며 가슴 저리게 공감할 수는 없을 거다. 책을 다 읽었다 해도 너는 아직 그런 사랑을 해 보지 못했기에.

먼 훗날 그와 같은 사랑이 찾아왔을 때, 나처럼 꼭 다시 한 번 읽어보라고 말을 건넨다. 너는 그저 웃는다. 그 작은 웃음은 묘하다. 너 스스로는 모르는 내게만 전해지는 느낌인데 그 작은 웃음이 내겐 늘 특별한 푸른빛이다. 평소 냉소를 만나게 해주는 너에게서 문자로 사용하는 표현들과는 다른 온화함을 본다. 내 앞에 있는 너로 있을 때면, 늘 나를 벅차게 해 준다는 것을 너는 항상 알아차리지 못한다.

"언제든 베토벤 로망스를 내내 들으며 이 책을 읽어 봐."

"아, 이거 다음에 제대로 읽어 줄게요. 읽으면서 내가 계속 작아지는 거 같아서 말이죠. 자꾸 걸리는 단어들에서 내 영어 실력이 한없이 짜증나거든요. 문맥으론 대충 이해가 되는데 설명해 주기가 어려워요."

밤을 새워서라도 다 읽어 주겠다는 약속을 듣고 책 읽어 주기는
끝났다. 나는 베른 하르트 슐링크의 『The Reader』와 스티븐 달트리
영화를 떠올리며 혼자 웃는다.

커피는 차가워야 제 맛이 닌다며 내 뜨거운 커피 향기에 괜한 트
집을 부리는 너는 부끄러워한다. 취향대로 살자고 나는 책을 펴고,
너는 노트북에 눈을 주고 마주 앉아 있다.

"어떤 얘기라도 하면서 읽지."

"논문 완성해야 한다며?"

"정리 다 해 놨으니까 쓰면서 들으면 돼요."

"방해할까 봐 조용히 하고 있었는데 뭐든 물어도 돼?"

"그럼요."

"베르테르가 자살했기에 사랑은 끝나지 않은 거라 할 수 있을까?"

"그럴지도 모르죠. 나 같으면 아예 사랑 따위는 하지 않았겠지
만."

"오만입니다. 감히 사랑 따위라니."

시간은 내가 원하지 않음에도 늘 빨랐고 우린 저녁을 먹기 위해
길을 나선다. 바로 옆에 있는 카레 전문점을 오늘은 들리지 않는다.
카레를 아주 좋아하는 너와 카레를 먹을 수 없는 나는 그곳에서 각
자 취향대로 먹곤 한다. 너는 카레로 뒤덮은 음식을, 나는 카레를 걷
어낸 음식을 먹는다. 그동안 들렀던 여기저기 음식점 중에서 유일하
게 아주 맛있다는 말을 너에게서 들은 집이기도 하다.

한적하게 열린 길을 걷는다. 일요일 평온함과 산책하기 좋은 평안해진 마음. 우리에게 익숙한 길을 긴고 벅을 장소를 찾아 나선다. 우리가 들렀던 카페들과 식당들을 지나치고 네가 치킨을 먹고 싶다는 이유로 치킨 집을 찾는 중이다.

문득 길을 걸으며 올려다보아야 하는 너의 얼굴을 느끼고 있는데 오늘은 네가 아주 크게 보인다. 검은색 긴팔 셔츠는 너의 얼굴을 더욱 도드라지게 한다. 골목길을 걸으며 마치 나는 다시 시간의 문을 지나치는 기운에 휩싸인다.

아주 오래전 동네 골목길을 밤새 걸어 다니며 쉼 없이 재잘거리는 나를 지그시 바라보던 한 소년을 불러낸다. 지금 너 역시 쉼 없이 재잘거리는 내 목소리에 꼭 필요한 답을 하며 함께 걷고 있다.

"어? 여기, 미술관 생겼네?"

"몰랐어요? 지난번 지나갈 때에도 있었는데."

"왜 난 못 봤지? 들어가자. 그림 전시하는 거 같은데."

"아직 덜 준비된 거 같은데?"

화환이 죽 늘어선 어둔 동굴처럼 열린 그곳을 스윽 들여다보고 어깨를 으쓱하곤 돌아 나와 다시 길을 걷는다.

"프라이드치킨 집은 어디 있다는 거지? 없는 것 같은데. 이런 우아한 동네는 그딴 거도 없나 봐."

"진짜 하나도 안 보이네요. 우리 동네는 몇 블록 지나면 치킨 종류는 다 있던데."

"어, 다시 이 길로 돌아 나온 거 아님?"

"그런 거 같은데요."

우린 맥없이 웃는다. 골목길을 돌고 돌아 주차장, 다시 처음 그 장소로 접어들고 있었다. 어둠이 옅게 드리워지고 치킨을 먹기 위해 다시 시내로 옮겨가 저녁을 나눈 후, 가볍게 늘 그렇듯이 총총히 너는 뒷모습을 남기고 사라진다. 나는 그 자리에 한참을 멈추어 있다가 다시 도로를 달린다. 내가 잘 도착했는지 여부는 단 한 번도 묻지 않는다. 그렇게 다시 각자 일상에서 아무 일도 일어나지 않았던 하루들로 그저 자연스레 각자 삶으로 너와 나는 연결된다.

이런 시간이 진행되는 동안 너는 여러 모습으로 내게 다가오곤 한다. 어쩌면 내가 다른 이들과는 조금은 다른 특별한 대상으로 기억되고 있다는 정도는 기대하고 싶었나 보다. 하지만 그러거나 말거나 내 앞에 있을 때 너는 그저 너이면 된다. 다시 제대로 읽어 주겠다고 하던 젊은 베르테르의 슬픔은 여전히 서가에 그 장을 책날개에 맡긴 채 그대로다. 아마도 이런 시간이 오지 않을 것을 알았던 것처럼.

20.

오랜 침묵을 너는 잘 지켜본다. 한 시간 가까이 우린 말이 없다. 익숙한 음악과 가끔씩 마주치는 자동차 헤드라이트 올 때는 수다 떨기로 세 시간 반이 걸린 거리가 이번엔 한 시간도 채 걸리지 않았다.

내 뒤에 있는 네 얼굴은 바라볼 수 없지만 나를 계속 주시하는 너는 알아차릴 수 있다. 내가 먼저 말을 건네지 않으면 단 한 마디도 할 수 없는 네가 있다. 우선은 처음부터 뒷좌석을 선택한 너에게 말하는 게 싫다. 운전하며 뒷좌석을 향해 평소보다 목소리를 높여야 하는 게 정말 싫거든. 눈을 볼 수도 없잖아. 말을 하려면 자꾸 내 목을 뒤쪽으로 향해야 한다고. 목 아파. 앞으로 오라 그러지 그랬어. 달리는 중에? 오던 중에 쉼터가 세 군데 있었는데, 차 세우면 될 걸. 핑계잖아, 이렇게 말하려는 네가 있다는 것도 알아. 물론 그럴 수도 있었지, 생각이 많은 날이다.

"그냥 들어가도 되겠어? 저녁 안 먹었잖아."

"배는 안 고픈데 이따가는 모르겠네요."

"어떻게 할 건데, 차 돌리기 전에 결정해."

"어떻게 할까요?"

이대로 들여보내면 안 될 것 같아 도착하고 나서 말을 한다. 단 한 마디도 나누지 못한 시간이 어쩌면 너를 많이 힘들게 할지도, 그럴 리는 없을 것임을 나중에는 알게 되겠지만 그때까지 못 견딜 인간은 바로 나니까. 패스트푸드점 앞에 차를 세우지만 내키진 않는다. 종일 햄버거만 먹은 날이었는데, 딱히 장소를 찾아 들어가긴 어쭙잖은 시간이기도 하고

"뭐 먹을래? 오징어와 콜라."

"알면서 묻기는."

"그래도 확인해 보는 거야. 낮에도 먹었던 것이라."

"내가 나가야 돼요?"

"아니, 내가 움직일게."

"오, 어쩐 일로 이리 착해지셨을까."

"나 원래 착한데."

주문을 하고 기다리는 동안 함께 지낸 하루를 열거해 본다. 내가 궁금해 하는 것들에 대한 네 개념 정리는 완벽에 가까웠다. 하긴 내가 만날 수 없었던 낯선 세계에 대해 눈빛을 오랜 시간 건네고 있었던 너는 어느 날 갑자기 나타난 다른 행성에서 온 존재 같다.

내가 섬세하게 탐구하지 않은 것을 언제나 들키지만 모른 척하는 네가 있다. 낯 뜨거울 질문까지도 잘 받아넘기며 앉아 있는 나를 바라보고 설명하는 너는 선생 같아. 나중에 진짜 할 거 없으면 선생질 해도 잘 해내겠다.

처음 만나는 사람에 대한 배려가 없다는 나와 마음과는 상관없이 편리를 위한 타인을 향한 네 배려들은 지극히 형식적이다. 굳이 그 사실을 인정하려 하지 않는 네가 있을 뿐이지. 너는 마음이 없어도 행할 수 있는 일들로 시간을 건너왔고, 나는 마음이 없으면 가지 않은 채 걸어온 시간에 서 있다. 어긋나지는 것이 바로 마음에 달린 문제였던 것이거나 지독한 에고이즘이거나 그저 나르시시즘이거나. 책상에 기대어 한 손에 책을 들고 듣고 싶어 하는 고전 원서를 읽어 주고 있는 네가 당분간은 잔상으로 남아 내 곁에 있게 될 거 같다. 그 기운들이 빠져나갈 때쯤이면 또 다른 네가 내 앞에 나타날지 아닐지는 생각해 보지 않았지만.

이제는 가면을 쓴 모습에 익숙해진 것이던가, 너도 모르게 상냥함이 자연스러워진 것인지도 한 인간이 가진 겉으로 드러나는 모습만 알게 된다는 것은 비극이다. 그 안에 깃든 상냥함을 알아차릴 수 있는 사람만이 빛이 되는 행운을 얻겠지. 이해되지 않는 일들은 그것대로 내버려 둘 수 있어야 해. 수수께끼를 푸는 기분 알아? 내가 늘 그 짓을 한다는 거. 어린 나와 어른인 내가 공존하는 거. 한정된 세계 안에서 서로 의지하는 거지. 너와 난. 아마도 그런 것일 거야.

혼자 있는 나를 떠올리며 네가 품은 마음, 무엇이라 적당하게 어울릴 말이 없다. 자기 고집만으로 살 수는 없다고 말들 하지. 자연 생성처럼 삶은 반복되는 네 개로 나눈 25, 50, 75, 100의 시간을 음미하는 걸지도. 살아가면서 필요 이상 지식들이 과연 필요한 걸까 싶기도 해. 이성으로 무장하고 사는 네 방법, 그리 나쁘지 않다.

21.

들꽃처럼 혼자 흔들릴 때가 있다. 가을을 넘기고 겨울이 시작되면 살 것만 같다. 차가움이 스르르 밀려나는 따스한 공간으로 얼굴을 들이미는 그 순간이 좋거든.

'밖으로 나왔어요.'

자정이 막 넘었다. 문자 알림이 울린다. 현재라는 시간에 놓인 성숙한 한 인간으로 내가 나를 마구 꾸짖는 거 아주 익숙해. 네가 불러도 난 이제 너에게로 달려가지 않아. 이 시간에 네가 어떻게 될지 걱정도 하지 않아. 쿵쾅거리는 심장 소리가 요동을 쳐도 난 안 간다.

내 마음을 시험하려 드는 서툰 너의 말들에 몸보다 마음이 먼저 알아버렸거든. 이런 순간, 난 늘 특별한 이유 없이 설레곤 했다. 하나 이제 그런 말들이 무엇인지 안다. 차가운 이성을 내세워 바라보던 네가 아니었다면 우린 어떤 시간을 마주하고 있을까.

지난 계절, 내 식으로 너를 떠나보냈다. 대상에 대해 느낄 수도 없는 네가 아무렇지 않은 척 그동안 내 앞에 있었다는 사실. 그런 시간에 태연할 수 있는 너. 내 안에서 이성이 힘을 발휘할 때면 날선 감성으로 늘 대체되었던 나를 너는 모른다. 내 감성은 오히려 이성보다 날카롭다는 거. 그래서 너를 발라버릴 수 있거든. 이거다. 네가 없어도 난 너를 내 안에 둘 수 있는 인간이기도 하다. 너는 내가 없다면 어떻게 지내게 될지, 이제는 알아.

'내가 뭘 잘못했어요? 이건 반칙이잖아. 이유라도 알려주라고'

내 안에 있는 네가 말한다. 내가 그런 말에 대답하지 않을 것을 너는 안다. 내가 아는 너는 이런 식으로 연락을 보내는 인간도 물론 아니다. 내가 늘 쓰던 독백들이잖아. 너는 3주 정도는 단절된 시간이어도 끄떡없던 인간이었어. 아니다. 분위기 파악에 탁월한 인간이었지. 지금 이 마음을 그 이성적인 사고로 이해를 해 보라고. 그럼, 절대로 너는 알아차리지 못한다. 그 천재적인 이성, 내 앞에서는 무기력해지길 바란다.

그저 지금은 이렇게 있고 싶다. 마음으로 난 문을 닫고 싶을 때 닫을 수 있는 것은 분명 아니다. 그러니까 사람들 관계는 늘 상흔이 남겨지는 걸 거야. 그 상처에 딱지가 앉을 때쯤 우린 기억이란 것을 자기가 좋은 쪽으로만 생각해 버리거나 망가지기 싫어서 그럴싸한 수식어를 붙여 이별을 만들기도 할 거야. 사람을 아낀다는 걸 입 밖으로 내놓아도 무리 없이 받아들여 줄 그럴싸한 알맞은 표현을 찾지 못하겠다. 우격다짐으로 사람을 내몬다는 일도 고통이다. 스스로 고통 받는 자이고 싶은 오만함일지도 모른다. 온 몸에서 마른 풀 냄새가 난다.

딸각, 현관문을 돌리는 소리에 깜짝 놀란 내 앞의 너는 천연덕스럽게 웃는다. 시간은 언제라도 뛰어넘을 수 있는 사람처럼 나타난다. 언젠가 네게 맡겨 두었던 현관 열쇠를 잃어버렸다며 주지 않았는데. 그랬었지. 잊고 있었다.

"없는 줄 알았네. 두들겨도 아무 기척이 없어서."

"음악 소리에 못 들었다가 열쇠 돌리는 소리에 놀랐어. 열쇠, 아직도 갖고 있었던 거야?"

"그땐 못 찾았어요 들켰네. 여기 열쇠."

"왔어?"

"그러니까 여기 서 있지요."

"그럼, 저쪽 방에서 지내."

"싫은데. 오늘 영어 공부 같이 하려고 왔어요."

"시간 괜찮아?"

"할 일 별로 없는데요."

달려가고 싶어도 참아낸 마음을 알아주어 고맙다. 더는 내 공간으로 오지 말아달라고 부탁을 하면서도 이런 순간이 오기를 기다렸던 것일지도 몰라. 괜스레 너의 삶에 방해꾼 같다는 생각에서 자유로울 수가 없다.

"책임지기 싫으니까."

네가 툭 내뱉는 말이 아팠다. 그래, 소용이 닿을 시간 동안 나만을 생각하기에는 현실이라는 무게감을 감당하기 싫었다. 그럼에도 너는 아무 일도 없었던 듯 상관없다는 얼굴로 내 앞에 있다.

"현해탄을 건너가려던 바다 여행 계획은 끝났죠?"

"유일하게 실현 가능할 여행인데 나도 그 생각했어."

"다른 나라로 갈 유일한 희망을 빼앗긴 기분이 어때요?"

"아직, 몽땅 빼앗긴 건 아닌데. 넌 어땠니?"

"힘들었죠. 위기감, 아, 이렇게 나도 죽을 수도 있겠구나."

"그 두려움, 존재 위기감, 나, 아직까지도 힘들어."

어떤 생각이 들었던지 오래전에 더치커피를 한 병 냉장고에 두었다. 너에게 아이스커피를 만들어 주고 내 커피를 만들면서 한참을 서로 바라본다. 힘든 시간이었다. 순전히 외부에서 일어난 재난과 참사, 너를 보지 못했던 시간 중에 304명이 수장 당했다.

이어지는 인재로 일어난 현실들이 개인의 존재감을 자극한 시간은 너와 있는 이 시간에도 여전하다. 외부 사건들로 서로를 필요로 한 것인지도 모르지. 상자를 꺼내 그동안 기억들을 담았다. 이제 각자 세계에서 살아낼 일만 남은 건가.

"그래 봤잖니다. 또 만나게 될 겁니다."

그런 말을 남기고 떠날 인간이었을까? 사실 돌이켜보면 헛것이었다. 내가 만든 환상. 그 실체가 드러나기 전에 벗어나고 싶은 마음일지 모른다. 하지만 내 맘대로 할 수 있어. 길다면 긴 시간이다. 너로 하여 주변인들과 단절된 시간이 언제부터인가 수위를 넘었다. 그러 거나 말거나 이제는 상관없다. 누군가에게 마음을 쏟는 짓, 하기 싫 다. 너는 언제든 내가 연락을 한다면 친절하게 마주할 수 있는 인간 이다.

22.

제 길로 가라고 떠민 건 나였다. 그때 그 순간 낯빛의 변화를 감 추지 못하는 것을 감추기 위해 순간적으로 얼마나 많은 말을 떠올렸 던가. 최근 몇 년을 바라보면서 상상해 본 적이 없는 너에게 나타나 는 낯선 반응과 행동에서 당황한 내 마음.

그 자리를 떠날 때부터 지금까지 수많은 질문과 답을 만들어내고 있다. 그런 가운데 가슴 한편에 묵은 상처가 돋아나고 있다. 스스로 를 책망하는 마음이 더 컸음에도 굳이 발설하고 싶지 않은 말은 평 생 입에 올려 보지 못한 말, 배신감이란 단어. 낯설다.

추상화처럼 지나던 내밀한 시간이 어느 날 갑자기 현실에서 그 속내를 드러낼 때가 있다. 단 한 번도 떠올리지 못한 상황에 만나는 당혹감을 떨쳐내는 일이 고통스러웠다. 내 앞에서는 결코 보여 주지 않았던 네 모습이 실제 내 눈앞에서 다른 대상을 옆에 두고 보란 듯 이 펼쳐진다. 네 의지와 상관없었다 해도 하마터면 나는 소리를 내 지를 뻔 했다. 내 두 눈은 너를 피해 다른 곳으로 급히 움직여야 했 고 어디에 시선을 두어야 할지. 입으로는 목소리 떨림을 감추기 위해 안간힘으로 경련을 일으킬 정도였다. 서너 번 만난 사람이 보여 줄 수 있는 광경은 더욱 아니었기에.

나름 은밀하기도 했던 우리 만남은 지금까지 순조로웠고 충분히 만족스러웠던 것을 감안하면 두 사람이 자연스럽게 하는 친밀한 행동이 내겐 폭탄 맞은 기분이다. 정 선생이 어떻게 네 어깨에 팔을 두르고 네 얼굴을 매만질 수 있다는 거지? 그런 행동에 좋다고 웃는 너. 몇 주 동안 속앓이를 하다 내린 결론을 상징하는 몇 개 단어를 정 선생에게 보냈다.

우려했던 일이 벌어지지 않기를 내심 바라기만 한다. 그 이미지가 시도 때도 없이 자동 반복이다. 그렇게나 빨리? 내 머리로는 도저히 따라 잡을 수가 없다. 네가 그런 사람이었어?

정말 슬프게도 너는 내 앞에 있다.

"오늘은 정말이지 너무 심심해서 왔어요."

너는 그렇게 말하고 있지만 네가 왜 와야만 했는지 알고 있는 나는 가면을 쓴다. 내가 의도한 것은 아니지만 정 선생에게 던진 내 말이 너에게로 전달되면 네 마음과 상관없이 내게로 올 것이기에. 그것이 거슬려 제발 그렇게 되지 않기를 바라고 있던 중이다. 그런데 내가 결코 원하지 않던 순간이다. 이 사실이 그동안 내가 받아들여야할 퇴장할 시간이라는 것. 이렇게 타인이 등장하여 단절될 수도 있다는 점을 미처 생각해 보지 못한 것뿐이다. 이렇게 사람들은 어느 날 갑자기 멀어져 간다. 인생은 타이밍이 중요하다? 인정.

너는 일상적인 말을 하고 가끔은 맞은편 서가에 눈길을 맞추고 이제는 기억에도 없는 어떤 말을 늘어놓기는 한다. 짜증나게도 작의 적인 시간은 지나가는 속도도 느리다.

"이제 가라고 내쫓기도 하는 건가요?"

내 공간에 네가 있다는 사실이 불편하게 느껴질 때쯤 나는 서둘러 그만 가라고 한다. 그동안 이런 경우는 단 한 번도 없었던 것 같다. 하지만 지금은 그렇다.

그래, 정 선생이 서둘러 너에게 말을 전하지 않았다면 나는 얼마나 곤혹스러웠을까. 이제부터 나는 네가 모르거나 알아차리지 못한 또 다른 너를 만나게 될 것이고 그런 만남에 나는 시달릴 힘이 별로 남아 있지 않아.

언제나 그 시간은 그때까지로 유효한 것일지 모른다. 그 시간이 지나면 이미 그때와는 다른 엉뚱한 생각으로 채우게 되고 그런 일은 사람 관계를 가식으로 밀어 넣기 시작한다. 적어도 그런 관계에 금이 나타나기 시작할 때를 잘 알아차리고 대응한다는 것은 무척 중요하다.

나는 그동안 내밀었던 손을 더 이상 내밀 수가 없다. 두려웠다. 내밀었던 손을 부끄럽게 거두는 일에 익숙하지 않기에. 아니, 늘 내밀었던 손은 내치지 않았던 관계만 고집했던 것이 이유라면 이유겠다. 그렇게 네가 다녀간 후 한 달이 훌쩍 지나고 있지만 최근 몇 년 동안 이런 경우도 거의 없었다.

나는 확인 도장을 받은 기분에 조금은 후련하면서도 여전히 너를 따라가는 시선에서 태연하기는 아직인가 보다. 매일 저녁이 되면 약간 기대감이 있고 이내 제자리로 돌아오는 마음에 작은 흔적들이 만들어지는 것을 보면서 겨울은 태평하게 지나고 있다.

꽤 오랜 시간 서로에게 길들여졌다고 생각한 것은 일방적인 생각이었다. 다만 그런 생각에 흠집을 내주지 않았던 것은 너의 부자유에서 온 그때 그 시간이었기에 가능하다는 게 지금과 다를 뿐이다.

이제 나와 다른 세계에 있는 너를 내버려두는 일을 잘 해내는 것이 내 몫인가 보다. 자신의 판단으로 말을 하고 다수와 다른 선택을 하면 졸지에 사회 부적응자로 불린다. 그들 표현으로 나도 다를 게 없는데 직업만으로 제법 그럴싸하게 판단해버리는 현실에서 내가 유랑자가 되는 이유이기도 하다.

너는 자연스럽게 인간관계가 끝나는 시점을 본능적으로 알아차릴 만큼 성숙한 인간이다. 그러나 그 표현조차 사실은 충분히 왜곡되었다는 것도 안다. 다만 너는 그것을 인정하지 않으려 할 뿐인데 결국 그렇게 되리라는 것도 나는 알 것 같다.

자괴감이 나를 찾아들기 시작한다. 평생을 스스로 판 함정에 빠지면서 얼마나 허우적거렸던가를 생각한다. 그럼에도 그 짓은 그만둘 수 없었고 한 대상에 꽂히면 벗어나기까지 겪을 고통으로 살아있음을 확인하기도 했나 보다. 내 삶을 한껏 정당화시키거나 미화시키는 데 한몫을 한 것인가 싶을 때쯤 겨드랑이 어디쯤 간신히 매달려 있는 날개는 이미 몇 올 남지 않은 성근 모양새가 되어 있다.

내 삶에 아무것도, 아무도 제대로 남아있는 것은 없다. 셀 수 없이 많은 사람을 떠올린다. 작든 크든 흔적을 남긴 이름과 지금은 희미해진 얼굴과 추억으로 이어진 풍경이 담긴 그 세월이 희미하고 너덜너덜해진 채로 내 가슴 저 밑바닥에 잔뜩 엉켜 붙어 있다. 어떤 것은 갈기갈기 찢긴 채로 또 다른 것은 구멍 뚫린 채로 빛이 바란 것도 있고 전체적으로 흐릿하다. 온전한 것은 단 한 가지도 없다.

그랬다. 나에게 삶은 퍼즐이 맞지 않은 채 늘 숭숭 뚫린 구멍들로 진행되거나 덕지덕지 이어 붙여 볼 품 없이 드러난 누런 벽지였다. 내 사랑타령은 늘 이렇게 끝나거나 미완으로 남겨진 교향곡 중간쯤에서였다.

23.

날 위한 마음으로 마무리하라는 것이려니 하고 너와 이어진 끈을 자른다. 묵은 아픔들이 대중가요처럼 펼쳐지는데 내가 판 함정에 부지불식간 빠져 버린 아주 작은 나를 만나고는 괜찮아. 위로는 아니고 그때가 온 거지 뭐. 무엇이든 올 테면 오라. 고스란히 받아들일 수 있으니까.

바닷가에 놓인 콘크리트 덩어리는 바다가 가진 제 모습을 망쳐 놓았다. 물막잇둑이 바닷가에서 살아가는 사람들의 생존을 가능하게 한다고는 하지만 바다도 제멋대로 춤추고 싶을 텐데. 인간을 위한 욕망이 문명의 진보를 가져온 거니까. 제 모습을 지켜낼 수 없는 거였지. 이제는 오랜 세월 이 모습에 익숙해진 건지 이곳 사람들은 저게 왜 여기 있냐는 내 물음에 놀란다. 하지만 검은 모래 해변은 인간을 거부하는 것 같이 멀찌감치 있다.

연이을 아침은 그대로 흘러갈 테고, 또 다른 하루가 아무렇지 않은 듯 펼쳐지겠지. 눈을 감는다. 그리고 맑은 얼음덩어리가 마음으로 스륵 들어와 앉는다. 감성이 통하지 않는 시절에 읊조리기는 이제 그만. 견딜 수 있을 만큼만. 그만큼만, 그렇게 살아졌음 한다.

혼자서 주변을 조금씩 정돈해 가며 새삼 많은 것들을 만나고 배운다. 꾸역꾸역 혼자 먹는 밥에 익숙해진 내가 있다. 일상에서 새로운 발견처럼 신기하다. 묻혀있는 사물들이 소리 내기 시작하고, 지나온 세월은 흔적을 통해 저들만이 발견한 소리를 낸다.

빛바랜 모자와 누렇게 변색된 책들과 보물 상자 속에 숨죽이며 손길을 기다린 세월이 목멘 소리로 먼지 속에서 나를 찾는다. 배시시 웃는다. 야금야금 정리해 나가는 거다. 늘 그러하듯이. 그런 마음으로 남은 시간 살아나고 싶다.

루이제 린저의 니나가 갑자기 왜 생각이 나는지. 니나의 삶은 『생의 한가운데』 소설에서 가능했었지. 아마도 그래서인가 보다. 돌아보고 아픔이 느껴지면 그런대로, 웃음이 번지면 또한 그런대로, 눈물이 나면 그 눈물을 다시 훔치며, 그렇게 살아가는 것일 게다.

심장에 박힌 파편들로 언젠가는 멈출 것이니 박힌 것들은 빼내려고 하면 할수록 깊이 파고든다. 때로는 통증을 느끼며 살아가는 거 괜찮다. 아무것도 아닌 듯 너의 뻔한 말투에 내 마음이 소용돌이칠 때가 있었다. 여전히 본래 내가 소리 없는 시위를 하고 있는 듯하다. 이것도 시간이란 경계를 넘어 사는 인간만이 만들어 내는 짓눌림이겠지 싶긴 하다. 그 무엇도 평정을 위한 8헤르츠 상태 뇌는 유지할 수 없나 보다. 그렇기에 늘 고뇌하는 것이겠지. 그래서 더 인간적인 거지.

아침부터 하늘은 진한 회색빛이었다. 느긋하게 시간을 음미했나 보다. 한바탕 비도 내렸고 바람도 거칠게 와선 다 훑듯 떠났다. 어둠은 그 흔적을 소리로 전한다. 이 방, 저 방, 왔다 갔다 하며 오랫동안 만지지 않았던 먼지 앉은 음반들도 들어본다. 한편에 쌓아둔 상자들도 몇 개 풀어 제자리를 잡아 주었다.

아직도 이 공간은 폭탄 맞은 것 같다. 그냥 내버려 두고 생각나면 한 개쯤 풀어 자리를 찾아 주나 보다. 낯선 책들이 눈에 띄어 서문을 읽는다. 프로파간다. 아하, 선동이란 뜻이었지 하며 눈에서 떼어 낸다. 그리곤 야금야금 읽어 오던 알랭 바디우의 사유의 윤리를 잡아 펼친다. 연필깎이를 돌려 뾰족하게 만든다. 곧 무디어질 것이기에 몇 자루를 모아 둔다.

책장을 편다. 알랭은 고인이 된 프랑스 철학자들에게 바치는 헌정 글을 위해 '추도사'를 처음 제목으로 잡았다지. 이 땅에 철학자라 불릴 사람이 있던가? 낯설게 있는 글자로 박제된 사상은 적어도 일상에서 쉬이 발견할 수는 없었던 것 같다. 시인 김지하의 생명 사상에 흠뻑 빠져 허우적대던 세월도 철학자 김상봉의 서로주체 사상도 이곳에선 내게만 허락된 이야기였다.

이제 계절은 다시 환상의 빛으로 시작되진 않겠지. 반복되는 아픔이 삶을 잠식하는 것을 결코 원하지 않는다. 그 아픔은 스스로가 만든 것이기에 그렇게 하지 않으려고 마음을 다잡는데 여전히 세상은 너무 멀다. 가까워지지 않는다. 마치 그런 아픔이 없으면 삶에서 꿈틀거림을 만날 수 없어서일까.

아직까지 난 스스로 고통 받는 자로서 살아나기를 원하나 보다. 너무 평안하면 안 될 것만 같은 이것의 정체는 도대체 뭘까. 또 함정을 파고 있는 건가. 어떤 대상이 떠오르면 일방적인 마음으로 다가서는 게 얼마나 무모한가를 절감히면서도 그럼에도 불구하고 대상을 불러낸다.

메시지 알림에 시선 고정. 1분은 하루 기다림보다 길다. 이내 네가 아니었음을 확인하고 하늘 한 번 쳐다본다. 어차피 삶은 혼자 걸어가는 거였어. 늘 나를 지켜 주는 책 한 권을 끼고 어둡지 않은 길을 걸어왔던 거야.

8헤르츠 사랑. 마법의 유통기한은 끝났다. 유쾌하다.

노르네의 거울

1.

미영의 학교로 가는 길은 늘 설렘으로 발을 뗀다. 라일락 꽃 향기가 온통 내 몸으로 밀려오면 내 가슴은 늘 두근거린다. 그리곤 어김없이 나를 반겨주지만 멀리 눈길을 바꾸고 있는 그녀를 닮은 사슴동상 앞에 오면 기다림은 행복해진다.

그녀 옆모습이 난 좋다. 오똑 선 코가 유난히 예쁘다. 우리가 이렇게 대학에 와서 만날 수 있게 되다니! 시간의 흐름이 더디기만 했던 시절이 가끔은 심장을 파도치게 한다. 핏줄이 요동치는 것같이 걷잡을 수 없던 시간이었다.

어떻게 그 시간을 견디어 낼 수 있었을까 생각하면 민 선생님 얼굴이 떠오른다. 둘이서 나를 가운데 놓고 골려먹던 때는 왜 그리도 단순했을까? 두 여자가 하는 말에 왜 그리도 전전긍긍했던지 생각하면 그런 안타까움과 두려움이 있었기에 가능한 지금이지 싶다.

동그랗게 웃으며 내게로 걸어오는 미영이 내 앞에 있다는 것만으로 더 이상 필요한 것이 없다. 지나온 시간만으로도 우린 나눌 기쁨들이 많기에 이 하늘은 언제나 푸르다. 어쩐지 이 세상은 나만을 위해 움직이는 것 같다.

가끔 꿈을 꾼다. 아주 달콤한 꿈을, 깨어나고 싶지 않은 꿈이다. 동그랗게 생글거리며 나를 바라보고 행복해 하는 그녀가 내 아침을 열어주는 꿈을 꾼다. 그렇게 눈 뜬 아침은 하루 종일 힘이 가득해진다. 꿈꾸는 자는 행복하다는 그 말이 내게는 아주 먼 미래가 아니다. 그녀가 곁에 있다는 것만으로도 시간이 벅차다는 것을 함께 느낄 수 있다면 좋겠다. 내 앞에 있는 그녀는 세월이 무색할 만큼 변화의 징조가 없다. 단정하게 묶어 늘어진 긴 생머리가 적당한 웨이브로 어깨를 감싼다. 교복 대신 하얀 스웨터와 청바지, 책가방 대신 백팩이 있을 뿐이다.

내가 손을 내밀지 않으면 결코 먼저 손을 내밀 것 같지 않은 무심한 그녀를 바라보면 목이 멘다. 이렇게 불러 세우지 않으면 뒤돌아보지 않을 것만 같은 작은 두려움들이 전신으로 파고들면 세상이 하얗게 된다.

지나온 3년은 지금을 위한 절절한 투쟁이었다. 오로지 그녀 앞에서 당당해지기 위한 세월이었다. 무기력하게 나를 놓아버리고 싶어질 때면 어느새 소리 없이 다가와 내 어깨에 손을 얹으며 힘내라고 웃어주던 수호천사였다. 분명한 것은 앞으로 내 삶에 그녀를 제외한 그림은 존재할 수 없다는 사실이다. 열정을 낼 수 있는 유일한 삶의 이유가 되어버린 것만 같다. 그녀를 떠올리며 견디어 온 시간이 나를 살아나게 한다. 날아가 버릴까 봐 조심스레 그녀를 바라본다.

분명 내 가까이에 있는데 결코 내 손에 잡히지 않는 그녀를 위한 하루가 또 열리고 있다. 내가 마법사라면 좋겠다. 그녀 학교를 그냥 통째로 우리 학교 옆에다 옮겨 버릴 수 있을 테니까. 이렇게 만나지 못하면 어쩌나 하는 마음으로 그녀를 찾을 수밖에 없는 이런 아픔 따위는 사라질 수 있을 텐데.

민 선생님과 나눈 이야기가 아직도 마음에 가득 담겨있다. 사실 그때는 선택이고 뭐고 없었다. 너무 절실하게 그녀가 필요했고 시공간을 가로질러 곁에 묶어두고 싶다는 열망뿐이었다. 그 열망은 시도 때도 없이 늘 그녀를 향해 달려간다.

2.

한 사람 삶을 그대로 바라본다는 것이 가능하다고 여겨왔다. 열여섯 혼돈을 나름 정리할 수 있었던 것은 민 선생님과 만남이었다. 미영을 제대로 바라보기 위해 쏟았던 수많은 밤을 지나며 걸어갈 길을 밝혀 준 선생님이 말하곤 했던 사랑은 나를 온전하게 미영에게로 이끌어 주었다.

그때부터 내 삶 대부분은 미영을 통해서 진행될 수 있었다. 그런 시간은 때로 나를 고통스럽게 짓이겨 놓기도 했지만 이렇게 뒤돌아볼 수 있는 순간을 만들어 주었다. 아직도 멀게만 느껴지는 순간에 아픔들이 엄습해 올 때면 더 강해지는 나를 만날 수 있다.

온전하게 내 마음을 그녀와 나눌 수 있음을 한 번도 의심하지 않았다. 내 사랑을 지키기 위해 현실과 타협해 다른 삶을 선택했고 남아있는 시간을 함께 걸어갈 수 있게 되었다. 부족하다고 여겨지는 내 모든 것들에 당당해지기 위해 내 십 대를 바쳤다. 이 모든 열정은 미영이라는 존재로 빛날 수 있음을, 그녀가 느껴줄 수 있음을 의심하지 않는다. 인류의 희망은 사랑이라고 나 역시 선생님처럼 여기니까. 내 희망은 미영이라는 사실을 신만은 이미 알고 있기에 하늘은 언제나 내 편이어야 한다. 평생을 바쳐야 한다 해도 그리 할 수 있다. 어설프게 내미는 손짓을 그녀는 마다하지 않으니깐 그것만으로도 괜찮다. 그녀를 찾는 마음을, 그녀에게로 저절로 향하는 내 발길을 기다려주는 그녀만으로도 지금 충분히 행복하다.

미영은 자기 마음을 내보이지 않는다. 꽤 오랜 시간을 주변에 머물러 있는데도 어떤 마음들이 그녀 심장을 채우고 있는지 알 수 없다. 그저 표면적이고 일상적인 대화 속에서 그녀를 느껴보려고 하는 나를 만나면 치밀어 오르는 아픔을 느낀다.

언제고 그녀가 나를 밀쳐낼 수 있을 것만 같은 생각에 갇혀 미쳐버릴 것만 같다. 엉킨 실타래를 갖고 끙끙거리는 나를 만날 때에도 그녀는 아무렇지 않다. 함께 느낄 수 없다는 것은 온전하게 서로를 원하지 않는다는 것일까? 아님 내가 그녀를 너무 크게 생각해서 오는 마음일까. 참고 또 참고, 참아내고 그 후에 표현되는 나의 말들이 겨우 그녀 언저리를 배회하고 말 때면 너무 힘겹다. 어쩌면 내가 원하는 것은 내가 만들어가고 있는 수정조각상은 아닐까 하는 의구심도 만난다.

그녀 한 부분만이 나에게 보여지고 그것에 연연해하는 나를 마주하면 한계를 느낀다. 이런 마음을 미영에게 말해줄 수 없다. 은연중에 진지한 이야기를 피하려는 그녀는 나를 혼란스럽게 한다.

내가 선택한 여자를 평생 사랑하고 싶다. 마음껏! 내가 그녀를 사랑하는 마음을 확인하고 싶은 것이 욕심인가? 일상적인 것들에서부터 미래 우리가 함께 할 수 있는 그 모든 것들을 왜 나눌 수 없다는 것일까?

힘겹게 그녀를 마주하는 시간은 늘 부자연스럽다. 미영은 어떨까? 나와 함께 있는 시간이 도대체 어떤 의미일까? 내 곁에 있다는 것만으론 부족하다. 그녀가 온전하게 나를 받아들일 수 있어야만 한다. 그것을 간절하게 원하건만 미영은 멀리서 나를 그저 바라만 본다.

"강중희. 제발, 네가 이렇게 불쑥 찾아오는 거 싫어."

"지금까지 그런 말 안 해 놓고선. 갑자기 왜 그러는 거야?"

"전에도 그랬어. 두리번거리고 혹시라도 왔다가 나하고 어긋나질까 신경 쓰여서 그래."

"그런 거 신경 쓰지 마."

"가까운 거리도 아닌데 왔다가 못 만나면 내가 미안해지잖아."

"내가 오는 날은 거의 일정했잖아. 늘 금요일이었다고 일주일에 한 번. 진작 말해주지. 난 습관처럼 몸에 밴 시간인데 너는 아니었던 건가?"

"알고 있는데도 매일 뒤돌아보게 된다고 그니깐 미리 약속해서 왔으면 좋겠어. 삐지진 마."

"쳇, 삐지긴. 내가 오는 게 싫은 건 아니고?"

"그건 아닌데 늘 신경이 쓰이는 건 어쩔 수가 없어서 그래."

"그럼 미리 연락하고 약속하고 오지 뭐. 자, 초대장이다."

"아, 대동제. 거창하군, 토론과 향연을 통한 심포지엄이라?"

"똑같은 말도 이왕이면 그럴싸한 말들로 골라서 사용하는 게 대
학문화 특징이잖아. 새내기, 새내기 취급 히도 당해서 영 그다지 마
음에 들어오는 것들이 별로야."

"나도 그렇긴 해. 하지만 뭐, 그러면서 동화되어 가는 거니깐."

"와 줄 거지? 데리러 올게. 마지막 날이 볼 게 많아. 짱짱한 선배
들부터 커플들만이 누릴 수 있는 특별한 시간이 있거든."

"가 보지 뭐, 5월은 신촌 자주 가겠네."

"언제 또 올 일이 있어?"

"동아리 선배들하고 뭐, 교류하는 거 있나봐. 새내기들 위한 동아
리 단합대회라지? 미대 애들한테 한 수 배우는 차원이니까 진지하게
참가해야 한다나. 그러더라."

태연하게 툭, 던지는 그녀 말에 내 신경은 쭈뼛쭈뼛 선다. 드디어
그녀 주변에 사람들이 몰려들기 시작하는 건가? 그녀가 낯선 남자들
과 생글거리며 마주하는 것도 싫은 난 어쩌라고. 어떤 모습이라도
다 받아주고 인정해 준다고 해 놓고선 그 말에 얽매여 허둥지둥 한
다. 숨이 멎을 것만 같다. 제발 아무것도 하지 말라고 그냥 학교만
다니라 하고 싶다.

그건 아니니까 물끄러미 바라볼 수밖에. 일주일에 단 하루를 위해

내가 살아가고 있다. 난 마치 너인 것처럼 그렇게 함께 있고 싶을 뿐인데 이것도 나만 생각하는 것이니까 삼켜버릴 수밖에 없다. 집착이라는 말을 들을 것만 같아 튀어나오려는 말을 억지로 밀어 넣는다.

3.

언제나 낯설었던 것일까. 그 사실을 외면하고 싶었던 것은 아니었을까? 나 자신에게 물어본다. 내 기억 속에 있는 미영은 언제나 친근하고 따뜻하다. 내가 만든 억지던가.

이 오월 화려함이 이렇게 황폐하게 다가올 것이라고는 생각해 보지 않았다. 태연하게 내 곁에서 나와 함께 나눈 이 시간이 왜 내겐 고통으로 번져드는지를 그녀가 알아차리지 못한다는 게 숨 막히게 나를 몰아세운다.

"난 말이야, 네가 나한테만 너무 매달리는 것 같다는 생각이 들어서 가끔은 속이 상해."

"한두 해였나, 뭐. 그런데 속이 왜 상해?"

"주변을 좀 둘러보라고, 좋은 사람들도 좀 만나고, 대학 생활도 향유하고 그러면 좋을 거 같은데 가만 보면 나에게만 눈길을 주고 사는 거 같아서 불쌍해 보여."

"너만 생각하고 있으면 너무 행복한데 불쌍해 보이다니. 진심이야?"

"그렇다니깐. 우리 학교 애들이 널 뭐라고 부르는 줄 아니? 생각하는 로댕."

"그렇게 보인다고? 생각하는 거 없는데, 아니네. 네 생각만 골똘하게 하니깐, 맞네 뭐!"

"네가 대학생활을 풍성하게 누렸으면 좋겠어. 동아리 활동도 하고 네가 하고 싶었던 일들도 마음껏 하고 너무 바빠서 내가 제발 만나 달라고 할 수 있었으면 좋겠나니까. 어쩔 때 강중희, 넌 너무 딥답해 보여."

아침에 눈을 뜨면 그녀가 웃고 있고, 길을 걸을 때도, 혼자 있는 시간에는 항상 같이 있는데 그래서 내 하루가 얼마나 행복한데 이런 내가 불쌍해 보인다는 그녀 목소리는 날카롭게 가슴을 파고들었다.

"이번 여름방학 때 동아리에서 스케치 여행 가는데, 벌써부터 막 기대가 되는 거 있지? 초등학교 때 갔던 곳이야. 섬진강 운암초등학교 미암 분교로 가는데 너무 설레는 거 있지. 그때도 여름이었는데 매미 소리가 운동장에 가득 넘치던 아주 작은 학교에 열 명 안팎 아이들이 모두 시인처럼 사는 곳이라는 생각을 했었거든."

"엄청 좋아하네, 쉬지도 않고 이렇게 말하는 것도 신기한 거 알아? 교사가 천직이다."

"그럼, 내가 꿈꾸던 일들이 시작되고 있는데 너무 행복해. 넌 어떻게 보낼 거야?"

"네 날카로운 충고를 받아들여서 해 보고 싶었던 음악을 해 보려고. 지난번에 오디션 참가했는데 아직 결과는 안 나온 상황이지만 아마도 불가능할 거야. 잘 하는 녀석들 진짜 많더라고 하지만 지난

번.MT 때 선배가 제안한 아르바이트도 이번 방학 때 해 보려고"

"잘됐다. 걱정 많이 했는데. 아주 가끔이지만 네가 나 때문에 날개를 펼치지 못하는 것 같아서 힘들었거든. 우린 오랫동안 좋은 친구로 지냈으니까. 네가 내 옆에 있는 게 그냥 당연하게 있어야 하는 것처럼 느껴진단 말이야. 그러니까 하고 싶은 거 마음껏 누리면서 지내라고"

"내 옆에 언제나 있겠다고 약속해. 그럼 안심하고 맘껏 날아다녀도 될 것 같은데?"

"치, 약속은 무슨. 그런 거 안 해도 난 어디 안 가거든."

"것 봐, 이러니깐 내가 딱 붙어있어야 한다고 "

너무 많은 시간을 우린 아무렇지 않은 듯이 그냥 함께 지냈다. 굳이 표현을 하지 않아도 내 마음을 잘 알고 있을 그녀를 만나면 내 번뇌는 혼자 끌어안고 가는 것에 불과한 것만 같다. 하지만 그녀는 언제고 바람처럼 사라져 버릴 것만 같아 불안하다. 아마도 그녀 심장은 다른 사람들과는 다른 구조인지 모른다. 누가 뭐라 해도 지금 이대로 평생을 간다 해도 나는 그럴 수 있다. 곁에 있다는 것만으로도 내 세상은 충분하다. 더 바라면 욕심 부리는 것만 같은 이런 절절한 내 마음 그녀가 느끼고 있을까.

"네가 싫다고 하는 것은 안 하려고 노력했거든. 그런데 미영이 넌 내가 무얼 싫어하는지도 모른다는 거지."

"네가 싫어하는 게 뭔데?"

"네가 쓸데없이 남자애들하고 히히덕거리는 거야."

"히히덕거린다고? 이야기하는 게 네 눈엔 그렇게 보여?"

"네가 다른 남자들 앞에서 생글거리며 웃는 게 싫다고."

"그럼, 난 다른 남자들은 아예 만나지도 말고, 얘기도 하지 말고, 인상만 쓰고 있으라는 거야?"

"그런 것은 아니지만 네가 다른 남자들 앞에서 웃고 떠드는 거 보면 뚜껑 열리거든. 어떤 상황이든."

"넌 그럼 너네 학교 여자애들 하곤 상종도 안 하냐?"

"응, 난 안 보고 안 만나고 누가 말 걸어도 꼭 필요한 말 이외엔 안 해. 하기도 싫고, 특히 히히덕거리며 웃는 것은 상상도 안 해 봤거든."

"아이고, 강중희. 너 중증인거 알아?"

"널 생각해서 그런 거야, 네가 기분 상할까 봐, 나한텐 너 하나면 충분하니깐."

"그래서 넌 바보라는 거지. 그렇게 생각하는 네가 얼마나 날 힘들게 하는지 알지 못하잖아. 주변에 사람들이 얼마나 많은데 그런 사람들과 관계가 얼마나 필요한 건데, 넌 이기적인 거라고."

"내 마음이 가지 않는데 억지로 하는 것이 더 이기적인 거지. 적어도 다른 사람들에게 피해는 안 준다고."

"그럼, 난 피해주는 거니?"

"그렇지, 너와 만나는 사람들이 널 좋아하게 되면 어쩔 건데? 그런 시간을 만들게 하는 네가 싫다고 거절하면 그게 피해주는 거지. 상대방은 상처를 받게 될 테니까."

"그렇게 생각한다면 완전 혼자 무인도 가서 살아야겠네, 뭐."

둘만 살아갈 수 있는 무인도가 있다면 정말이지 그곳으로 너를 데려가고 싶다. 미영은 마주치는 상황이나 사람들에 대해서 너무나 태연하고 당당하다. 그런 모습인 그녀가 때로 무섭도록 차갑게 보이기도 하지만 내겐 그 모습마저도 따뜻하게 자리 잡고 있다.

그래서 난 두렵다. 세상에 맞서 가슴 펴고 걸어가는 미영에게서 전해지는 당당함이 나에겐 너무 가슴 벅차도록 눈부시기에. 그 모든 것을 그대로 인정해주리라 생각은 하는데 가슴이 자꾸만 아니라 소리친다.

4.

여름은 뜻밖의 시간으로 채워진다. 선배 권유로 시작한 아르바이트는 새로운 공간으로 나를 데려다주었고 그곳에서 마법 같은 시간을 만난다. 이렇게 나만이 누리는 자유로운 시간을 갖기까지는 스무 해가 넘게 필요했다.

유일한 위안이, 기쁨이, 삶의 의미가 또 다른 색으로 나를 찾아와 새로운 세상을 만나게 해 주고 내 안에 숨죽이며 있던 또 다른 내가 이제야 세상으로 나와 소리를 낸다.

카페 <안단테>는 그들만이 뿜어내는 자유로운 몸짓으로 시와 노래와 음악을 즐기려는 세대를 뛰어넘는 사람이 모여드는 곳이다. 선배 말에 의하면 '아는 사람만 아는 곳'이라는 이곳 분위기는 나를 다른 세상으로 여행 온 것처럼 빠져들게 만든다. 이 공간에선 내가 부르는 노래도 마음껏 춤을 춘다. 내 마음이 그대로 녹아들어 그들과 함께 공감하고 사랑을 꿈꾸게 한다. 살며 사랑하고 기다리며 사는 사람이 내뿜는 향기는 이 여름 열기와 상관없이 차가운 내 심장을 들끓게 해 주었다. 이 순간만큼은 내 사랑을 멀찌감치 놓아두고도 가슴 저리지 않을 수 있다.

미영은 여름 내내 여행을 다니고 가끔씩 전해오는 소식을 통해 건강하게 있다는 것만을 알려온다. 막연한 두려움으로 내 시간을 채워가던 알 수 없는 슬픔들은 내 안에서 더는 물결치지 않는다. 내 노래에 귀 기울이고 있는 그녀가 보이지 않는 존재로 나를 감싸고 있기에 앞에 없어도 눈에 보이지 않아도 이제는 두렵지 않다. 내가 부르는 이 노래들은 그녀에게 보내는 내 마음이기에.

홀로 지나온 시간의 흐름에서 뜨거운 여름은 소리 없이 물러간다. 가을 학기가 시작되고 다시 내 마음이 그녀에게로 달려가면 전과는 다른 힘이 솟는다. 지금 이 순간에도 그녀는 내 안에서 숨 쉬고 있다는 안도감이다.

"우리 한 달 넘게 못 봤는데 바로 어제 본 것 같네. 어 신기하다. 그, 노래 아르바이트 하는 건 어땠어?"

"네가 바라던 대로 내가 바빠져서 널 찾을 수 없도록 시간 가는 줄 모르겠더라."

"꼭 그런 건 아닌데, 네가 무언가에 몰입하고 사는 시간이 필요하다고 한 거야. 네 스스로 뿜어낼 수 있는 열정으로 네 시간을 채워가기를 바란 거야."

"내가 바라는 것은 아주 작은 행복이야. 사회적 성공에 관심 없어."

"나도 마찬가지야. 사회적으로 성공하라는 게 아니라고. 왜 그렇게 답답하게 내 말을 받아들이지 못하는 거니?"

"그래, 난 평생 사랑하는 여자와 알콩달콩 내가 하고 싶은 일 하며 살고 싶다고. 넌 왜 날 이렇게 답답하게 하는 건데?"

"마치 너에게 내가 전부인가 싶을 때가 있어. 그게 싫은 거라고. 내가 하고 싶은 일들을 다 하기 위해 시간이 부족하다고 생각해. 그래서 어느 순간 너란 존재가 날 자유롭지 못하게 한단 말이야."

"전부야. 넌 내가 살고 있는 이유야. 하지만 널 구속하려는 게 아니라고. 널 그대로 다 인정하고 있어. 네가 살고 싶어 하는 시간을 끄덕여 줄 수 있어. 그럼 된 거지?"

"아니, 아니야. 내 삶에 푹 빠져 살아갈 거야, 난. 그래서 네 마음을 알기에 부담스럽다고. 나 때문에 전전긍긍하는 네 모습, 내가 너무 힘들어."

"힘들다고? 그래, 사실 난 네가 날아가 버릴까 두려워. 분명한 건 아무리 생각을 하고 또 해 보아도 나에겐 너만 있으면 별로 바라는 게 없어. 널 생각하면 행복해져. 그러니깐 그냥 그렇게 있기만 해. 난 내 삶에 충실하게 시간을 보내는 거니깐. 내가 할 수 있는 것들은 다 열심히 하고 있으니 걱정 마."

"진짜, 넌 신기한 인간이야. 대부분 남자들은 일 순위가 자신들이 속한 현실이라던데, 넌 아니잖아."

"그건 너도 별로 다르지 않아. 감정이라곤 눈곱만큼도 없는 신기한 인간이야. 넌."

"무슨 소리야. 내 감정을 그렇게 잘 안다는 거야?"

"눈썹 하나만 움직여도 안다. 이제 됐냐? 순전히 내 마음대로지만."

"그게 문제라는 거지. 너에 관해 아는 게 별로 없다는 생각이 들거든. 나에게로 향한 마음밖엔."

"나를 모른다고? 내가 어떤 인간인 줄 알지 못한다고?"

"그래, 명문대를 다니고 노래를 잘 부르고 착한 마음씨를 가졌고, 나를 아주 많이 생각한다는 거."

"무엇이 더 필요한데? 뭐가 알고 싶은 건데?"

"몰라. 하지만 너에 대해 잘 모르겠다는 생각은 든다고."

나를 외면해 버리는 듯 일시에 주변을 휘감아 도는 그녀의 이런 냉랭함이 날 더욱 강하게 만들고 있다는 것을 알고 있을까. 그녀를 벗어나선 미래를 상상할 수 없는데 자꾸만 밀쳐내려는 미영이가 하는 서툰 몸짓도 결코 나를 몰아세우진 못한다.

모든 것을 다 포기해야 한다 해도 난 기꺼이 그렇게 할 수 있다. 지난 세월을 통해 확신할 수 있다. 결코 혼자가 아니기에 두려울 게 없다. 그녀는 내 곁에 멈추어 있다. 내가 그려놓은 동그라미 밖으로 절대 나갈 수 없다.

자유인이 된다는 것은 살아가면서 만나는 모든 대상에서 비껴나 있는 것인가. 심장 전부를 채우고도 남아 늘 내 주위를 적시던 사랑하는 마음마저도 비껴나야 하는 것인가. 그녀에게로 가는 마음을 이 공간에 붙들어 놓고 부르고 불러도 이내 되돌아오는 내 노래로 스스로 위로하는 시간이 늘어나고 있다.

미영이가 제 발로 날 찾아와 줄 그 시간은 과연 있기나 한 것일까. 그녀 삶을 내가 부자연스럽게 억압하고 있다는 것이 가슴을 헤집고 들어와 나가주질 않는다. 옴짝도 할 수 없는 허무함으로 뒤섞인 이 잿빛 기운을 도저히 떨쳐버릴 수가 없다.

함께 있으면 편하지가 않다는 미영의 말에 순간 정지된 공기 흐름에 세상이 하얗게 되어 버린 그날 그 느낌에서 도망치고 싶은데 한 걸음도 뗄 수 없다. 우리 사랑은 처음부터 내게만 가능한 사랑일 뿐이었던 건가.

"어이, 중희 군. 이번에 보컬로 가요제 나간다며? 언제가 예선이지?"

"네에? 아직 확정된 거 아닌데요. 후보에요."

"그래? 난 자네가 최종 결정된 멤버로 알고 있는데, 성진 군이 잘못 알았나?"

"잘 모르겠는데요. 전 연락 못 받았거든요."

"어쨌든 여기 일 신경 쓰지 말고 결정되면 열심히 해서 나도 덕분에 대학가 명소로 발돋움 해 보자고"

"그럼, 저도 좋지요. 32기 선배도 여기 출신이라던데요."

안단테 주인아저씨를 보면 웃음부터 나온다. 술 한 잔도 못 마시는 사람이 어떻게 술집을 해서 돈을 벌 수 있는지 신기하다. 노래를 하는 이들에겐 더없이 자유로운 무대 역할을 하는 이곳은 나에겐 유일한 위로가 되는 공간이다.

한 번도 이곳에 나타나 주지 않는 그녀를 원망하는 것도 지쳤다. 그녀에게 보내는 내 노래는 늘 주인을 찾지 못한 채 배회하다 숨죽이듯 어둠 속으로 침몰하곤 한다. 계절이 두 번 바뀔 동안 함께 보낸 시간은 단절되었고, 가끔씩 들을 수 있는 짧은 전화 너머 목소리가 미영이라는 것을 알려 줄 뿐이다.

미칠 것 같아 당장 달려가고 싶은 마음을 달래는 것도 이젠 하지 않게 되었다. 쓸데없는 오기라도 부릴라치면 어김없이 싸늘하게 말하던 그녀 입술이 내 걸음을 멈추게 한다.

"오빠, 노래 너무 좋아요. 듣고 있으면 정말 가슴 아파요."

"짝사랑 하고 있으시죠? 내가 다 알아. 그죠?"

"아니야, 실연의 아픔이야. 나도 그랬거든."

안단테에 오는 단골 숙녀들이다. 언제부턴가 세 여자가 내 코앞에서 빤하게 나를 들여다보며 웃는 모습이 자주 눈에 띄긴 했다.

"연애박사들이시군?"

"아니거든요, 우린 남자 친구 없거든요. 치."

"우리 오빠 팬이거든요. 신청곡도 받아 줘요?"

"저녁 안 먹었으면 우리랑 같이 먹을래요? 사실은 오늘 제 생일이에요."

"셋이 함께 신나게 놀지, 왜 여기서 이렇게 죽치고 있어요?"

똘망똘망한 어린 숙녀 셋이 말갛다. 순간 미영의 학창시절 모습이 겹쳐지고 그리움이 한꺼번에 쏟아져 내린다. 갑자기 불어오는 창 너머 산뜻한 바람이 느껴지며 유쾌한 저녁시간을 보내게 될 것만 같다. 오늘은 세 숙녀들을 위해 노래를 불러야 할 것 같다.

"생일 맞은 숙녀를 위해 다음 번 스테이지에선 흔들 수 있는 걸로 한 곡 불러 줄게."

생글생글 웃으며 꺅! 소리를 질러대는 그녀들이 예쁘다. 생기발랄함이 안단테 분위기를 한껏 고조시켜주면서 새로운 기운이 내 몸으로 몰려든다.

"와우. 오빠, 너무 멋있어요. 너무 좋아요. 신난다, 그치?"

고개를 까닥까닥하며 마구 질러대는 그녀들의 발랄한 모습이 귀엽다. 신선한 바람이 내 안으로 들어와 그동안 찌든 내 허파에 신선한 충격을 준다. 시간은 세상을 향해 열리고 있다. 미영이 외엔 아무런 감정도 가질 수 없었던 내 세계에 통통거리는 세상이 미영이를 밀치며 파고들어온다.

"오빠, 낮에는 뭐하세요?"

"학생이죠, 그렇죠?"

"아니야, 복학준비 내지는 영원한 재수생? 헤헤."

"낮엔 공부합니다."

"헐, 갑자기 웬 존댓말이래? 요."

"손님하고 너무 친해지면 곤란합니다."

"와 너무하신다. 우린 팬이에요. 오빠 노래 들으러 일주일에 일곱 번은 온다. 뭐."

"일곱 번? 그럼 매일 오는 겁니다. 내 알기엔 두 번 정도 왔습니다."

"이를테면 그렇다고요. 농담도 못 알아들으시네? 어휴."

웃음이 저절로 나오는 시간이 얼마만인지, 내가 나에게 놀라고 있다. 이 밤은 세 숙녀들과 지금 이 공간, 내가 숨 쉬는 공기를 흠뻑 들이마실 수 있을 것 같다.

"있죠, 오빠는 신나는 노래가 더 잘 어울리는 거 같은데, 여기서 처음 듣는 거 같아요."

"난, 아냐. 오빠는 슬픈 노래가 더 잘 맞는 것 같아. 그죠?"

"아 난 다 좋아. 오빠 노래는 너무 내 마음을 파고들어."

순식간에 안단테는 미영이 모습으로 가득 차 버린다. 보고 싶다. 그녀가 지금 내 앞에서 내 노래를 들으며 사랑스런 눈길을 건네주는 오래전부터 만들어 놓았던 그림이 다시 펼쳐진다. 이런 내 마음과 상관없이 멀쩡하게 웃고 있을 그녀가 이 밤에는 예쁘지 않다.

전화를 걸어 목소리라도 듣고 싶어질라치면 어느새 소리 없이 슬픔이 밀려온다. 내 가슴을 철렁하게 만들 그 어떤 말이 나올지도 모른다는 생각이 들어 슬그머니 밀려나는 내 마음이 싫다.

5.

미영이가 뿜어낸 싸늘함이 온몸에 퍼져 휘청거리게 했던 그 시간 이후 낯선 내 모습을 주체할 수가 없던 차에 일상에 찾아든 변화는 자연스레 그녀에게로 가는 발길을 멈추게 만들었다. 짧은 문자와 짧은 통화, 그것이 그녀와 나를 이어주고 있는 유일한 소통이 되고 있는 순간이 자꾸 쌓여간다.

미영은 대학생활을 마음껏 누리면서 자기 시간을 채워가는 것 같다. 바쁘게 움직이는 그녀 목소리. 하는 일이 왜 그렇게 많은지 둘이 함께 할 수 있는 시간은 늘 어긋나기만 한다.

나를 지나치는 이 푸른 유월, 젊음이 눈부시기만 한데 나와 마주하고 있는 이 하늘은 초라하게 펼쳐있다.

"중희야, 너 찾는 애들 있더라. 학생회관으로 가 봐."

"애들? 날 찾는다고?"

"온 학교를 다 헤집고 다니더라. 만나는 사람마다 붙들고 널 묻던데? 인기 좋다."

"뭔 소리여, 날 찾아올 사람이 어디 있다고."

"파릇파릇하더라. 빨리 가봐. 소문 쫙 깔리겠더라."

아무리 생각해 봐도 누군가가 날 찾아왔다는 사실이 믿기지 않는다. 빠른 걸음으로 학생 회관 입구로 들어서자마자 기겁할 상황이었다. 내 이름 석 자를 쓴 대형 아트지가 입구에 붙어 있는데 이건, 무슨 이산가족 상봉도 아니고 '사람을 찾습니다. 강중희'

"오빠 놀랐죠? 안녕하세요."

"이런, 무슨 일이야. 이건 다 뭐고, 빨리 떼어내지."

"우리끼리 시험 끝나고 오빠 찾아올 거라고 했잖아요. 잊었어요?"

"학교로 온다고는 안 했던 것 같은데, 그나저나 어떻게 알았지?"

"왜 몰라요. 알려고 하면 다 알 수 있지. 안단테 주인아저씨가 우리 편이거든요. 우린 단골손님. 호호."

"이거, 개인정보 유출인데 아무튼 왔으니 밥이나 먹고 가."

"우리가 밥 먹으러 왔나 뭐. 오빠하고 얘기하려고 왔는데."

"무슨 얘기? 나, 인생 상담 같은 거 못해."

"오빠, 교외선 기차여행 가요. 우리"

"내가 니들 셋이랑? 허 미치겠다. 남자 친구들이랑 가야지, 왜 나야."

"우리 세 시간 헤맸어요. 학교만 알려줬지 아무것도 정보 안 주셔서 무작정 와서 이딴 짓도 했는데 너무하신다. 정말로"

웃음밖에 나올 수가 없는 이런 상황이 생기다니, 꼬마 숙녀들 얼굴에 번지는 실망스런 표정이 너무 진지해 보여서 더는 무시할 수가 없었다. 고개를 끄덕여 주자 순식간에 터져 나오는 괴성에 주변 시선들이 우리에게로 쏠린다.

도대체 이런 괴물들도 다 있군. 슬그머니 웃음이 나온다. 이런 경우를 어찌 해결해야 할지 난감하다. 그러고 보니 대학에 와서 낯선 여자들과 이렇게 말을 하는 것도, 마주하고 웃는 것도 처음인 것 같다.

"처음에는요, 오빠가 되게 무섭게 생각됐거든요"

"오빠가 노래 부르기 전에 바에 앉아 있는 모습이 너무 차가웠어요"

"말을 걸면 싹 무시할 것만 같아서."

"잘못 알았네, 난 그런 사람 아닌데. 왜 여자들은 날 그렇게 보나 몰라."

"그죠? 여자들은 다 그렇게 볼 걸요. 카리스마 넘쳐요, 시크해."

"모르는 사람들하고 말을 잘 못해서 그런 거지, 전혀 아니거든."

"암튼, 우리가 오빠한테 말 걸려고 무지 기회를 엿봤거든요. 지난번 혜현이 생일에 우리끼리 내기했었어요."

"내기를 해? 무슨 말을 하는 건지, 원."

"우리가 아는 척하면서 말을 걸면 무시한다, 아니다. 지는 사람이 술값, 밥값 다 쏘기로요."

"웃기네, 누가 이긴 거야?"

"경민이가 졌어요. 싹 무시할거라고 했거든요."

재미있는 녀석들이다. 앳된 얼굴들이 품어내는 활기찬 기운이 기분 좋게 다가온다. 나를 짓누르고 있는 회색 공기들이 하늘 저편으로 슬그머니 물러가 아주 오랜만에 나른하게 찾아드는 편안함을 만난다.

"기차여행은 할 수 없고, 농구 시합 잡혀 있어서. 두 시간 정도는 시간되니까 아이스크림 사 줄까?"

"완전 무시다. 우리가 애들이에요? 아이스크림은 무슨, 그래도 뭐, 사 준다면 가야지."

"난 다이어트 중인데. 오늘만 쉬어야지, 뭐."

"우리 무지 잘 먹어요. 오빠, 각오해야 할 걸요? 아이스크림 먹고 농구 시합도 구경 가야지. 괜찮죠?"

팔짝팔짝 뛰어오르며 꺅 소리를 내지르는 진짜 시끄러운 녀석들이다. 세 녀석들이 한 마디씩 돌아가면서 말을 하면 목소리는 왜 그렇게 큰지, 주변 사람들이 힐끔힐끔 돌아보는데 어디론가 데리고 들어가지 않으면 낼부턴 얼굴가리고 다녀야 할 판이다. 그래도 그리 밉게 보이지 않는다. 주변을 환하게 해주는 밝음이 투명하게 열려 참으려 해도 웃음이 저절로 나온다.

6.

미영과 주고받는 짧은 소통은 매일 밤 나를 허기지게 만든다. 아무렇지 않게 내쏘는 그녀 문자는 날 외롭게 만든다. 룸메이트 정민이 퍼질러대는 사랑 이야기를 들을라치면 속이 다 뒤집힌다. 그는 주말마다 여자 친구를 만나 데이트 하고 기숙사로 돌아와 떠들어대는데 일주일 내내 나는 할 말이 없다.

다정스런 그네들 연애 이야기는 날 더욱 비참하고 왜소하게 만든다. 달라도 이렇게 다른 거야? 도대체 미영은 왜 그렇게 생뚱맞은지, 바라보는 내가 되묻게 된다. 내가 사랑하는 여자인 건 맞나? 그녀에게 도대체 난 뭐지? 나를 교묘하게 피하고 있다는 생각마저 든다.

"내가 볼 때 네가 더 적극적이어야 할 거 같다."

"어떻게 하는 게 적극적인 거냐?"

"무조건 너 아니면 안 된다, 그러니깐 데이트도 자주 하고 밀어붙여야지. 으이구, 니들 같아서야 진짜 힘들어서 어떻게 연애하것냐?"

"미영을 마주하면 아무것도 원하는 것을 표현할 수가 없어. 냉정하게 돌아서 버릴까봐."

"너, 인마. 평생 해바라기다, 그러면."

"그래도 할 수 없지. 미영이가 힘들어 할까 봐, 내 맘 내키는 대로 못 하겠다니까."

"인물 났다, 인물 났어. 그게 뭐냐? 이건 사귀는 거도 아니고 시간만 지나면 다 되냐?"

"자식, 열받게 왜 그래. 그렇잖아도 가슴이 터져버릴 것 같은데."

"답답해서 그런다. 뭐 신나는 소식이 언제나 들리나, 기다리다 미쳐. 이건 매일 우거지상이야."

일방적이기만 한 것 같던 지나온 시간을 생각하며 그래도 편안하게 얘기를 나눌 수 있는 지금, 나름 힘을 발휘할 수 있었다. 언젠가는 내 마음이 그녀를 물들여 내게로 달려올 것이라고, 그렇게 지나온 세월이 나를 지탱하게 해 주던 보이지 않는 힘이었다.

하지만 이제는 변화가 필요하다는 생각이 든다. 그 변화는 내 안에 겹겹이 쌓인 두려움을 벗기는 것으로 시작될 수 있을지 모른다.

"여자들은 거의 비슷해. 단순하다고, 그러니까 너무 배려해 주다 보면 오해 소지도 있는 거라고."

"무슨 오해?"

"이 남자가 날 사랑하는 게 아닌가 보다, 이딴 거. 바쁘다고 말하는 거, 그거 그대로 믿으면 안 된다니깐."

"그럼, 미영이가 일부러 바쁜 척한다는 거냐?"

"그래, 인마. 괜히 빼는 거니까 두 번, 세 번 자꾸만 만나자고 해서 얼굴 디밀어야 네 여자로 만들 수 있다니깐."

"미영이는 그런 타입이 아니다, 자식아. 내숭을 떨 줄 모르는 여자야."

"같은 하늘 아래 있으면서 그렇게 만나기 어려운 것은 뭐라 설명해야 하는 거냐고. 내가 보기엔 둘 다 열정이 없는 거야."

"열정? 꼭 행동으로만 나타나는 것은 아니라고 생각한다, 난. 미영에게 공들이고 있는 것이 내겐 열정, 그 자체라고 할 수 있거든. 너희처럼 뻔질나게 만나지 않아도 늘 같은 마음이니까, 그만 해라."

"주변에 사람들이 그녀를 가만 놔두질 않는다는 말이야. 넌 너무 소극적이야. 지나쳐! 소심한 거지, 한 마디로."

"미영이가 원하지 않는 걸 나 좋다고 밀어붙이는 거 난 싫다. 다만 표현하지 않는 그녀 마음이 날 힘들게는 하지만 날 내치지 않으니까 언젠가는 제 마음 다 보여주겠지. 안 그러냐? 진정한 사랑은 아무나 하냐? 인마."

정민이 앞에서 큰소리치긴 했지만 가슴 한쪽에서 불어오는 아픔을 막을 수는 없었다. 사랑을 하면 행복해지는 것이라고 여겨 왔다. 그런데 그 행복은 내가 만드는 자기미화일지도 모른다. 그래도 때로 자기미화는 필요하다는 것, 오랫동안 지나온 기다림에서 배울 수 있었던 나를 위로하는 한 방법인 것이니까. 진심은 통한다는 인생 비밀 법칙을 믿는다. 하늘은 언제나 나의 편이라고, 그 말들이 어느새 내 삶을 물들여 버렸다.

안단테에서 노래를 부르는 동안에는 세상과 마주하는 시간은 멈춘다. 오직 내 노래는 바람을 타고 그녀를 찾아 헤매다 이내 내게로 다시 찾아든다. 심한 한기를 느끼며 움츠리는데 나를 지켜보는 어둠 속 낯익은 눈빛과 마주친다.

"저, 오빠! 아까부터 기다렸어요. 시간되면 얘기 좀 할 수 있어요?"

생기발랄 세 숙녀 중 하나가 불쑥 찾아온 저녁은 종일 내리는 눈으로 안단테가 한가한 날이기도 하다. 나도 모르게 입가에 번지는 웃음을 감춘 채 그녀에게로 가자 눈이 퉁퉁 부은 채로 훌쩍거린 울음 가득한 눈이 나를 바라본다.

"이렇게 눈이 내린 날은 데이트라도 해야지, 왜 여기 앉아 있어?"

"그러는 오빠는요, 비슷한 처지에 사돈 남 말 하네요."

"나야 이곳에 매여 있는 사람이고 다른 친구들은 같이 안 왔네?"

"다들 바쁜데요. 배신자들."

"그래서 눈이 퉁퉁 부었다는 거야?"

"티나요? 속상한 일이 있어서 친구들 불렀는데 다들 외면하고, 눈 때문에 버스가 다니질 않는다는 둥, 변명만 하고, 못된 것들. 갑자기 오빠 생각이 나서 한참 돌아다니다가 여기로 왔죠, 뭐."

"잘 왔다. 혼자 길거리 배회하는 거 별로 안 좋아. 더 슬픔에 빠지게 돼."

"약간은요, 온통 거리에 커플들이 히히덕거리고, 팔짱끼고 부벼대고, 난 이 동네가 싫어."

"뭐가 그렇게 속상한 거야?"

"잘 모르겠어요. 복잡한 거 무척 싫은데 요즘 내 주변이 모두 꼬여서 마음 둘 데가 없어."

"복잡해도 교통정리는 필요한데 무엇이 그 대상인지는 모르겠지만 대개 인간관계, 그런 거라면 문제가 생겼을 때 부딪치는 것이 상책이더라고."

"사람들은 왜 그리 쉽게 마음을 바꾸는지 몰라."

"혜현아, 혜현이 맞지? 음, 그래. 제대로 상황 얘기를 안 하면 아무런 대답도 할 수가 없다. 들어주기는 할게."

"에이, 오빠. 우리 그냥 놀아요. 이딴 얘기 진부해."

"참내, 문제의 본질을 회피하는군."

"오빠, 오늘 손님 진짜 없네요. 주인아저씨 속상하겠다."

"경제에 통달하신 분이다. 돈 벌려고 하는 사업 아니래."

"치, 그런 게 어딨어? 장사를 하면 돈을 벌어야 하는 게 당연하지."

"본업은 따로 있거든. 건축가."

"그러면 말 되네요. 저, 궁금한 거 있어요. 형은 계속 여기서 노래만 하면 데이트는 언제해요?"

"데이트? 내 여자가 무척 바쁜 사람이라 나도 바쁜 척하며 사는 거야."

"무슨 일 하는 데요? 학생 아니에요?"

"아, 나 올라가서 노래해야 돼. 사람들 들어오기 시작한다."

"마찬가지네, 뭐. 오빠도 회피하는 거죠?"

어둠 속에서 제 빛을 내는 거리를 지나면 내 발자국 소리만이 나를 따라온다. 통화버튼을 누르면 음악이 오랫동안 들리다가 제풀에 지쳐 엉뚱한 소리를 낸다.

'연결이 되지 않아 삐 소리 후에는……'

부재중, 미영은 내 세상에서 부재중이다. 목소리조차 들을 수 없는 이런 밤. 이런 상실감에 지치는 밤이다. 내게로 손 내밀지 않는 그녀를 생각하면 지독한 외로움에 빠진다. 벅차오르는 서글픔 때문에 멀리 떠나가 버린 정지된 사진 속 주인공과 사랑을 하고 있는 홀로 선 나를 만난다. 그런 이 밤이 너무 길게만 느껴진다. 이렇게 혼자선 소용없다는 거, 함께 나눌 마음이고 싶은데 그녀는 여전히 멀리에서 웃기만 한다.

7.

거리가 오색찬란한 빛과 크리스마스 캐럴로 휘청거린다. 올해는 화이트 크리스마스라더니, 기상대가 오랜만에 적중한다. 크리스마스는 가족과 함께라며 날 홀로 방황하게 만든 미영을 놀라게 할 생각으로 하루 종일 아무것도 할 수가 없었다. 어린애처럼 언젠가 산타 할아버지께 편지를 써 보았다는 그녀 이야기를 일 년 내내 가슴에 품어왔다. 북극곰을 갖고 싶다는 그녀 바람을 위해 오늘 밤은 산타클로스가 되려 한다.

내 아름다운 사람을 위해 준비하는 일은 날 너무 행복하게 해 준다. 길거리 상점을 다니며 마음에 드는 북극곰을 만나기 위해 며칠 동안 발품을 팔았다. 그 순간만큼은 그녀가 내 안에서 웃으며 손짓

하는 것 같다.

하얀 북극곰. 나만큼 큰 곰을 둘러메고 그녀에게로 향하는 발걸음은 새털처럼 가볍다. 깜짝 놀라 어쩔 줄 모르며 허둥댈 그녀를 생각만 해도 너무 짜릿하다. 나를 대신해 그녀 곁에서 늘 함께 해 줄 북극곰만으로도 난 괜찮다. 적어도 북극곰을 바라보며 날 생각해줄 테니까, 내가 그녀 옆자리를 지켜줄 테니까.

'온통 하얀 세상이에요. 행복한 크리스마스 되세요! 산타클로스가 다녀갑니다.'

미영 집 앞에 선물을 내려놓고 초인종을 누른다. 달그락거리는 문 소리와 함께 그녀 모습이 보인다. 혼자 들기엔 벅찬 대형 상자를 앞에 두고 두리번거리는 그녀 얼굴이 놀란 토끼 같다. 뒤따라 나오는 그녀의 아버지가 그 상자를 번쩍 들어 집 안으로 갖고 들어간다.

뒤돌아보는 미영의 모습을 훔쳐보며 갑작스레 밀려드는 설움을 만난다. 왜 이렇게 내 마음을 받아주질 않는 거니? 네 앞에 당당하게 나서기 위해 참아온 지난 시간 절망적인 몸부림을 왜 몰라주니? 너를 향한 마음이 이토록 오랫동안 내 삶을 다 적시고, 사랑 그 하나로 버티며 숨 쉬고 있는 나를 좀 다정하게 바라봐 주면 안 되니?

하늘바라보기. 가슴이 울렁거릴 때면 하늘바라보기를 하라던 민선생님 말이 지금, 내 가슴에 소리친다. 하늘을 바라 봐. 그곳에 찬란한 빛이 나를 위해 늘 반짝거리는 거라고, 날 위로해 주던 오래전 어느 날의 기억만이 나를 부른다.

'고마워, 잘 받았어. 북극곰. 메리크리스마스!'

미영이가 보낸 간결한 문자가 나를 다시 기운 나게 한다. 결국 나밖에 없는 거지. 나란 걸 알아차린 그녀가 너무 사랑스럽다. 오늘 밤만은 내 눈부신 천사로 찾아와 주었다. 북극곰을 끌어안고 있을 그녀를 상상만 해도 행복하다. 도저히 그녀를 벗어날 수 없는 이런 나를 마주하면 온갖 설움도 함께 밀려든다. 괜찮다고, 괜찮다고 아무리 소리쳐 봐도 그녀로 가득 찬 내 마음에 남은 공간이 없다. 그녀를 생각하는 시간 동안 나는 이 세상 사람이 아니다.

호출소리와 함께 내 발걸음은 빨라졌다. 새벽 네 시까지 연장 영업을 하는 안단테에서 노래를 불러야 한다. 그래, 오늘은 크리스마스이브다. 아니, 이미 화이트 크리스마스다.

안단테로 들어서자마자 내지르는 익숙한 목소리를 들으며 손짓을 하곤 급하게 무대로 향한다. 꽉 들어찬 이곳 열기가 마치 나를 기다려 준 듯 쏟아내는 반짝이는 불빛에 사로잡힌다. 나를 소개하는 주인아저씨가 무대를 떠나면서 말을 건넨다. 잘 하라고, 언젠가 말하던 나를 주목하는 사람이 와 있다는 말이다.

"와, 크리스마스라 그런가? 노래가 더 좋았어요. 오빠가 노래하는 시간이 이렇게 늦은 줄 알았더라면 천천히 올 걸. 파티고 뭐고 다 버리고 여기로 왔는데 오빠는 없고, 너무 속상해서 눈물이 났어요."

"이런 날 가족과 함께 지내야 하는 거 아닌가?"

"치, 그럼 뭐, 여기 있는 이 사람들은 뭐에요? 자, 메리크리스마스!"

곱게 포장된 선물상자를 풀어 보는 순간 울컥 마음속에서 치밀어

오르는 것, 그건 아픔이었다. 미영의 간결한 크리스마스 문자와 나를 바라보는 무심한 그녀 얼굴이 겹쳐지면서 서러워진다.

푸른빛이 도는 목도리. 서먹서먹한 이 상황에서 어찌해 볼 생각이 들지 않을 만큼 낭황스러웠다.

"일 끝나고 늦게 갈 때면 목이 추울 거 같아서요."

"이거, 너무 고맙긴 한데 난 생각도 못했어. 미안해서 받을 수가 없어."

"무슨 소리에요? 이거 고르느라고 얼마나 돌아다녔는데요, 안 받으면 나, 접시에 코 박고 죽어버릴래."

"그래, 정말 고맙다. 난, 이거 어떻게 하지?"

"오빠 노래면 충분한데. 신경 쓰지 마요. 이제 집에 갈 거예요. 난리 났어요. 새벽까지 안 들어온다고, 바람났냐고, 울 엄마 잠 못 자요. 이제라도 가야지."

"그렇겠다. 부모님 걱정하셨겠다. 빨리 가라. 아니, 같이 나가자. 택시 잡아 줄게."

혜현을 차에 태워 보내고 돌아오는 길은 내 마음을 조롱하듯 하얗게 빛난다. 그러고 보니 종일 걷기만 했다. 일순간 몰려드는 피곤함에 떼는 발걸음이 천근이다.

8.

모두 제 세상 안에서 살기 마련이다. 내가 소중하게 여기는 것들이 모든 이들에게 소중하게 느껴질 수는 없다. 자신이 바라보는 삶이 그저 그렇게 놓여 있을 뿐이다.

사랑도 그렇다. 함께 있다는 것이 중요한 것이 아니라 함께 느낀다는 것이 필요할 뿐. 그런데 내가 만나는 미영은 시간이 속절없이 지나가는 것과는 상관없이 처음처럼 내 앞에 시큰둥하다.

모든 청춘에게 주어지는 사랑의 기쁨이 내겐 허락되지 않는다. 커다란 것을 바라는 것이 아닌데도 내가 선택한 아름다운 그녀는 목석 같다. 미영이 마음은 단단히 자물쇠로 걸어 두어 비밀번호를 수시로 바꿔대는 것만 같다. 내보이지 않는 태연함에 질리다가 그저 내 안에서 되뇐다. 두려움을 만들지는 말자고, 오지 않은 시간에 미리부터 나를 소진하지 말자, 아무것도 필요하지 않아. 난 그저 미영이 어깨에 손을 얹고 향기를 맡으며 함께 느끼고 싶을 뿐이다.

처음 만난 그날부터 내 마음에 불쑥 들어온 그녀를 이 세상에서 함께 하고 싶다. 하지만 마지못해 건네는 그녀 손짓을 잡아야만 하는 내가 너무 초라하다.

"뭐가 급한 일인데 꼭 만나야 한다는 거야?"

"급하지, 오늘 만나야만 하니까."

"뭔데?"

"제발 그렇게 말하지 않으면 안 돼? 귀찮은 거니?"

"아니, 그런 건 아닌데 일방적으로 '급한 일이니까 꼭 나와' 하곤 툭 끊어버리니까 그러지."

"더 붙들고 있음 네가 거절할까 봐 그랬지."

"참내, 정말 넌 못 말려. 그나저나 무슨 일이야?"

"아침부터 너무 힘들더라고, 갑자기 온통 하늘에 몸뚱이 없는 얼굴이 떠다녀서."

"무슨 소리야? 악몽 꾼 거 갖고 그런 거였어?"

"어휴, 내가 미쳐. 왜 그렇게 못 알아듣냐? 너의 얼굴이라고 하늘 가득 둥둥 떠다녀서 아무것도 할 수가 없더라고."

"아니, 내 얼굴이 왜 하늘에 떠다녀?"

"보고 싶어서 안 보면 아무것도 못하겠더라고요. 이제 알아들었어?"

"갑자기 머리 아프게 왜 이래."

"알았어. 미영아, 내 노래 들으러 안 와 볼래?"

"너무 시간이 늦어서 거기까지 갔다간 집에 들어가기 힘들잖아."

"하루쯤 늦으면 안 되나? 핑계거리 좋네."

"핑계 아니거든요. 엄마한테 이런저런 말하기가 싫거든. 차라리 일찍 들어가는 게 낫거든."

"내 인기가 급상승이라 팬도 생겼는데."

"정말? 와, 좋겠다. 어떤 사람들?"

"예쁜 여자들."

"기분 좋겠네, 누군. 팬들도 생기고."

"아무렇지도 않지? 넌 그럴 거야. 도대체 감정이라곤 없어요."

"무슨 감정? 그래, 아무렇지도 않아 난."

"그러니까 하는 말이라고 여자애가 어떻게 감정이 그렇게 무뎌."

"이제 알았어? 나, 원래 그래."

이런 그녀를 만나기 위해 눈을 뜨자마자 울렁거리는 마음을 억누르며 이 시간을 기다렸다. 벅찬 마음으로 그녀를 마주하면 어김없이 내 마음은 차가운 얼음덩이에 눌려 숨을 쉴 수 없게 된다. 내가 내 마음을 위로할 수밖에 없는 지금, 그녀의 따뜻한 마음을 느낄 수 없는 외사랑인 건가. 늘 설레고 애태우는 나를 보며 미영은 무슨 생각을 하고 있을까. 그녀에겐 아주 사소한 시간까지도 나에게만 주는 선물이라 여기며 숨 쉬고 있는 이 못난 마음만 덩그마니 있다.

한밤중에 눈을 깨면 깊은 푸름에 담긴 하늘 바라보며 눈물을 흘리고야 마는 이 서글픈 마음을 미영은 모른다. 언젠가는 눈부신 아침이 이 어둠의 하늘을 걷어 제치고, 열릴 것이라고 믿어왔다. 흐르는 세월과 상관없이 내 곁에 그녀만 있어준다면 이 세상 두려울 것이 없다고, 무거운 숨 몰아쉬며 그녀를 담아왔다.

세상은 귀한 것일수록 얻기 힘들다고 하지만 한 사람 마음을 얻는 것처럼 어려운 일은 없는 것 같다. 마른 침을 삼키며 오늘도 다른 세계로 이어지는 <안단테> 문을 여는 일로 나를 위로한다. 그 문을 지나면 아프지만 살아갈 힘을 품게 하는 기운을 만난다. 나란 존재감을 이곳에서야 만난다.

"어이, 중희 군. 이쪽으로 오게. 자넬 만나려고 기다리는 분이 있거든."

"지난 크리스마스 때 노래 잘 들었습니다. 반갑습니다."

"아, 네. 안녕하세요"

"왜 전에 얘기했지? 자네 노랠 들으러 온 분이 있다고 'Over

Entertainment' 부장일세."

"강중희 씨 노래가 사람들 마음을 끌리게 하는 매력이 있다고 자랑하시기에 들렀는데, 과연 그렇더군요. 어때요? 우리와 음악작업 해 볼 생각 있나요?"

"전 그저 노래가 좋아서 부르는 겁니다. 너무 부족합니다."

"누구나 그렇게 시작하는 겁니다. 노래가 좋으니까 부르고 그 노래를 듣는 이들은 감동을 느끼는 거지요. 듣는 이에게 감동을 주지 못하면 그 노래는 힘을 발휘하지 못하죠."

"중희 군, 이것도 기회다. 다른 진로계획 없으면 시작해 봐. 가능성이 있으니까 이렇게 부르는 거고, 누구에게나 오는 기회는 아니야."

"글쎄요, 생각해 보지 않았거든요. 제가 잘 할 수 있을지요. 기대에 못 미칠 것 같아서요."

"강중희 씨, 너무 머리를 숙이는 건가, 아님 자신을 너무 과소평가 하는 건가요? 내 보기엔 시간이 필요하지만 잘 다듬고 노력을 기울이면 충분히 재능을 발휘할 수 있을 것이라 생각하는데 자신감을 가져도 될 정도는 됩니다."

"중희 군은 매사에 욕심이 없어. 그래서 그렇지. 안 그래? 하고 싶어 한 노래 공부라고 생각하면 되는 거야."

"학교 오디션에서도 떨어진 실력인데요, 될까요?"

"장래를 보고 시작하는 일이니까, 우린 가능성을 더 믿는 편입니다. 그럼 함께 하는 걸로 알고 명함 줄 테니 이번 주 안에 사무실로 한번 들르세요."

설렘이기도 하고, 혼란스럽기도 한 감정들을 만나고 이런 기회가
나에게 왔다는 사실이 현실감으로 다가오질 않는다. 아무에게도 말
못할 비밀로 슬그머니 가슴에 밀어둔 채 푸른 목도리 온기에 얼굴을
묻는다. 이 겨울은 뜻밖에 일들이 나를 놀라게 하는 가운데 지나간
다. 내가 간절하게 원하는 일들은 여전히 제자리를 맴돌고 다른 색
으로 가득한 출렁거림이 내 주위로 몰려온다.

"정민아, 나보고 노래해 보란다."

"뭐? 누가? 그럼 너도 스카우트된 거야? 가수되는 거냐?"

"자식, 한 번에 한 가지만 물어라. 안단테 주인아저씨가 만나게
해 주더라고."

"와, 그럼 너 이젠 연예인 되는 거냐? 이, 이런, 경사 났네."

"무슨 말이야, 시작도 안 했는데, 가능성 있다고 해 보라는 거지,
가수되기가 그렇게 쉬우면 너도 하지 그러냐? 잘 질러대잖아."

"야, 인마. 취업도 힘든 이 나라에서 넌 땡 잡은 거다. 아무튼 잘
됐다. 노래 부르고 싶어 했잖아. 축하한다!"

"그런 말 듣기는 아직 이른 거 같은데, 그쪽으로 나갈 생각은 아
니거든."

"왜? 넌 스타가 될 거야. 명석한 두뇌 엘리트지, 맘은 또 천상천하
유아독존 로맨티스트지, 키 크고, 잘 빠졌고, 뭐, 얼굴까지도 잘났지.
그 기획사 한밑천 잡은 거다. 안목 있네. 그 사람."

"비행기 태우지 마. 다른 사람이 들으면 진짜인 줄 알겠다."

"어? 진심이야. 너 괜찮아. 여기 여자들 다 눈이 삐었다니깐, 너 같은 애를 이제껏 외롭게 만든 거 후회할 거다. 처절하게 흐흐흐."

"나쁘진 않네, 하지만 그런 감언이설에 난 별 흥미 없는 거 알고 나 있어라."

"녀석, 혜성같이 나타난 강중희. 이 시대 떠오르는 별. 야, 시인 한 장 해 주라. 내 사랑 혜정이 갖다 주게. 연예인 사인 수집하거든."

"그만해라. 너, 혜정 씨에겐 아직 아무 말도 하지 마라. 아직 모르는 일인데 떠들면 사망이다."

"으이구, 저 신중함. 그러니깐 여자 하나도 제대로 못 잡고 있지. 백날 그래 봐라, 인마. 저절로 감이 떨어지나."

"감이 무르익으면 나무에서 스스로 하강한다. 만고의 진리, 중력의 법칙을 기억해 둬."

"그 전에 까치가 와서 먹어치우면 그 감이 익기도 전에 사라진다는 것도 기억해라."

"아, 그 자식. 무척 신경 거슬리게 하네. 너나 잘 해 인마. 오장육부 뒤틀리게 하지 말고."

"너의 그녀도 참 대단한 여자다. 둘이 똑같은 인종이여, 이건! 그래, 연분 같다. 천생연분. 됐냐?"

아직도 하늘은 나의 편임을 의심하지 않는다. 내게 남겨진 날들이 보이지 않을 만큼 있다 하더라도 난 그 길을 걸어갈 수 있다. 내 사랑은 미영이 하나만으로도 벅차도록 충분하니까. 너무 힘들어 숨이 꺼질 듯해도 하늘이 보내준 그녀가 있다는 것만으로도 살아갈 수 있다. 은빛 날개를 달고 미소 지어주는 나의 천사!

9.

용기가 필요하다. 아니, 이건 용기 문제가 아니다. 미영의 마음을 군이 확인하려들 필요는 없다. 적어도 내겐 그녀 마음과 상관없이 바라보고 이렇게 원하고 있으니까.

다른 이들처럼 그렇게 사랑할 수 없다는 것이 날 힘겹게 하지만 흔한 사랑은 결코 아니기에 이 힘듦이 내 사랑을 더욱 단단하게 해 준다. 누구도 이 자리를 넘볼 수 없는 오직 나만의 성에서 그녀 숨 결을 느낄 수 있으면 된다. 다만 내 사랑이 집착으로 변할까 그것이 두렵다.

"중희 오빠, 이번 주 계속 왔거든요. 그런데 노래, 안 해요? 사장 아저씨도 안 계셔서 정보를 알 수가 있나, 다른 사람들은 모른다 하지, 죽는 줄 알았네. 오늘도 안 나타나면 학교로 또 이번엔 현수막 들고 가려 했는데, 오늘은 만나네."

"아, 왔구나. 새로운 일이 있어서 이젠 노래 자주 못 부를 거 같은 데, 안단테가 학교냐? 친구들은 어쩌고 혼자야."

"걔네들 완전 배신자들이에요. 둘이서 연애하느라 정신 나가서 친 구도 돌아보지 않고 통 만날 수가 없어요."

"아가씨야, 그럼 너도 연애하지 왜 여기 앉아 있어?"

"전 여기서 연애하잖아요. 몰랐어요?"

"어, 그래? 어디 있어. 남자 친구랑 같이 왔구나. 어디 있어?"

"내 앞에 있는데 뭘 두리번거려요, 바보같이."

"으응? 나? 나 말이야?"

"놀라긴, 그러니까 눈 엄청 크구나. 그래요. 오빠 노래랑 연애해요. 됐어요?"

"오늘은 노래하러 왔는데 고맙다, 혜현아. 내 노랠 그렇게 좋아해줘서. 하하하."

"예. 난요, 영원한 팬이에요. 호호."

동그란 눈을 반짝이며 두 손을 턱에 괴고 고개를 까닥이며 내 노래에 귀 기울이는 어린 숙녀 모습이 무대 위에 선 나를 긴장하게 만든다.

아주 짧은 시간이 흐른 듯 O.E스튜디오에서 음악작업은 그동안 내 삶과는 다른 공간이다. 낯설지만 연습에 몰입하면 오히려 평온을 유지할 수 있고 내 속에서 끓어오르는 새로운 열망이 꿈틀거린다.

사랑에서만큼은 아무런 답이 나오지 않고, 시간만 흘러가면서 상심과 눈물이 하늘을 가리던 날이 내 노래에 힘을 실어 준다. 가슴 가득 그녀를 담아 노래를 하면 마치 그녀가 옆에 있는 것처럼, 마치 나와 함께 있는 것처럼 행복하다.

이 세상은 나와 그녀를 위해 존재한다. 오늘 이곳에서도 내 눈에 있는 어린 숙녀 모습처럼 내 마음 가득 채워주는 미영이가 웃는 얼굴로 가득하다.

"오빠 노래 들으면 눈물이 나올 것 같아. 노래가 너무 애절해졌어요. 무슨 일 있으세요?"

"아니, 감정이입하는 걸 연구했거든."

"저, 핸드폰 번호 알려주면 안 되나요?"

"어, 그게 핸드폰 안 써. 일하고 관련된 것만 통하는 거라서 말이야, 미안하다."

"치, 그런 게 어딨어? 무슨 비밀결사단도 아니고, 알려주기 싫다고 하면 되는 거지. 알았어요."

"그렇다고 학교로 와서 골탕 먹이진 말아라."

"안 해요, 안 해! 치사하고 드럽다 드러워. 근데 오빠, 여기엔 언제 와서 노래하는 데요?"

"딱 정하진 않았는데, 노래 부를 사람 찾고 있어. 자리잡을 때까진 아마도 내가 할 거야."

"에그, 이젠 여기도 못 오고 뭐 하지?"

"허, 할 일이 그렇게 없어? 학생이면 학업에 매달려야지."

"됐네요. 그놈의 학업이 날 미치게 만들거든요. 빨리 전공으로 들어갔으면 좋겠다. 남들은 일 학년 겨울방학이 황금시대에 절정이라는데 난 뭐야. 빨리 개강 했으면 좋겠어요. 전공과목 너무 하고 싶어."

"방학 끝나길 바라는 학생도 있군. 허긴 싱글은 원래 그렇더라. 할 일도 없지, 어디 혼자 갈 수도 없지. 하하하."

"그건 오빠도 마찬가지 아닌가?"

"무슨 소리? 난 시간이 부족한 사람이야. 싱글은 더더욱 아니고. 흠."

"웃겨, 안단테 사람들이 다 그러더만. 지금까지 찾아오는 여자 하나 없었다던데?"

"비밀이거든. 아무한테나 보여 주니?"

"참, 그런 거 보면 오빠도 불쌍해."

"뭣이야? 이 아가씨가 진실을 매도하네."

"알겠어요, 알았다고요. 애인 필요하면 말해요. 오빠라면 내가 되어 줄게. 바보짓 그만 하고."

짓궂게 웃는 어린 숙녀의 발랄함이 유쾌하다. 나를 당황하게 하는 장난기도 싫지 않다. 봄을 기다리는 이 거리도 조금씩 어둠 속에서 살아나고 있다. 서글프게 검은 회색빛으로 다가오던 이 나무들도 서서히 색을 바꾸려 한다.

그리워할 수 있는 시간은 그것 나름대로 흘러가고 있다. 주변 흐름과는 상관없이 제 길로 찾아간다. 미영은 아직도 모른다. 내가 다른 여자를 만날 수 없는 이유를, 그녀에게 다 건네 남은 게 없다는 것을 외면하는지, 모르는 척하는 건지 내색하지 않는다. 아무리 생각해도 나에게 남아 있는 사랑은 오래전에 모두 빼앗겨 버렸다는 사실을 내 아름다운 그녀만 모른다.

오래된 작은 사진첩을 열면 여러 사람들 속에서 그녀만을 조각내어 자그맣게 떼어 붙인 그 모습이 언제나처럼 나를 바라본다. 미영의 흔적을 만날 수 있는 몇 장 낡은 편지들도 이제는 다 각인되어 펼쳐보기만 해도 저절로 내 눈 앞에서 소리를 낸다. 이것이 나와 함께 하고 있는 내 사랑이다.

그래, 혜현이 말대로 난 바보인지도 모른다. 오늘도 안개 자욱한 길을 하염없이 헤매고 끝이 보이지 않는 이 길을 걸어가며 쉼 없이 독백을 하는 내가 이렇게 있다. 그녀만을 눈에 넣고 웃고있는 바보 짓 하는 내가 서 있다. 왜 이제야 오래전 이야기가 내게로 속삭이듯 들려오는 것인지 모르겠다. 삶은 내가 좋아하는 일을 해야 채워질 수 있다던 민 선생님 말. 눈을 감으면 그동안 보이지 않고, 들리지 않던 것들이 내 안으로 슬그머니 들어온다.

나는 노래를 부를 때 가장 나다워진다. 이런 나를 언젠가는 미영이가 알아주면 된다. 나만큼 원하는 네 마음이 차오를 때까지 기다려 줄 수 있다. 그런 네가 그래도 난 좋다. 무엇을 하더라도 난 아름다운 너만 바라본다는 것, 이것만은 알아주라.

수줍어서 내 마음을 다 보여주지 못했던 쌓인 세월까지도 모두 기억하며 있어주면 된다. 그때까지 내 노래는 그녀를 위해 수많은 형상들로 머물게 될 것이다. O.E에서 만나는 에너지는 내 마음을 단단하게 무장시켜 준다. 음악 세계에서 살아가는 연습생들, 그들이 내뿜는 열기와 열정, 그것이면 더 이상 아무것도 필요하지 않다. 스튜디오에 오면 각기 다른 빛들이 제멋에 겨워 색을 발휘한다.

유일한 내 욕심은 바보 같은 이 못난 마음이 전부라는 것, 세상에 환하게 펼쳐질 수 있다는 먼 훗날을 마음에 담은 내 노래는 이곳 빛을 따라 세상을 채워간다. 내 노래는 오직 단 한 사람을 위한 울림이다.

"도대체 왜 문자도 받지 않고 이젠 전원을 아예 꺼 놓고 있잖아.

무슨 일 있는 건가하는 생각에 아무것도 할 수가 없었다고 듣고 있는 거니?"

만지면 끊어질 것만 같은 그런 소통의 연결고리들이 희미하게나마 지탱되는 시간이 지나는 동안 간신히 미영이 목소리를 들을 수 있었다. 이 세상에서 내 눈에 들어오는 것은 오직 그녀 하나일 뿐인데 도대체 하늘은 어쩌자고 이렇게도 그녀와 함께 할 수 있는 시간을 허락하지 않는 것이냐고, 작은 분노가 나를 삼킨다.

하늘에 신은 있기는 한 거야? 마치 나를 욕심쟁이처럼 몰아세우는 하늘은 왜 자꾸 날 어지럽게 하는 거냐고 터져버릴 것 같다. 누군가 내 앞에 나타나면 한 방 날리고 피터지게 두들겨 팰 것 같다. 하늘은 나의 편이 맞는 거냐고 아, 난 안 돼. 안 된다고, 너를 떠날 수 없어. 이렇게라도 기웃거릴 수밖에 없다는 걸 넌 알고 있는 거지? 내 반쪽을 떼어놓고 숨을 쉴 수 있다고 생각해 본 적이 없다. 적어도 내게 있어서 그건 온전한 삶이 결코 아니다.

사랑도 사람 일이니까 그럴 수 있다고, 또 다른 사랑이 찾아오는 것이라고 사람들은 쉽게 떠든다. 태양은 다시 떠오르는 것이라고 하지만 내게 있어 어제 태양은 오늘의 태양이 될 수 없다. 나의 태양은 오래전에 열여섯 소년 마음으로 들어와 버렸다.

지금 이 하늘을 지키고 있는 저 태양은 나와는 상관없는 빛이다. 그렇기에 이 빛이 사라져 세상이 온통 무거운 어둠에 빠진다 해도 내 세상은 너로 하여 늘 환해질 수 있다.

무엇이 너를 두렵게 하는 거니? 하늘은 또한 너의 편인데 왜 그렇

245

게 내게로 걸어오지 못하는 거니? 그녀는, 내 눈부신 그녀는 겁쟁이다. 나만큼 바보 같은 겁쟁이다.

10.

오래전부터 내가 갖고 있는 마음과는 상관없이 현실은 지나간다. 마치 내 삶이 아닌 것만 같은 날이 열리고 그 안에서 나와 다른 내가 나를 밀어내고 살아가고 있다. 현재는 혼란스럽기도 하고 무엇 하나 분명하게 보이는 것이 없다.

대학만 들어가면 이 세상에 나를 막을 수 있는 것들이 없으리라 생각했던 십 대의 간절함은 그야말로 몽상에 불과하다. 이 사실을 깨닫는 데 별로 시간이 걸리지 않는다. 계절이 한 번만 바뀌면 그 모든 것들이 얼마나 무참하게 짓이겨지는지를 마주하게 되니까.

이런 현실을 거부하고 싶어도 언제부턴가 몸과 마음에 배어있던 나른한 풍요는 고개 숙여 이 현실을 묵묵히 받아들이는 것 말고는 달리 할 일이 없다. 다시 새 학기가 시작되는 즈음 겨울 끝자락은 새로운 시작을 위한 방황의 마무리일까.

창밖은 영하로 떨어진 기온 탓인지 바쁘게 걸어가는 사람들로 넘친다. 새봄이라지만 겨울은 떠나갈 생각이 없는 것 같다.

"어렸을 때부터 내가 원하는 미래는 아이들과 함께 하는 교육자였는데 그 길을 향해 나아갈수록 답답함을 만나."

"어떤 면에서 그렇다는 거야?"

"아, 잘 모르겠어. 이건 아니다 하는 생각들이 자꾸만 들거든."

"다 그렇지 뭐. 우리가 생각했던 미래가 제대로 펼쳐진다는 것이 불가능한 사회인데."

"숨통이 막힌다니까. 무엇 하나 투명하게 다가와 주질 않아."

미영을 만나면서 주위는 서서히 무채색으로 변하고 있다.

"내가 원하는 것은 엄청난 것이 아닌데 주변에선 원하지 않는 길로 걸어가길 바라. 마치 내가 틀렸다는 것을 자꾸만 보여주면서, 삶의 허상 같은 걸 만나게 하긴 해."

"이쯤에서 진정으로 내가 원하는 삶의 방향을 따르고 싶은데, 좀 두려워. 어느 한 부분은 포기해야 하니까."

미영이 목소리는 전과 다르게 무게감 있게 들린다.

"그건 나도 마찬가지야. 포기라는 말이 왠지 거북하다. 내가 삶의 중심에 서 있어야 하는 것은 확실한데, 그 중심을 찾기가 힘들 뿐. 무엇이든 너무 성급하게 결론짓지 말고 시간을 두고 생각해 보면 좋을 것 같아."

"난 부모님 기대를 외면할 수가 없는 것이 제일 난감해."

"그럼, 진로를 바꾸려고 하는 거니?"

"아직은 확신이 서지 않지만 고민 중이야."

미영이 마주한 혼란은 내가 거부하지 못하는 현실과 같은 상황이다. 이즈음 그녀의 힘듦이 나에게로 전염되어 버린 듯하다. 타인들 삶에 나를 맞추어 가는 것이 당연한 듯 여겨지는 현실에서 미영이 느끼는 갈등은 내 마음까지도 혼란하게 만든다. 불투명한 미래, 짙은 안개에 가려져 길을 찾을 수 없는 이 시간에서 방황하고 싶지 않은데 우린 또 어디로 가야 하는지 방향키를 아슬아슬 붙들고 이렇게 있다.

모든 이들이 걸어가려는 그 길로 가야만 하는데 그 길이 나를 오라 하는데 갈 수 없다. 왜 우린 그곳에서 발을 뗄 수 없는 것일까. 대학 생활이 절반이나 되었을까 싶은데 취업준비로 바쁜 친구들 모습에서 낯설게 서 있는 나를 발견한다. 이 세상에서 벗어나 곁눈질 하는 괴물처럼 심장이 두근거린다.

"미영아, 너한테 너무 미안해. 아무것도 할 수 없는 나를 보면 자꾸만 미안하다는 생각에 힘이 들어."

"강중희. 그 말만 하지 마. 내가 제일 듣기 싫은 말이거든. 그냥 지금처럼 있어. 그러면 돼."

그 다음에 나올 말이 두려워 서둘러 외면해 버려야 하는 내 마음을 알고만 있어주길, 더 바라면 날아가 버릴까 봐, 미안하다는 이유로 날 떠나갈까 봐 어설프게 웃는다. 이렇게라도 내 곁에 있는 너이면 된다고 하늘 바라보며 간절한 마음을 밀어 넣을 수밖에 없다. 사랑할 수 있을 때 마음껏 사랑하라는 민 선생님 말은 어쩌면 현실에선 가능하지 않을지도 모른다.

11.
그녀가 죽었다.
"장례식은 치루지 않아요."
"왜 그렇지?"

"엄마가 신체기부를 해 놨어요."

"알고 있었니?"

"몇 해 전 친척 할머니가 돌아가신 후 언뜻 들었던 것 같아요. 장례 절차가 남은 이의 슬픔을 다 빼앗아간다고."

"그동안 안 좋은 일이라도?"

"아니요. 전혀요. 이틀 전까지도 전 엄마 가까이 있었어요. 한국에 들어왔었거든요."

"그때 만났을 때는?"

"이번에는 다른 일정들이 많이 잡혀서 엄마와 귀국하고 전화통화만 했죠. 도대체 감당이 안 돼요. 너무 잘 살고 계시다고 생각해 왔거든요."

"그래, 그랬지. 나도 일주일이면 어김없이 페이스북에 올라오는 엄마 글들을 읽으며 그렇게 생각했거든."

"혹시 최근에 연락은 하셨던가요?"

"아니. 아버님과는 연락이 되었니? 외국에 계신 걸로 알고 있는데."

"네? 아빠요? 엄마가 얘기 안 하셨구나. 우리 엄만 결혼한 적도 없어요."

"뭐라고? 무슨 소리지? 너희들은."

"출생의 비밀을 아무에게도 말하지 않으셨네요. 저희 자매를 입양하셨어요."

민선경. 너는 사람 뒤통수치는데 일가견이 있었지. 이렇게까지 완

249

벽하게 너를 숨겨야 했던 이유가 궁금하다. 그래, 만나지 못했던 세월을 생각하면 이렇게 장성한 딸을 둘 수 없는 거지. 나만큼이나 비밀스럽게 간직한 너의 마음은 도대체 뭐였니?

나는 그동안 내가 품고 있던 소녀가 허상일지도 모른다는 생각에 어지러웠다. 너무 오랫동안 그녀 그림자 안에서 실체를 알아보지 못하고 있었다.

"혹시, 중희라고 아니?"

"강중희요? 알긴 알지만 엄마랑 연락하지 않은 지 꽤 오래된 거로 알고 있어요."

"그래, 기운 내라. 맏딸이 든든하게 있어야지. 동생이 있잖아."

"좋은 친구였어요. 엄마라기 보단 오래된 친구, 곁에 있어서 든든한 비바람 피하게 도와준 버팀목이요."

내가 할 수 있는 일은 없었다. 그녀 삶에 죽음의 징조는 그 어디에도 남아 있지 않았다. 유서인지 잠시 외출을 하며 남긴 것인지 책상 위에서 발견된 아주 짧은 글 한 줄이 마치 자연스레 일어난 일처럼 그 죽음을 전해준다.

나는 사랑 없는 세상에서 살고 싶지 않아. 마법이 멸리던 시간은 끝났어.

선경이 주변은 일상과 다르지 않았다. 그녀 공간도 흔적들도 그대로이다. 마치 그녀는 잠시 물건을 사러 편의점에 간 듯하다. 가족도, 주변에 그녀를 알고 지내던 이들도 그녀 죽음이 낯설다. 익숙한 얼굴을 찾을 수 있을까 둘러보아도 없다.

"얼마 전 서울 오셨을 때 만났는데 여느 때와 같았어요. 같이 보드 게임도 하고 책 이야기도 하고 떡볶이도 만들어 주셨는데 믿을 수가 없어요. 장난치시는 거 아닐까요?"

주검이 아니었다면 그녀가 하는 짓궂은 장난이라고 할 만하다. 그러나 그녀는 싸늘하게 주검으로 남았다. 2016년 4월 30일이다.

그녀를 많이 닮은 것 같은 둘째 딸 진아는 곱게 빗어 올린 머리가 단아해 보이지만 자유분방해 보이기도 하다. 이중의 모습을 발견하면서 안과 겉이 연결된 클라인 병처럼 선경의 삶이 아이들에게 고스란히 전해졌다는 생각을 한다.

"아저씨는 혹시 아세요? 우리 엄마 왜 죽었는지요?"

"아니. 꽤 오랜 시간 연락을 하지 않았지."

"그러셨군요. 엄만 아저씨 이야기를 자주 하셨어요."

"지난 시절 나는 어떤 말들로 포장되었을까?"

"잘 통하는 친구였다고요. 엄마를 너무 잘 알아준 친구라고요."

"나쁘게 말하진 않아서 다행이네."

"좋은 친구라고, 혹시 어려운 일이 생기면 언제든 만날 수 있는 분이라고요."

"그랬군. 언니 말을 들어 보니 모두에게 너무 뜻밖인 것 같다."

"이틀 전까지 전화로 수다 떨며 웃었는데 어떻게 이럴 수가 있는지 아무래도 모르겠어요. 마치 여행을 떠나신 것 같아요. 며칠 뒤엔 안녕? 하며 나타나실 거 같거든요."

251

그리 넓지 않은 이 공간은 눈에 보이는 모든 것들에 온기가 있다. 그녀가 사용하던 커다란 책상 위 연필들과 펜들, 노트들과 이곳저곳 쌓여진 책들, 집 안 곳곳에 밴 커피 향기. 늘 그녀를 따라다녔을 커다란 동물 인형들이 뽀얗게 웃고 있거나 눈을 동그랗게 뜨고 그녀를 찾고 있다.

작위의 세계를 구축한다? 맞는 말이기도 하고, 틀린 것도 같고, 아니면 말고.

이런저런 관념의 세계에 대한 말들의 풍경을 쓸 수 있는 시간이 왔다.

나는 내가 아닌 듯도 하고, 진짜 나인 듯도 하다.

세계는 여러 차원의 시간으로 진행되고 있나 보다.

무의식의 의식화를 고민하는 시간이다. 이 여름은 작위의 시간으로 걸어가기로 한다.

삼년 전 7월에 쓴 글을 서가에서 무심코 꺼낸 책 여백에서 발견한다. 숨바꼭질하는 것 같이 그녀는 책 속에 숨어 있다. 그녀 책은 분류 기준이 없다. 여기저기 그저 자리잡은 책들이다. 2013년 7월을 마무리 한다며 써 놓은 글에서 그녀 마음을 따라가 보려 하지만 너무 막막하다. 아무것도 생각해 낼 수가 없다. 두 번째 발견한 책에 남긴 흔적에 시선이 멈춘다.

혼자 있다면 외로운 것인가? 혼자 있으면 외로워 보이나?

대부분 혼자 있었던 나는 외롭다는 느낌이 무언지 잊어버렸다.

날짜 없이 써놓은 글인데 책 상태로 보니 아주 가까운 시기에 쓰인 듯하다. 그녀가 외로웠을까? 단 한 번도 의심하지 않았던 어느 날 내게 날아온 선경의 결혼을 알리는 편지. 난 그녀 선택에 아무런 토를 달지 못했다. 아이들을 다 내보내고 홀로 지내온 그녀에게 외로움이 죽음의 선택을 부추겼을까.

그녀가 의연하게 삶을 부둥켜안고 잘 살고 있다고 생각했다. 그래서 더욱 이 부재는 형용할 수가 없다. 때로 나에게 기대어 손을 내밀기를 기대했지만 멀리서 바라보는 그녀는 너무 행복해 보였다. 나의 불행만을 더 드러나게 만들곤 했다.

12.
선경이가 떠났다.

"자넨 진아하고 꽤 친하군."

"네, 대학 때 잠깐 동안 진아 과외선생 노릇을 했죠."

"자네 선생님 이야기를 좀 들려주게."

"웬만하면 혼자 살라고 독설을 퍼붓던 분이셨어요. 저를 유일하게 너무 잘 아는 분이죠. 그래서 늘 다투었죠."

"웬만하면 혼자 살라 한다고?"

"네, 나를 잘 알아차릴 여자는 세상에 없을 테니 실패하는 연애에 아파하지 말고 그냥 혼자 사는 게 더 행복할 수도 있는 거라고 악담을 퍼부으셨죠."

"그만큼 자네를 잘 알았다는 거겠지."

"언성을 높이면서 말로 싸우곤 했지만 제겐 위안이었습니다. 선생님 말씀은 대부분 다 옳았어요. 내가 억지를 부렸지만 인정해야만 했습니다."

"자넨 행운아였네."

"여자 친구와 동거를 1년 반 정도 하고 헤어지고 나서 선생님을 불렀죠. 그때 엄청 혼났던 기억이 납니다. 나쁜 놈이라고 대놓고 야단을 쳤죠."

"사랑이란 말 앞에서 그녀는 늘 소녀였어."

"선생님은 귀한 사랑에 대해서 열변을 토했고, 꼬치꼬치 캐물으며 나를 스스로 나쁜 인간으로 깨닫도록 해 주셨는데 그때도 전 우겼죠."

"그녀가 고수이긴 해. 절대로 강요하는 법이 없었지. 스스로 바꿀 수 있기를 바랐던 것 같아."

"내가 맞다고 현실은 그렇지 않다고 그래서 그걸 증명해 보이겠다고 억지를 부렸어요."

"어째, 그 선생에 그 제자 같군."

"그때 전공을 바꾸어서 뇌 과학을 대학원에서 공부하게 됐죠. 과학 맹신이 가져올 재앙에 대해 밤새 다투었던 생각이 납니다."

"맞네, 그녀는 과학도들에게 철학이 필수 전공과목으로 되는 시절이 오면 세상이 살만해질 거라고 했어."

"선생님은 자신이 운전하는 차량번호도 기억 못하는 분이셨죠. 벌써 십 년 전이네요. 열여섯 살 때 선생님 생일 선물로 시를 한 편 써서 드렸죠"

"그거 충분히 이해가 간다네. 매일 지나는 길이어도 관심 둔 그곳 외엔 주변에 무엇이 있는지 알아차리지 못했어."

"선생님 차량 번호로 시를 썼던 건데 그때야 그 숫자가 어디서 나온 지를 알아차릴 정도였습니다. 관심 있는 것에만 시선을 두고 사셨어요."

"다른 세상에서 살다가 잠시 들른 여행자 같을 때가 있어."

"그 시를 받으시고 제게 하신 말이 또렷하게 기억납니다. 과학 천재야, 넌 위대한 시인이 될 재능이 있다고"

"그녀 주특기 아닌가? 칭찬하는 거."

"전 진짜 시인이 될까 하고 고민했죠. 그걸 선생님은 모르셨을 거예요. 열여섯 소년에게 선생님이 해주시는 칭찬과 감탄의 눈빛이 무엇을 의미하는지."

1728이 어떤 수인가

1728은 소인수 분해하면

2의 6승 곱하기 3의 3승이다

2와 3의 결합으로 이루어져 있다

4의 3승 곱하기 3의 3승이라고 할 수도 있다

4와 3의 결합으로 이루어져 있다

1728은 의식수준이 3인 3과 4가 만나 생긴다

1728은 의식수준이 3인 3과 2가 만나 이루어진다

2, 3, 4 삼총사는 서로 이웃이다

1728이란 세계에서 3의 도움으로 2와 4는 하나가 된다

2와 4는 모른다 원래 2와 4는 같다는 사실을

1728 / 열여섯 소년의 시

녀석은 나의 세계로 들어와 나름의 의미들을 만들어 가고 있었나 보다. 이 책은 녀석이 아니었으면 평생 읽을 생각조차 안 할 책이었기에 여기, 이 장에 너의 시를 옮겨 둔다. 이제야 만난 이 책에 빠졌다. 수학자의 매력은 의외로 단순 명료해. 유쾌하다.

소년의 시는 청년이 꺼내든 『골드바흐의 추측』 첫 장을 넘기자 나타났다. 청년은 몇 년 전 방문했을 때 우연히 자기 시를 옮겨 놓은 책을 발견한 것이라 한다. 그녀가 살아온 시간은 책 안에서 여전히 살아 움직이고 있었다.

민아가 반갑게 손을 내저으며 맞이한 청년은 그녀에게서 받은 특별한 이름으로 불리는 대상들 중 한 명이었다. 대상에게 자기 마음을 담아 이름 붙이기를 하던 그녀 삶에서 내 이름은 무엇이었을까. 나도 모르는 그 이름을 그녀는 끝내 알려주지 않았다.

내 결혼 생활은 그녀가 있어 행복할 수 없었다. 그녀 존재를 순수하게 인정하던 아내가 어느 때부터 그녀를 시기하고 증오하고 분노

하기 시작하면서 선경은 내 안에서만 가끔씩 마주할 수 있어야 했다. 내가 술을 끊어야겠다고 생각한 것은 아내 상처를 치유하기 위한 노력이었다. 술이 들어가면 그녀를 꺼내고 그녀와 이야기를 하고 그녀 목소리를 들어야만 하는 내 생활에 아내의 우울증은 극한 상황까지 갔다. 가장으로서 현실로 돌아와 나를 바라보는 가족들을 인정하고 내 선택에 책임을 다 하고자 노력했다.

사십이 넘으면 마음 놓고 그녀를 마주할 수 있을 나이라고 생각했는데 오히려 그 사십이 되는 나이에 세상은 더 나를 그녀에게서 멀리 떨어뜨리고 말았다. 한 여자의 남편으로, 한 아이 아버지로 제대로 살아야 할 의무가 무겁게 짓누르고 있어 그녀와 자연스러운 만남은 불가능하다는 것을 깨달았다. 그녀 가족에게는 내가 친구로 있을 수 있었는데 내 가족에게선 가능하지 않았다. 이 나라에서는 십 대에 만난 남녀가 친구로 평생을 지낼 수 없다. 그 사실을 인정할 수 없는 이 나라는 비극을 만들어내는 곳이 되어버렸다.

13.

그녀가 이제 없다.

"누님은 특별한 분이었죠. 뼛속까지 아팠던 지난 시절은 아름다웠습니다. 이십 대에는 그래도 됐습니다."

"그랬을 거야. 이렇게 선경이 덕분에 다시 만나게 되네. 그동안 어떻게 지냈어?"

"저야, 농부 자식이니 가업을 이어야죠. 잘 살고 있습니다."

"기구한 인연이군. 첫사랑이 마지막 사랑이 될 수밖에 없었던 이룰 수 없는 시간."

"도대체 누나가 첫사랑인 남자들이 몇이나 되는 걸까요? 저도 그 이루어질 수 없다는 첫사랑이 누나였죠."

"첫사랑은 순간에 머물다 흩어지는 바람이야."

"그런 것 같습니다. 형님 가족들은 무고하시죠? 누나가 결혼 생활 잘못될까 봐 무척 신경 쓰긴 했는데."

"편안해. 아내는 아직도 그녀를 신경 써. 우습지. 이젠 이 세상 사람이 아니니 경계하지 않으려나……."

"제가 맞선을 셀 수 없이 봤잖아요. 시골에 계신 부모님 성화였죠. 하지만 늘 누님 같은 여자를 찾다 보니 두 번을 넘기지 못하는 데이트였습니다."

"아직 혼자인가?"

"그렇게 지나다 보니 때가 돼서 하는 결혼이었죠. 그게 자연스러우니까요. 누님을 꼭 한 번은 다시 만나보고 싶었어요."

"도대체 언제부터 만나지 않았던 거지?"

"결국 못 찾아냈죠. 십 년입니다. 결혼한다며 훌쩍 사라졌으니까요."

"누님은 서울을 탈출하고 싶어 했는데 이렇게 시도하셨네요. 누님 아이들은 아직 만나질 못했어요. 아이들이 제 존재를 어찌 생각할지 몰라서."

"아마 알고 있을 거야. 선경이는 아이들과 나누지 않는 것이 없던데. 이번 일만은 예외였지만."

"비행기 안에서 저절로 입술이 움직이더군요. 누님이 해 질 무렵이면 자주 읊조리던 시. 영원히 사랑한다는 것은 조용히 사랑한다는 것입니다. 영원히 사랑한다는 것은 자연의 하나처럼 사랑한다는 것입니다. 서둘러 고독에서 벗어나려 하지 않고 기다림으로 채워간다는 것입니다. 비어 있어야 비로소 가득해지는 사랑, 영원히 사랑한다는 것은 평온한 아침으로 아침을 맞는다는 것입니다. 사랑은 다시 믿음, 다시 참음, 다시 기다림. 도종환의 시. 참, 매형은 어디 계시나요? 인사라도"

"아직 연락이 되지 않고 있단다. 외국에 나가 있는 지 오래되었다고 들었어."

"치명적인 내면의 아름다움은 때로 위태로울 수 있다는 것을 알면서도 빠지게 됩니다. 위태로워도 끌어안고 뛰어들 준비까지 하는 것이죠"

나만큼이나 그녀 처지를 모르고 있던 그에게 진실을 알리기가 힘들다. 굳이 그 사실을 털어놓은들 달라질 것은 없다. 그녀는 이곳을 탈출해 또 다른 삶의 방식을 찾아냈으니까.

어둠은 어둠으로 몰아낼 수 없겠지 싶어. 내 그림자를 내가 밟을 수 없듯이 내 안의 그림자, 마주하기도 힘든 저 가슴 밑에 숨어 있는 그림자. 그 존재조차도 인식되기 어렵지. 그런 내 그림자를 내가 밟을 수는 더더욱 없지. 이 시간대는 계절의 구분도 내가 의식하지 않는 상태에서 시간이, 제 스스로 경계를 긋고 있는 듯 차가운 가을.

그 기운들은 지금까지와는 다른 낯선 언어들로 마구 달려들어 혼미하게 하곤 한다. 그러나 막연하게 내 그림자를 드러내고 싶은 시간대에 와 버린 것 같아. 미야베 미유키의 에도시대 괴담들이 그저 스쳐 지나가 주지는 않는다.

드러나는 이야기 저 밑에 그림자처럼 웅크리고 있는 거대한 영혼들의 속삭임들이 고대로부터 이어져 내려온다는 낯선 것들은 현재 삶을 가리키는데…… 인류가 문명의 진보를 선택해 나오면서 시대마다 겪어내어야만 했던 참극들이 현재를 잠식하고 있다는 사실들을 외면할 수는 없구나.

그럼에도 거의 모든 것의 잔혹한 역사를 망각하고 미래의 시간을 향해 태연하게 내딛는다. 그래도 되는 걸까. 나를 통해 지나온 세월이, 드러난 실체에만 묶여 살아가는 것이 전부가 아니라면 이 땅을 떠나기 전까지는 드러나지 않은 그 시간과 조우하고 싶다.

나도 의식하지 못한 내 안의 또 다른 나의 삶과 화해를 하거나 소통을 하거나, 마주하며 알고 싶다. 차마 끄집어 낼 수 없는 무엇이 있다면 그것들과 균형을 이루고자 남은 시간은 보내야 한다는 당위성들이 내 의지와 상관없이 작동되고 있다.

그런 시간이 이 가을에 이 책의 그림자처럼, 아우성치며 소리를 낸다.

2015년 가을 시작.

어쩌다 일본 작가의 소설을 읽게 되었을까. 내가 알고 있던 그녀는 일본 영화도 안 보고 소설도 읽지 않으려 했다. 일본 작가들 작품들은 자기감정이 들어갈 수조차 없다고 작가들이 욕심쟁이들이어서 독자가 펼칠 상상력을 오히려 거세해 버린다고 했지. 작가의 세

계에만 매몰되도록 만들어 가는 섬세함이 두터워 거부 반응이 일어
난다고 했다.

그녀는 독일과 러시아 작품들을 즐겨 읽었다. 서가를 둘러보니 다
양한 장르 소설들이 자리를 잡고 있다. 특히 일본 작가 소설들이. 그
래도 하루키는 없다. 그녀가 제일 맘에 안 들어 하던 작가. 아, 나스
메 소세키 책들은 거의 다 있네. 하긴, 그녀가 끌릴만한 그 시대에선
드문 개인주의자이니까. 그런데 이 책들에는 그녀 흔적이 단 한 줄
도 남겨있지 않았다.

원래부터 존재하던 것은 나중에 가서 드러나게 마련이다.

행복이란 영원히 지속될 수 있을 때에만 진정한 행복이라고 할 수 있기 때문이다.

우리는 이해할 수 없는 것을 이해할 수 있다고 해서는 안 되고, 비교의 대상이
될 수 없는 것을 비교할 수 있다고 생각해서도 안 된다.

자신의 진실과 자신의 정의를 위해 싸우다...... 자신을 보호하기 위해 늘 약간의
위장이 필요하고 완전하게 솔직해질 수 없다.

온전하게 자신을 드러낼 수 없다. 어느새 삶은 자신과의 싸움이 된 거다.

무엇을 할 수 있는지를 보여주기 위해서가 아니라 무엇을 할 수 없는지를 감추기
위해서 늘 싸워왔고 또 싸우고 있다.

실제로는 은폐된 패배, 하지만 자신에게는 승리로 이루어진 삶.

상상력은 현실을 기록하는데 그치지 않고 현실을 보완하고 장식하는 데까지도 미
친다.

도피는 멀리 다른 곳으로 도망치는 것만을 의미하진 않아. 그 어디엔가 안착을 한다는 의미이기도 하다.

내게도 책을 읽어주는 남자가 있었지. 언젠가의 계절까지…… 어떤 대상에게 더 이상 마음이 흐르지 않는다는 것은…….

떠날 때가 되었다는 걸 거야.

2015년. 겨울 한가운데서.

베른하르트 슐링크의 책 여백에 깨알 같은 글씨로 숨겨진 그녀 마음은 회색 기운을 발산한다. 연애 중이었나?

여기 모인 사람들은 그녀가 없는 이곳에서 저들만의 방식대로 그녀를 만나고 있다. 아주 오랜만에 나처럼 그녀를 찾아온 방문객들.

현기증이 허기와 함께 몰려와 밖으로 나와 하늘을 본다. 태양이 사라진 어둠으로 보이지 않는 바다가 코끝으로 스미는 바람으로 존재감을 알려준다.

불빛 하나 없는 골목길을 돌아 큰길가에 있는 편의점에 들어선다. 담배 한 대가 우선은 가장 필요하다. 그녀가 누군가를 사랑하는 일이 가능했을까.

14.

선경이가 죽었다.

"교통사고인가요? 메시지가 왔길래 빠른 항공편을 맞추려다 보니 그냥 달려오긴 했는데 조문을 어디에서 해요?"

"그럴 시간도 남기지 않고 가 버렸네. 시신은 병원에 기증해서 여기 없어. 조문객을 받는 게 아니라 그저 연락이 되는 지인들에게 알린 거라 하더군."

"그러셨군요. 전에 그런 말씀을 하셨죠. 장례 절차 없이 떠날 수 있는 방법을 찾았다며 천연덕스럽게도 웃더군요."

"그래, 그녀는 뜻밖에 시간을 계획했던가 싶어."

"운전을 그렇게 오래 한 사람이 어쩌면 그렇게 집중을 안 하며 차 안에서 할 일 다 하고, 늘 불안해요. 그 차만 타면."

"그랬나? 하루에 꽤 많은 시간을 운전하며 움직이는 생활을 했다고는 하던데, 교통사고는 아닐세."

"네? 그럼, 아프셨나요?"

"아니, 이제 살고 싶지 않다나. 마법이 끝났다나……."

"그런 게 어디 있어요? 자살이라도 했단 말이에요?"

"그녀에겐 스스로 선택한 죽음. 자살한 것은 맞네."

"지독한 이기주의자답네요, 뭐."

"자네에게 그리 갑작스러운 일은 아닐지 모르지만 여기 모두 다 죽음을 받아들이지 못하는 것 같아. 다들 얼빠져 있잖아."

"이주일 지났어요. 선생님께서 서울 오셔서 만난 지. 그런데 자살을 하다니, 이게 있을 수 있는 일이에요? 늘 같은 분위기였어요. 이건 뭐가 잘못된 겁니다."

"그랬으면 싶네만 현재로선 분명한 자살이야. 집 안 가득 가스로 가득 차 있었고 그렇게 숨을 멈추었다고 하더군. 이주일이라고? 자네 이름이?"

"이준영입니다. 자살이라면 선생님은 진짜 나쁜 사람이었던 겁니다. 절대로 용서하지 않을 겁니다."

"이준영? 문도 다 안으로 잠겨 있었고, 냄새 때문에 이웃에서 신고가 들어가서 알려졌다 하더군. 혹시 서울에서 무슨 일이 있었던 것은 아닌가?"

"없습니다. 배신감 들어서 그럽니다."

"배신감이라니?"

"항상 말씀하시잖아요. 사랑이 인류를 구원할 거라고요. 그런 사람이 가족들을 저렇게 남겨 두고 무책임하게 자기 좋자고 죽어요? 이중인격자죠."

"그건 자네가 그녀를 잘 몰라서 그런 것 같네. 나중에 다시 한 번 만나서 이야기 해 볼 수 있겠지?"

"아니요. 다시 선생님 이야기는 꺼내고 싶지 않습니다. 자기감정에 빠져서 너무 오랜 시간 자기 멋대로 지내신 결과겠지요, 뭐."

"자네도 그녀를 꽤 오래 알고 지냈지? 창신동 시절부터. 그녀는 감성적이지만 냉정하기도 한 사람이었어."

"그런가요? 말장난에 불과했던 겁니다. 선생님은 지독한 난독증 환자입니다. 자기계발서나 쓰면 성공했을 걸요."

그녀 제자, 소년에서 청년이 된 그의 눈빛은 날선 말과 다르게 깊이 파고들어 온다. 그 역시 냉정하고 전혀 호의적이지 않다. 조각같이 잘 다듬어진 얼굴이 차갑게 다가와 내 마음을 헤집고 있다. 성난 얼굴로 나가는 그를 따라갈까 하다가 그만 두기로 한다. 누구나에게 주변인의 갑작스런 부고는 감당하기 쉬운 일은 아니니까.

아, 이 시집은 내가 그녀에게 준 선물이었다. 아직도 이 시집이 그녀에게 있었다니. 『신중산층교실에서』(고광헌) 내가 쓴 카드까지 고스란히 있다. 시집 표지처럼 누렇게 변색된 종이 위에서 시들의 풍경이 다시 살아난다. 아무도 제목을 제대로 못 읽던 시집 제목이 그녀에게 가서야 제대로 읽혔던 기억. 역시 그녀는 재기가 넘쳤고 특별했다.

… 그러나

두려움 속에서

조심스럽게 떨며 일어나는 집 많은 자들의 눈길

하루도 쉬지 않고 죽어오던 발길이

시퍼런 강물로 모여

어느 날 갑자기,

노여움으로 만난다면

— '가장 큰 걱정'을 하는 시인이 나와 같구나.

이 시집은 그녀에게 건넨 지 20년은 넘었을 빛바랜 시집이다. 복학을 하고 그녀를 다시 만나면서 맞은 그녀 생일 날. 그해 가을 밤

길을 함께 걸어갔던 그 시간이 지금까지 그녀 곁에 있었다. 시인과 같은 마음이었던 흔적이 어지럽게 휘청거리듯 있다.

희망을 품고, 다시 또 마음을 가누고 있다. 어느 날, 네가 이 책을 스스로 펼칠 수 있을 때, 평생이 걸린다 하여도, 나는 걸어가고 있을 거다. 때론 무모하고 때론 휘청거려도 내 삶은 이미 가족 안에서 나의 존재와 상관없이 평화를 추구하고 있으니까.

—언제나 그 마음으로. 생일 축하해.—

내 손에 잡힌 톨스토이 책 속에서 그녀는 이렇게 말한다. 10년 전 글이다. 그녀는 알고 있는 듯하다. 누군가 그녀를 찾아와줄 것이라는 믿음을 갖고 살아온 것 같다. 둘러보니 이것은 누군가의 생일날에 기념으로 사 둔 많은 책들 중 하나다.

너무 오래 그녀를 떠나 있었다. 스스로 한 약속을 지키지 못하면서 살았다. 사랑하는 사람에게는 미안하다는 말을 하지 않는 거라던 영화 대사가 떠오른다. 곁에 없지만 그날을 기억하며 선물로 건넬 책에 그녀 마음을 담아 두었다. 그녀 가족들과 누군가는 이런 책이 있었다는 것을 알고 있을까. 모르니까 이렇게 여기 놓여 있는 것이겠지. 아무도 그녀 서가를 마주할 시간을 만들지 않았던 것이겠지.

선경의 두 딸은 잘 살아가고 있는 것 같긴 하다. 책을 맏이에게 건네줄까 하다가 언젠가 저들이 찾아낼 테지 싶어 그만 두었다. 그녀는 그렇게 부재중인 가족과 지나온 사람과 말을 나누고 있었다.

생각해 내려고 한다. 그런데 단 한 명도 없었다. 누군가가 나를 못 견디게 사랑해 주었다는 느낌이 내 삶 어디에도 없다. 본능적으로 이런 나를 위해, 언제나 철저히 혼자인 나를 위해 사랑을 하기로 했나 보다. 내 마음이 가는 대상을 향해 무조건적인 주는 사랑을 하기로 했던 거다. 귀한 사랑이라고 자위하면서 미화하면서 사랑하는 동안 살아있음이었다고. 그 대상의 마음과는 상관없이 외사랑을 해 왔던 거잖아. 시효가 지난 사랑. 이젠, 외사랑이 싫다. 하지만 내가 사랑할 수 있어서 행복했는걸. 그거면 되었어.

-2016년. 3월 1일. 화려한 외출을 하고픈 나의 봄 시작.

파트리크 쥐스킨트의 『깊이에의 강요』를 열자 첫 장에 쓴 평온한 마음이 내게로 들어온다. 행복한 자유인 민선경은 삶을 끝냈다. 그녀는 또 다른 삶의 방식을 선택했다.

언제 찍은 지 알 수 없는 사진 속 선경은 말갛게 웃고 있다. 무릎 위에 다소곳이 두 손을 포갠 왼손 약지엔 내 눈에 익숙한 반지가 있다. 아무도 울지 않는 죽음. 과거 시간으로 빨려 들어가 이어지는 순간. 불멸.

'자정이 막 지났어요. 당신 생일입니다. 아이가 기다리고 있어요'

아내가 연락을 해 왔다. 5월 1일. 내가 47년 전 태어난 날이다.

15.

당신이 날 찾아온 것은 무리가 아닙니다. 내가 가족들보다 더 많은 시간을 보냈을 겁니다. 그래요, 그렇습니다. 그 사람과 있는 것이 즐겁고 유쾌했습니다. 어떻게 그럴 수가 있냐고요? 네, 그럴 수가 있더라고요. 다만 오랜 시간 동안 그걸 몰랐던 것뿐입니다.

상상할 수가 없나요? 그럴 겁니다. 당신 상상력으론 도저히 불가능합니다. 우리는 그랬습니다. 아, 참으로 창밖 풍경이 지금부터 나눌 이야기와 너무 잘 어울리는군요.

그 사람은 오늘 같은 날씨를 좋아했지요. 처음엔 좀 이상했어요. 아니 신기했죠. 일반적으로 비 오는 날에 차를 끌고 나왔다면 빨리 일을 마치고 집으로 돌아가려는 게 보통이죠. 그런 날을 길에서 만나면 뛸 듯이 기뻐합니다. 길 위 마찰음을 즐기며 차창으로 부딪치는 빗방울이 거셀수록 미치죠. 왜, 억수로 비가 쏟아지는 날은 달리는 차가 좀 적지 않던가요? 음, 아마도 그 사람이 늘 다니는 지방도로는 그랬나 봅니다. 메시지가 뜨거든요.

"나, 지금 바다 속을 달리고 있어."

처음엔 미쳤나 했습니다. 이런 문자가 오면 당신은 어떻겠어요? 그 사람은 달리는 길 위에서 와이퍼를 멈춘 채 운전을 하는 겁니다. 혹시 해 보셨나요? 전 아직 운전면허가 없어서 못해봤습니다. 면허를 따고 꼭 해 볼 첫 번째 미친 짓입니다. 물론, 언제 면허를 딸 지는 아직 결정하진 않았습니다.

자, 어떠십니까? 그 사람은 깊은 바다 속을 달리는 느낌으로 바다 여행을 한답니다. 그런 사람입니다. 웃기는 것은요, 내가 어느새 그의 그런 분위기를 좋아하고 있더라 이겁니다.

내가 언제부터 퍼붓는 비와 천둥소리를 좋아했지? 어느 날 거실

창밖으로 눈길을 주다가 발견한 소리 없는 웃음에 되물었던 것이지요. 그렇죠? 이해가 잘 안 되시죠? 그럴 겁니다. 충분히 그럴 수 있어요.

아, 제가 친절하다고요? 네. 친절합니다. 안 그러면 어쩌겠어요? 화를 낼까요? 왜 친절한지 모르냐고요? 본래 그런 인간이었습니다. 잘 길들여진 순한 양과 같은 거겠지요. 그럼, 아니라고 소리라도 지를까요? 아니죠. 소용없는 일이기도 하고, 친절한 것은 내가 바라는 바이기도 한 걸요.

그래요, 그렇습니다. 그 사람은 내 주변에서는 꽤 유명인이었습니다. 작가이기도 합니다. 당신은 잘 모르는 사람이겠지요. 당신은 결코 만나볼 수 없는 부류거든요. '부류' 하니까 그의 말이 다시 되돌아오는 듯합니다.

그 사람은 부류를 '내 사람'이라고 명명해서 썼습니다. 꽤 의미심장하지 않나요? 처음엔 나도 그의 언어유희에 빠져 늘 의아했습니다. 자기만의 언어를 가지고 사용하기에 나는 늘 놀림당하는 것 같았거든요. 그런데 알고 보면 별거 아니었습니다. 하지만 일반적인 의미는 분명 아니었습니다. 내가 생각하는 것과 늘 어긋났거든요. 예를 들어 보라고요? 좀 기다려 보세요. 그를 말할 때는 빠질 수 없는 것이 언어유희거든요. 근데 그게 되게 재미있어요.

내가 그 사람과 그 놀이에 빠지게 된 것은 내 기억으로, 의식적으로 말입니다. '허세 문자'라고 들어 보셨나요? 그땐 몰랐는데 이미 많은 사람들이 써먹던 거였더라고요. 나에게는 그가 시초 제공자였지만요. 그 즐거움은 아슬아슬했습니다. 진심을 담았지만 제목은 '허세 문자'거든요.

헌데 그 짓도 어느새 내게 유희가 되었을 때 그는 그 놀이를 더 이상 하지 않더라고요. 내가 그 놀이에 응대를 해준 건 순전히 재미였습니다. 네? 그럼, 저도 지금 당신이 못 알아먹는 말들로 당신을 놀리고 있는 거냐고요? 그건 아닙니다.

내 기억이 정확하냐고요? 난 기억력이 꽤 좋은 편이거든요. 당신이 듣고 싶어 하니까 말하고 있는 것뿐입니다. 왜요, 그만둘까요? 아, 네. 그럼 계속하지요.

아주 긴 문자였습니다. 자기가 날 얼마나 애태우며 바라보고 있는지 알고 있을까…… 독백식 문자였죠. 한밤중에 깜짝 놀랐습니다. 물론 순발력을 발휘해서 나도 그 사람처럼 그렇게 독백을 하듯 문자를 날렸지요. 아주 흥미로웠습니다. 나야, 그에 비하면 유머 감각이 꽤 있는 편이라서요. 그 문자가 장난이란 걸 알았거든요. 네, 그래서 장난 좀 쳤습니다. 그렇죠? 한 마디로 오글거리는 거죠. 고백하자면 어쩐지 진심 같기도 했습니다.

스마트폰이 없었냐고요? 시대에 뒤떨어진다고요? 아뇨, 우린 둘 다 최신 폰을 갖고 있답니다. 그럼에도 우린 늘 문자를 했어요. 내겐 남아돌아가는 게 문자 메시지였고, 그 사람은 그걸 즐기는 거구요. 둘 다 만족했답니다.

왜 웃으세요? 이게 웃긴가요? 난 꽤 경제적인 인간이라 아주 흡족했어요. 다른 이들과는 카톡이나 메신저로 연락을 취합니다만 그 여자는 문자 날리기를 좋아했어요. 나도 그런 문자음이 유쾌했습니다. 요새 누가 문자하나요? 그것도 그 사람만이 하던 독특한 놀이였던 거예요. 그런 그를 나는 존중했어요. 아니 뭐, 존중까진 아니었어도 왜, 좀 특이하잖아요? 남들이 안 하는 걸 하면 괜스레 잘나 보이기도 하고, 뭐, 그런 거였어요. 내겐.

데이터는 다른 데 쓰기도 모자랐으니까요. 그 사람도 그런 거냐고요? 아니, 아니었어요. 그에겐 그게 편하고 좋은 것일 뿐이었죠. 자기가 좋아하는 방법으로 일상을 멋대로 살고 있었죠. 그게 얼마나 이상하기도 하고 신기했던지요.

그 허세 문자 놀이가 언제까지 지속되길 바랐습니다. 제 기억으론…… 아마도 내가 어린 마음에 늘어놓았던 긴 편지처럼. 미처 보내지 못한 편지에 담아 두었던 내 마음처럼.

그 사람은 웃어넘긴 놀이였나 보지만 제가 답장으로 보낸 문자는 약간 진심이 담겨 있었거든요. 이제 감이 오네요. 그는 들킬 염려를 하고 있었던 것일지도 모릅니다. 자기 마음을 내가 알아차릴까 봐 슬그머니 뒤꽁무니를 뺀 겁니다. 생각해 보면 무척 치밀한 척 노력했던 사람이었습니다. 내가 알기에는 바보였습니다만.

16.

맞습니다. 난 직관을 따르는 사람입니다. 유일하게 그런 게 먹히지 않는 사람이었습니다. 그 사람은 현실적으로 이해가 안 되는 생각과 행동을 하며 살았습니다. 하지만 난 이미 그 마음을 알고 있었는데 단 한 번도 내비치진 않았어요.

그도 그랬던 것 같습니다. 아, 아닙니다. 그는 지나가는 말처럼 자주는 아니었지만 몇 번은, 네, 들은 기억이 납니다. 또 어느 순간 그런 그가 하는 독백에 동조하고 있는 내가 있더라고요.

"내가 널 얼마나 좋아하는데, 몰랐어?"

아마, 이렇게 말했던 것으로 기억되는군요. 나는 어떻게 반응했냐고요? 당신이라면 어찌했겠어요? 못 들은 척 얼버무린 것 같습니다. 그리곤 금방 잊어버렸어요, 사실은. 근데 그게 아니었습니다. 난 그 사람이 날 무척 좋아한다고 알고는 있었지만 그게 아니었던 것을 너무 늦게 알게 된 겁니다. 조금 일찍 알았더라면 달라졌을 거라고요? 내 앞에 있다면 가능했을까요? 내가 묻고 싶습니다. 아닐 겁니다. 달라질 것은 없었죠. 그 사람은 어떤 경우에는 정말 자신과는 안 어울리게 모럴리스트 흉내를 내곤 했습니다. 그게 그의 또 다른 일면에 깃든 모습이긴 합니다. 이게 또 웃긴 겁니다. 오해의 소지가 있긴 합니다만 우린 동료에 가까웠습니다.

도대체 무슨 말이냐고요? 에이, 왜 이리 급하십니까? 이제 십여 분 지났을 뿐입니다. 그 허세 문자들도 궁금해요? 글쎄요. 나는 그를 좋아하지 않았냐고요? 한때는 전전긍긍했던 것 같은데 사실, 별 관심이 없었습니다. 하지만 생각해 보세요. 그와 내가 만나온 시간이 자그마치 십 년이 훌쩍 넘었습니다. 충분히 알아차릴 수 없겠어요? 길게도 만났다고요? 그렇죠? 당신한텐 긴 시간인가요? 네…… 긴 시간입니다. 정말이지 끔찍한 시간입니다.

내 청춘이 모두 그 사람과 동행중이었습니다. 어떻게 그럴 수가 있지? 바로 그겁니다. 당신이 절대로 상상할 수 없다는 이유는, 아니 당신뿐만 아니라 대부분 사람들은 도저히 상상할 수가 없을 겁니다.

네, 나도 마치 다른 세계에서 살아왔나 봅니다. 그 사람과 보내온 시간은 분명 현실이 아닌 것만 같거든요. 연애는 해 보았냐고요? 아, 난 정말이지 다른 여자를 만날 이유가 없었습니다. 그 사람이 모든 것을 충족시켜 주었거든요. 아니, 지금 무슨 상상을 하시는 거죠? 절대로 지금 당신이 하는 상상은 용서할 수 없습니다. 그래요…… 거의 모든 인간이 당신과 같은 상상을 한다는 게 당연할지도요. 그 사람은 내겐 딱 맞는 사람이었습니다.

그것만은 지금까진 뭐, 그렇다는 말이지요. 뭘 알고 싶으신 거죠? 당신 눈빛은 어쩐지 짜증이 나는군요. 내가 왜 그런 눈길을 보내는 당신에게 말을 해야 하는 거지요? 아, 네. 그렇죠. 당신이 날 찾은 거였군요. 알겠습니다. 계속해 보죠.

잠깐 목을 축여야겠습니다. 너무 많이 말을 했는지 목이 가르랑거리는군요. 어떤 종류를 좋아하냐고요? 아, 이것도 그 사람이 개입되고 마는군요. 네, 전 스타우트입니다. 많이 마셨냐고요? 아뇨, 아닙니다. 우린 같이 마실 상황이 아니었습니다. 그건 좀 더 인내심을 가지셔야 할 겁니다. 내 이야기가 거의 끝나갈 즈음엔 아시게 될 테니까요. 왜요, 언짢으세요? 그건 그럴 수밖에 없는 것이 스타우트 이야길 해 버리면 내 이야길 끝내야 하거든요. 하지만 전 할 말이 너무 많습니다. 시간을 생각해 보세요. 그 긴 시간에 만난 횟수만도 세기 어려울 정도인데 말이죠. 네, 드시죠. 제게 스타우트는 독특합니다.

처음 마시던 그 새벽, 밤거리를 잊을 수가 없거든요. 그땐 저만 취했답니다. 그 사람은 너무 멀쩡했어요. 그 새벽길은 나를 위한 그의 친절한 배려가 적용되던 최고의 날이었답니다. 내가 쏟아낸 모든 토사물을 그는 기꺼이 웃으면서 다 받아내어 주고 닦아주고 세탁해 주었거든요. 그런데도 난 당당하게 아침을 맞았습니다. 전혀 부끄럽지도 미안하지도 않았어요. 마치 아주 장한 일을 치른 기분이었거든요.

아, 술에 취한다는 게 어떤지 처음 알아낸 날이었습니다. 막연하게 상상만 하던 내가 진짜 인사불성이 된 것이지요. 당당한 내 아침에 그 사람이 한 첫마디가 뭔지 아시겠어요? 추측을 한번 해 보세요. 보통은 그런 날 아침, 여자들은 뭐라고들 하나요? 난 이게 참 궁금하더라고요. 아, 네. 대개는 말도 안 하거나 화를 내며 잔소리를 해요? 그렇다면 그 사람은 일반화의 오류에 속하는 인간이었습니다.

"너 참, 행복하게 자더라."

그랬습니다. 생글생글 웃는 모습이 인상적이었습니다. 나도 웃어 보였는데 내 웃음 속엔 쾌감이 있었습니다. 그에겐 자기가 만든 굉장한 규칙 하나를 어겨야만 하는 날이었기도 했으니까요. 그 사람은 같이 술을 마신 대상이 주사를 부리거나 스스로 감당하지 못하는 토를 뿜으면 다시는 그 대상과 술자리를 마주하지 않거든요. 근데 그 이후에도 나는 그와 술을 마실 수 있었죠. 예외였던 겁니다. 난 그게 무척 신나는 일이었답니다. 그런 규칙들을 하나씩 망가트리는 재미를 나름대로 즐기고 있었거든요.

네, 네. 그랬습니다. 너무 오만했습니다. 하지만 어쩝니까? 나란 인간이 그 모양인 것을요. 나도 그 사람만큼 내 멋대로 살아가는 것에 익숙해져 버렸습니다. 그렇게 만든 원흉인 그에게 되갚아주고 있었던 겁니다. 그 사람은 날 현실적인 의미에서 아주 망쳐버린 겁니다. 네, 맞아요. 굳이 바꾸지 않아도 될 내 모습 그대로 그 사람 앞에선 언제나 가능했습니다.

보세요, 그 사람을 이렇게 되새김질하며 살아가게 만들었어요. 그 사람과 지냈던 자유로운 시간에서 다시 유영을 꿈꾸거든요.

정말이지 답답해서 숨이 막혀 질식할 지경입니다. 아, 고맙습니다. 오늘만큼은 진심으로 내 앞에 있어 주셔서 고맙습니다. 당신이 아니었다면 지금쯤 정신병원에 있을지도 모르겠어요.

네, 당신은 상상할 수 없다니까요. 맞습니다. 소설 같은 이야기이지요. 소설로 써 보라구요? 그게 말입니다. 실제 일어난 일을 소설로 미화할 수는 있는데 소설 같은 이야기는 더는 소설이 될 수가 없다 이겁니다. 아시겠어요? 참 뭘 모르십니다.

술이나 드실까요? 스타우트 맛은 여전하군요. 그 사람은 주변에서 명성이 높은 주당이었습니다. 불쑥 튀어나오는 그의 것들에 정말이지 화가 나는군요.

17.

비가 질리도록 내리는군요. 이런 날은 술이 더 잘 들어갑니다. 그렇죠? 당신은 어떠세요? 말을 거의 하지 않으시는군요. 하긴 내 말을 들으러 온 것이니, 그래도 무슨 말이라도 좀 해 보시면 어떨지요.

집으로 돌아갈 일이 걱정되신다고요? 운전할 일이요? 음주운전은 안 됩니다. 특히 비 오는 날은 더욱 안 될 일이죠. 그 사람은 음주운전과 상관없이 중앙선을 침범하는 짓을 자주 합니다. 의도적이었냐고요? 그건 아닐 겁니다. 늦은 밤 지방도로는 한적하다면서요. 아주 가끔 반대편 차로 불빛을 발견하기도 한다더군요. 그런 길에서 슬쩍 조는 겁니다. 눈을 뜨면 어느새 반대편 차로에 있는 거죠. 놀란답니다. 그리곤 심장을 쓸어내린대요. 갓길에 비상등을 켜고 문자를 보내는 거죠.

"중앙선 침범했어. 죽었으면 어쩔래?"

미칩니다. 이런 문자를 자정 넘어 막 잠들려고 할 때 받아 보세요. 아, 처음 한 번만 그랬죠. 그 후부턴 와도 뭐, 형식적으로 답장을 보냅니다. 부디 살아서 만나기를! 그러면 어김없이 알 수 없는 자음 몇 개로 답장을 보냅니다.

늘 그랬습니다. 자음을 몇 개 툭 던져놓고 '네 맘대로 해석하세요'였다니까요. 네, 화가 나죠. 하지만 화를 내기보다는 더 꼼꼼한 방법을 택했습니다. 그 사람 마음을 확신했기에 지긋하게 웃으면서 되갚아주곤 했습니다. 두 배로.

그래요. 나도 그와 같은 종류의 인간이었던 것일지도 모릅니다. 아니, 아닙니다. 절대로 같은 부류는 아니었습니다. 뭐냐고요? 어떤 방법이냐고요? 무척 즐거워 보이는 당신 표정이 재밌습니다. 뭐, 사실은 별거 있나요. 내 식대로 문자는 꼬박꼬박 읽고 답장을 보내지 않고 있는 겁니다. 그러면 한 번에 삼십 통은 일방적으로 옵디다. 그 여자는 거의 문자 속에서 미치기 직전까지 가게 됩니다.

네? 밀당이라고요? 그럴 수도 있겠네요. 하지만 그 사람을 시험하려 드는 것보다는, 일종의 약을 올리는 놀이였다고 해야겠습니다. 나란 존재감을 확실하게 하는 놀이거든요, 이게. 매번 속아 넘어가는 그를 당신이 봤어야 하는데 안타깝군요.

내가 나쁜 남자라고요? 아닙니다. 그 놀이에 흥미롭게 현실적인 생동감을 부여해 준 것은 오히려 그 사람이었으니까요. 신세 한탄부터 바보 같은 자기 이야기며, 다신 안 볼 수도 있다는 협박과 단절, 등등. 수많은 말을 폭풍 문자로 보냅니다.

누가 이겼냐고요? 당연히 내가 이겼습니다. 늘 내가 승리했지요. 폭풍 문자를 보낸 후 토요일이 지나면 다음 날 어김없이 모든 일을 다 제치고 짠 내 앞에 나타나 전화를 겁니다. 그러면 나는 태연하게 나른한 목소리로 전화를 받는 겁니다. 비상등을 켠 채 정차된 그 사람 차를 발견하곤 심드렁한 표정으로 고개를 들이미는 겁니다. 이렇게 되면 또 하나, 그가 가진 삶의 규칙이 파편화 되는 거지요. 하하하. 그때 진짜 신났습니다. 그것을 표현하고 싶어 무척 참아내느라 죽을 뻔 했다는 거 아닙니까. 아, 아닙니다. 차라리 그때 죽는 게 나았을지도 모르겠습니다.

아마 당신도 그 사람 표정을 보았다면 저절로 심각해질 겁니다. 당장 세상을 끝낼 것 같은 침통함이 더덕더덕 낯빛에 드리워져 있습니다. 내가 너무한 거 아니냐고요? 연기였냐고요? 그 사람이요? 에이, 답답하십니다. 아직 눈치를 못 채셨나 봅니다.

내가 꽤 상식과 합리적인 인간이라고 자부하는데 말이죠, 그것으로 그를 판단하는 것은 늘 어긋나고 말았답니다. 그는 진심으로 걱정했던 겁니다. 나를요, 너무 멀쩡하게 잘 지내는 나를 답장이 없다는 이유만으로 온갖 망상을 다 합니다. 그래서 결국 두 시간이나 처들여 내게로 달려옵니다. 도대체 어떤 사람이기에 그럴 수 있느냐고요? 당신도 꽤 둔하시군요. 하기는 나도 그랬던 것 같습니다. 그게, 표현하기 힘들군요. 네, 한 마디로 말하기는 가능하지 않습니다.

그 사람은 이 세상에서 살고 있는 사람이 아닌 것도 같고 분명히 이 세상 사람이기도 했습니다. 알 수 없는 사람이었죠. 그렇게 생각한 것은 그를 제대로 알아차리지 않았던 내 이기심 때문이겠지요. 하지만 그는 나보다 더 지독한 이기주의자였습니다. 당시 그가 아니었어도 나는 상관없었습니다. 그런데 진짜 이해할 수 없는 것은 순전히 나를 만나기 위해 그가 시작한 일입니다. 지금 생각해보면 아주 내 피를 빨아먹으려고 작정을 한 겁니다. 그 사람은 당시 나처럼 학생이기도 했습니다. 파놉티콘 시절 마지막 1년을 우리는 거의 매주 만났습니다.

우린 학생이어야 했으니까요. 같이 머리를 맞대고 공부를 진짜 열심히 했습니다. 그 사람 영어 실력은 발음부터 정말 형편없었습니다. 이상하죠? 그는 전혀 부끄러움이 없었습니다. 모르는 것은 무조건 물어보는 통에 짜증이 나긴 했습니다만 그것이 그리 나쁘진 않았습니다. 그래도 어떡합니까? 친절하게 가르쳐 주고, 공부하는 방법도 알려 주고 용기도 북돋워 주었지요. 그 사람은 늘 말 잘 듣는 학생이었습니다. 나는 그 1년 가까이 영어선생 역할 재미에 푹 빠졌습니다. 나중에는 그 역할극에 그만 혼을 놔 버린 듯이 지난 시간이었나 봅니다. 실상은 나도 그리 고품격이 아닌 영어 실력으로도 잘난 척할 수 있는 주말 재미에 완전 넋을 빼앗긴 겁니다. 실질적으로 내가 더 도움을 받았다고 할 수도 있을 겁니다. 그 학교 기숙사라는 파놉티콘에서 살아남아 멋지게 탈출하고 비행할 수 있었으니 말입니다. 그 시절에는 감쪽같이 내가 넘어간 겁니다. 고3이라는 그 1년을 내게 다가오기가 힘드니까 다시 공부를 시작한 겁니다.

어때요? 너무 간교한 거 아닙니까? 뭐, 자기 말로는 공부는 평생이라고 떠벌이지만 그게 말이 됩니까? 현실적으로 대학 다니는 걸 누가 놀이로 한답디까? 그런데 그 망할 인간이 나와 같이 주말을 보내기 위해 공부하는 길을 선택한다는 겁니다. 감동적인가요?

여보세요, 당신은 참 낭만적이십니다. 내가 그 사실을 알아차리고 무얼 생각했는지 아십니까? 고마워해야 했던 것이라고요? 명문대를 들어갈 수 있었으니까요? 아뇨, 배신당한 겁니다.

그 사람 말고 내 인생에 들어올 많은 인연이 미리부터 차단당한 것은 왜 생각하지 못하십니까? 억울했습니다. 정말 두들겨 팰 수 있었다면 흠씬 패주고 싶습니다. 그럴 수도 없는 내가 할 수 있는 일은 기껏해야 악담을 퍼붓고 인연을 끊는 것만이 최선입니다. 진작 그렇게 하지 않은 내가 못난 겁니다. 마지막 남은 기회까지도 철저하게 그 사람은 빼앗아 가 버렸지만요. 내 인생 일정 부분을 박탈당한 겁니다. 다시 화로 열이 오르는군요. 난 절대로 이런 인간이 아닙니다. 그래요, 고맙습니다. 다른 질문을 해 주시는 당신도 정말 친절하십니다.

나는요, 굳이 신경 쓰지 않아도 내가 원하는 것을 소리 없이 해주는 편안한 사람이면 됩니다. 그저 곁에만 있어도 되는 사람이 있으면 됩니다. 그가 아니어도 됩니다. 그렇게 언제까지나 지나갈 줄만 알았습니다. 그렇게.

18.

비가 멈추었습니다. 당신은 물길을 따라 살고 있나요? 물길을 거슬러 간다는 것이 쉽지는 않잖아요. 네, 맞습니다. 이런 말할 주제는 못됩니다. 나도 물길을 따라 걷고 있지요. 그렇다고요. 뭐, 다 같이 물속에 몸담고 있지만 누구는 허우적거리다가 익사를 합니다. 또 어떤 사람은 강을 거슬러가는 무모한 짓을 하지요.

얼마나 멍청합니까? 거슬러 올라가면 뭐가 있나요? 물의 근원을 찾으면 뭐할 건데요? 다 사서 고생하는 겁니다. 물론 헤엄치는 사람들도 있죠. 자유를 가장해서 말이죠. 하지만 그게 과연 그런 걸까요? 그 물길이 어디를 향하는지 알고 있다고 생각하십니까? 너른 바다로 나아가리라 생각하세요? 아닙니다. 시궁창입니다. 썩은 내가 진동하는 시궁창 구덩이에서 바로 비극적인 몸부림들이 난투극을 부립니다. 물의 운명, 하늘에서 비로 내려와 수직으로 하강하며 흐르는 물의 끝은 이처럼 숨 막히는 냄새에 처박힌다 이겁니다.

어떠십니까? 당신은 이보다 더 추락할 수 있겠습니까? 그 사람 꼴 좀 보세요. 그게 뭡니까? 어떻게 가스를 틀어 놓고 사라질 생각을 하냐고요. 난 절대로 용서할 수 없습니다. 절대로.

휴…… 숨을 좀 돌려야 할 것 같습니다. 그래요, 당신은 어떤 인간입니까? 딱 꼬집어 말할 수 있나요? 그죠, 누구나 그렇지 않나요? 여러 개 얼굴로 살아가지 않던가요. 다만 그 사람은 여러 얼굴을 다 드러내고 살았던 것뿐이었습니다. 그러니 내 앞에 있는 그는 한 가지 역할에 머물 수가 없는 겁니다.

때로 자신의 사회적 위치를 드러내는 말을 하곤 하는데, 네? 그렇죠 이런 겁니다. 어떤 질문을 던지면 그것에 대한 답변을 할 때 주어가 달라집니다. 그때마다 권위주의자라고 말을 하면 흠칫 놀랍니다. 아주 당혹해하며 바로 주어를 바꾸죠 실은 전혀 권위적이지 않습니다. 농담이었죠 허나 못 알아듣습니다. 네, 못 알아들어요

결코 감추려 한 적이 없는데도 우리 말고는 알 수 있는 사람이 없는 비밀스러운 시간으로 채워지던 시간이라고 말하게 되는군요. 온갖 편견으로 뒤덮인 사회에서 한 인간으로 살아갈 수 없는 이 시대에 금지된 우리들 시간이었습니다. 그런 시간은 표면적으로는 사회적 관계를 가장했지만 지독히 개인적인 자유였으니까요. 이런 시간은 나란 존재를 실감하게 합니다. 그런데 그 사람과 만남이 바람직하지 않은 것이라고 생각할 수 있나요? 오히려 그 반대였습니다.

그 여름, 그와 같이 보낸 밤이었지요 그렇게 시작된 시간이 나에게 올가미를 씌울 것이라고는 도저히 상상할 수 없었습니다.

"여기 있기 싫은데 날 좀 데려가 줄래요?"

그 여름날 밤은 그대로 지나쳐 여명이 열리도록 함께 지냈습니다. 우리들 유희는 내가 던진 미끼를 물어준 그 사람 덕분에 시작될 수 있었죠.

네? 물론, 내가 원했던 일탈입니다. 가끔씩 그가 머무는 공간으로 데려가 달라고 했습니다. 그곳은 너무 편안했습니다. 부족한 게 없었거든요.

모든 시간은 나에게로 맞춰져 있고, 모든 것들은 나를 위해 마련되었습니다. 그리고 내 곁에는 재잘거리며 나를 바라보고 있는 그 사람이 있는 겁니다. 그런 모습이 싫지 않았습니다. 무척 즐거웠거든요.

두 남녀가 어떻게 밤새 이야기만 나눌 수가 있냐고요? 거짓말 같아요? 네, 그래서 당신 상상력은 거기까지만 유효한 겁니다. 모든 남녀들이 긴 밤을 같이 지내면 그렇고 그렇다고 생각하십니까? 내 말에 집중하지 않은 당신은 또 잘못을 범하는 겁니다. 나이 차이 때문일 거라고요? 천만에. 그 사람과 나는 성적으로 연결될 수 없습니다. 나이 차이라는 건 존재하지도 않았습니다. 우리가 원한 것은 같이 있는 것일 뿐. 나는 내 필요에 의해서였고, 그 사람은 그런 나를 곁에 두는 것을 즐겼을 뿐입니다. 무슨 말도 안 되는 소리냐고요? 그렇게 놀라실 것도 없습니다.

실제로 흥분되는 일이 뭔지 아십니까? 영적으로 긴밀하게 접속되면 육체 접촉은 실제로 일어나지 않아도 폭발적이 됩니다. 내 몸이 느끼는 짜릿함보다도 내 영혼이 느끼고 있는 은밀함이 더 쾌락적이라는 겁니다. 그 교류는 두 사람만이 공감할 수 있는 지극히 개인적인 취향이기도 해서 설명할 말이…… 참으로 어렵습니다. 그래요, 정신적 충만감에서 쾌감을 느꼈습니다. 그 사람도 마찬가지였을 겁니다. 나를 바라보는 눈빛이 모든 것을 대신 알려주니까요.

그런 감정들은 신체 기능으로 전이되는 것이 아니라 불면이라는 각성제로 늘 이어졌습니다. 아침까지 열렬하게 이야기를 하고, 영화를 같이 보고, 배고프면 먹고, 책도 읽습니다. 각자 일에 몰입하기도 합니다. 그리고는 이미 오늘이 되어 버린 그 사람 하루를 위해 나는 눕습니다. 안락함을 품고 잠들 수 있게 됩니다. 상상이 안 된다고요? 그럼 상상하지 마시지요. 그날에 무슨 일이 있었던 거냐고요? 아, 그렇군요. 그 이야기를 해야죠.

그 사람은 여자일 수 없습니다. 여자로서 살아왔다지만 그건 외부인이 바라보는 시선인 겁니다. 여러 젠더가 가능했던 인간이었습니다. 초록은 동색이라 하던가요. 우린 그런 것들이 하나도 문제가 안 됩니다. 현실에서 다른 차원의 세계가 있던 겁니다.

네, 당신 말처럼 순수했습니다. 그렇게밖에는 대신할 적당한 말이 없습니다. 이해불가능이라는 게 더 적절할지도 모르겠군요. 그래요, 직관으로 움직이는 나에겐 해당사항 없는 일입니다. 보이는 대로 말해준 겁니다. 자기가 어떻게 보이냐고 물었을 때 그 사람이 얼마나 감정적이고 불안정한 삶을 사는지에 대해 내가 아는 한 객관적으로 알려준 것이죠.

단지 자신의 존재감을 확인하기 위해서 내가 필요했던 겁니다. 난 알고 있었죠. 하지만 나는 그런 것에 별 관심을 가지지 않았습니다. 그럼에도 그렇다고는 말해주지 않았죠. 그래서 그 사람 표현을 빌자면 나는 작은 악마입니다. 그 사람에게 악마성은 개인 욕망에 충실한 경우를 지칭하는 것이었죠. 네? 아니요. 그는 내가 어떤 마음으로 그를 만나는지 단 한 번도 묻지 않았습니다. 우리는 그저 일상적인 대화를 나누고 웃고 지낸 게 전붑니다. 난 그가 품은 마음 따위는 궁금하지 않았습니다. 그런데 정말 묻고 싶습니다. 이제야……

19.

그 사람은 낮은 돌담을 끼고 걷는 길을 좋아했습니다. 그 길을 걷다 보면 어둠이 내릴 즈음 바닥에서부터 파란 불빛이 올라오거든요. 그게 궁금한 겁니다. 왜 바닥에 전등을 넣어두었을까? 하고 묻습니다. 내가 그걸 어떻게 알겠습니까? 밤거리를 보기 좋게 하려고 그랬겠지요. 하면 그는 왜 파란색이야?

어찌 그리도 궁금한 게 많은지요. 함께 가는 곳마다 여섯 살 꼬마처럼 물어댑니다. 저건 왜 그래? 카페 이름이 팜이네, 무슨 뜻일까? 결국, 주문을 받으려고 오는 종업원에게 따지듯이 묻습니다. 네, 제가 듣기에는 따지는 것 같았습니다. 옆에 있는 나는 어디 쥐구멍이 있다면 숨고 싶었습니다. 종업원 표정은 뭐 그딴 걸 묻냐? 하는 똥 씹은 얼굴이 보이거든요. 도대체 누가 그런 걸 묻느냐고요. 그냥 카페 이름인 거죠. 궁금증을 해소한 그이만 신이 납니다.

그래요, 몇 번은 나도 참았습니다. 결국, 한 번은 터진 입으로 말하고 말았습니다. 제발 나 없을 때 물어보라고요. 그랬더니 얼굴이 발개지더군요. 그 사람은 자기감정이 드러나는 것을 감추지 못합니다. 급작스레 그 수다쟁이가 한동안 침묵을 지키는데 어휴, 진땀이 흐르고 목구멍에 음식물이 넘어가질 않더군요. 별로 편치 않았습니다. 경직된 그 표정에 계속 눈길을 주어야 했거든요. 조심스레 말을 꺼내고 의기소침해 있던 그 목소리와 눈빛이, 그날의 기운들이 슬프게 다가옵니다.

내가 싫어하는 것은 절대 하지 않으려는 그 사람의 노력이 내 눈에 보입니다. 그 사람은 그랬습니다. 내게 잘 보이려고 노력하는 게 아니라고요. 도대체 당신은 왜 내 말을 못 알아듣나요? 그가 침묵하는 동안은 주변에서 싸늘한 기운이 몰려옵니다.

네, 그 후로는 내 앞에서 다시 그런 일은 일어나지 않았습니다. 나보다 어린아이 같은 모습을 보일 때는 나도 모르게 마구 짓누르려는 어떤 본능 같은 것이 작동하긴 했습니다.

그 사람과 만나는 게 지루했겠다고요? 아니, 아닙니다. 농담도 못 알아듣는 그를 위해 언제부턴가 나는 혼자 실컷 떠들고 나선 다시 알려주는 나를 발견합니다.

이거, 농담인 거 알죠? 낯빛이 금세 환해집니다. 네, 그렇게 말해주지 않으면 또 내가 고역을 치러야 하니까요. 그런데 말이죠, 그게 참 재미있단 말입니다.

"왜 나한테 친절해?"

그 여름 갑작스러운 그 여자가 던진 물음이었습니다. 내가 친절하지 않으면 인간들이 나를 상대나 해 줍니까? 그러니까 내 필요로 친절할 수밖에요. 마음과는 상관없이 친절할 수 있다는 대답이 뭐가 문제입니까? 그놈에 마음 타령은 어지간히 합니다. 마음이 시키는 대로 살고 싶다나. 마음이 가지 않는데 낯선 대상들과 마주하기가 너무 불편하다는 겁니다. 그런데 그게 뭐가 어렵습니까? 사는 게 다 그렇지. 어휴, 싫어하는 것을 대할 땐 너무 티가 납니다. 이 대답이 그를 내쫓았다고는 생각하지 않습니다.

그저 우연이었습니다. 앞좌석엔 그 사람 가방이 있었거든요. 그래서 뒷좌석에 앉았던 겁니다. 나를 데려다주는 시간 내내 한 마디 말이 없더군요. 음악도 켜지 않은 채 운전했습니다. 네, 너무도 다른 날이었습니다. 보통은 둘이 수다를 떨며 지나갔을 그 길이 밤의 적막과 간헐적인 도로에서 튕겨 나오는 마찰음만이 들렸습니다. 그 사람을 계속 주시했지만 별 미동이 없었습니다. 무슨 생각을 저리도 하는 거지? 뭐, 딱히 저도 할 말이 없었지만요. 그런 상태가 불편했냐고 물으실 줄 알았습니다. 아니요, 그와 나는 그렇게도 보낼 수 있었죠.

그러고 보니 그 사람은 그런 면에서 나와 닮은꼴이었습니다. 편안한 상대면 되는 것, 그게 시간이 오래 걸리는 축적된 과정이 필요하다는 것이지만요. 처음부터 그렇게 되는 것은 절대 아니었으니까요. 그렇죠?

그 사람은 참 제멋대로 살아온 것은 확실합니다. 가식적인 인간은 아닙니다만 그렇다고 정직한 인간도 아닙니다. 너무 그대로 자신을 드러내서 속없는 사람에 속한다는 게 더 적확한 표현 같습니다.

나는요, 절대로 그런 짓은 안 합니다. 내 세계가 그와 있으면 안락했습니다. 신기하게도 그저 '나'이면 충분했단 말입니다.

그래요, 내가 화가 나는 것은 이겁니다. 그 사람은요, 부고를 받은 날…… 불과 2주 전까지도 멀쩡했습니다. DVD를 보면서 동시에 CD를 걸어 둔 채 손에는 셜록 홈스 전집 중 한 권이 들려있죠 책 속 19세기 영국과 눈앞에 펼친 21세기 영국을 넘나듭니다. 드라마 배경음악들이 울려 퍼집니다. 물론 그 시간에 나도 있었습니다.

네, 차라리 그 사람이 편집증 환자였다면 끄덕일 수 있었어요. 용서할 수 있다는 말입니다. 아, 셜록처럼 "매직 트릭"이라 외치고 다시 내 앞에 있으면 됩니다. 모처럼 당신이 웃는군요 네, 나도 웃깁니다. 다시 돌아온 셜록 말이 생각나는군요

"내가 없는데 어떻게 잘 살아?"

무슨 개 풀 뜯어 먹는 소리를 하십니까? 그 사람은 직업을 잘못 선택한 겁니다. 좋은 사람이요? 멀쩡하게 잘 사는 사람들을 다 망쳐 놓는다고요

이 나라에서 어떻게 자유의지만으로 살아갈 수 있단 말입니까? 웃기지 마세요. 자신만의 자유로운 삶을 위해 살다가 제멋대로 죽을 수 있는 자유까지 누린 인간에게 무슨 휴머니즘이 있습니까?

우리 모두 속은 겁니다. 네. 그 사람 삶 자체가 매직 트릭이었죠 이제 그만하렵니다. 그만해야죠 그럼 조심해서 가세요 아직 길은

젖어 있지만 짙푸른 하늘이 열렸습니다. 네, 어쩌면 스스로 자유로울 때에야 진정한 사랑이 가능했던 것일지도요.

북유럽 신화에서는 신과 거인의 나라 가운데 인간이 사는 곳을 중간계라 한다더군요. 중간계 한가운데 세계 나무, 이그드라실 뿌리 밑에는 우르트의 샘이 있는데 운명의 여신들인 세 노르네들이 살고 있답니다. 노르네들은 모든 존재에게 각각의 운명을 나누어 주는데 우르트는 과거를 베르단디는 현재를 스쿨트는 미래를 관장한다죠. 세계는 하나로 연결된 지구촌이니 그 하늘 아래 이곳에도 노르네 여신들 손길이 미친 것이겠죠.

그래요. 그 사람은 자기 유희에 감금된 상태를 자신이 스스로 해체한 것일 뿐입니다. 이번엔 심하게 심술을 부린 거라고요. 두 다리를 끌어안고 안락의자에 앉아 부리곤 하던 그의 변덕이라니까요.

사랑 따위는 관심도 없습니다. 지금까지 난 사랑하는 법도 배우지 못했습니다. 그러니 사랑한다는 표현을 할 줄도 모릅니다. 그런데 사랑이 어떤 마음으로 세계를 이어가는지 알 것 같습니다. 이제 그 사람 시간에 감금된 나는 그만 일어나야겠습니다. 어쩌면 이제야 진정 자유로워진 것일지도요.

자, 이제 가실까요? 아, 잠시 잊었습니다. 당신은 노르네의 거울 속에 있었군요. 내가 이 자리를 떠나지 않는다면 당신은 여전히 그 안에 갇혀있겠군요.

"
외부 환경의 변화에 반응하지 않는다. 두꺼비는 주어진 삶에 '충실'하다.

휴대폰에는 수많은 사람의 이야기가 있다. 그런데도 내가 접하는 이야기는 나와 동떨어진 세계의 웅성거림으로 가득하다. 누군가가 만들어낸 이야기거나 넘치는 뉴스들이다. 끊임없이 자기를 확인하기 위한 SNS를 접속하는 두 손가락으로 만든 허상이기도 하다.

이것은 세상과 나를 이어주는 보이지 않는 끈이며 환상이다. 그 환상을 즐기고 있는 사람이 점점 늘어가는 것이 이 세계 현실이기도 하다. 그들이 핸드폰을 잡고 있는 한 세계의 이 방식은 계속 진화할 거다.

나를 알지도 못하는 누군가에게 얼굴 붉히지 않고 내보일 수 있는 유일한 방법이기도 하다. 내가 혼자가 아니라는 생각, 그것만이 필요한 거다. 종일 휴대폰을 꺼 놔두어도 문제 될 것이 없다. 다만 그랬을 경우 아주 적은 확률로 나를 찾는 단 한 사람 정도가 있을지도 모른다는 의미로 그건 비즈니스라 해두고 싶지만 그렇다.

휴대폰이 없는 그 하루는 거의 편안하게 지날 수가 없다. 내가 반응하지 않아도 또 다른 내가 여전히 반응하도록 이미 학습되어 버린 것이다.

나는 두꺼비다. 겨울잠을 자지 않는.

교묘하게 변화되고 있는 사회 환경에 반응할 이유가 반드시 있게 마련인 이 세계에서 숨을 쉰다는 이유로 말이다.

결국, 휴대폰이 없다면 나는 이 세계에 없다는 게 될 수도 있다. 그게 두려운 것인지 뭔지도 나는 생각해 보지 않지만, 분명 휴대폰 충전을 끊임없이 하려는 내가 있는 한 나는 여기 있고 싶은 거다. 그렇게 보아도 별로 틀리지 않는다.

내가 하려고 하는 일에 그럴싸한 경력과 인정이 필요한가? 그럴 필요가 있다면 아직 세상에 나설 때는 아니다. 일상이 만들어낸 글쓰기에서 이룬 결과물을 나눌 그대면 충분하다. 주말을 이렇게 글을 끄적이며 보내는 일이 대부분이고 외출도 안 하는 경우 사물에 말을 건다. 한 권의 책, 영화 한 편, 사진 한 장, 노래 한 곡에서 튀어나오는 이야기가 또 하나 세계를 만들어 나를 웃게 한다. 그것으로 족하다.

사회에 내딛는 첫걸음이 중요하다고 누가 말했을까. 출처도 분명하지 않은 이 문장에 둘러싸여 첫사랑, 첫 직장, 처음 하는 작품, 이놈의 '첫' 자가 사람 잡는 글자가 아니고 무엇인가.

"첫.

나는 이 '첫' 자에 신경 쓸 만큼 치밀하지 못하다. 그것이 나를 자유롭게 했다면 수많은 사람을 곁에 두었을지도 모른다. 하지만 그 '첫'은 평생일 수 있다는 것을 빨리 알아차렸기에 자유롭게 살아간다. 물론 그 자유에 속아 넘어가면 안 되지만 그래도 그 '첫'이란 말보다는 훨씬 나은 '자유'임에는 틀림없다.

나는 작가가 되고 싶었지만 그야말로 꿈이라 생각했다. 꿈을 이루려면 대가가 필요한데 나는 그 대가를 치를 생각이 전혀 없었다. 치열하다는 것이 생리에 맞지 않았다. 이 사실도 남들보다 일찍 알아차려서 작가가 되려는 치열한 노력을 나는 사양해버렸다. 생각해 보면 작가라는 단어는 사회에서 인정받거나 잘 팔리는 작품에 달린 수사였다.

나는 그것보다는 이런저런 이야기를 하고 싶었기에 '작가'이기보다 '이야기하는 사람'으로 만족했다. 그래 그거였다. '이야기꾼'이면 충분했다. 내 이야기는 사람들 일상에서 흘러나왔고 그것에 상상력을 덧붙여 새로운 이야기를 쓴다.

이야기란 어느 정도는 그럴싸해야 하니까. 이야기가 논리적일 이유는 없다. 이야기는 그냥 이야기이다. 그랬다더라 하며 누군가에게 들려줄 재미와 약간의 공감을 가질 수 있으면 된다.

애초에 막연하게 내가 지닌 삶의 가치는 가능하지 않았다. 내가 품은 사랑의 힘으로 세계가 좀 더 나은 쪽으로 변화되어 갈 수 있다고 믿었다. 그런데 내게 남은 시간을 두고 현재를 기준점으로 돌아보니 세계는 너덜너덜하고 그 가운데 사람은 점점 쭈그러들고 있었다.

바람 빠진 축구공처럼 탄력이 없어 땅 위에서 구를 뿐 공기를 타고 멀리 갈 수가 없었다. 결국, 찍. 누군가의 발에 한 번은 붙었다가 이내 외면하고 떠나가는 공. 소년의 투덜거림만이 뱅뱅 돌고 있는 거다.

내가 늘 경계하는 일은 단 한 가지다. 정신적으로 자기 위안을 하지 않는다. 이것만 잘 지켜낸다면 크게 망가질 이유가 없다. 사람들은 자기 이름을 많은 사람에게 알리는 것이 중요하다고 말한다. 이것이 늘 께름칙하고 몹시 귀찮다.

나는 여전하게 오늘을 잘 살고 있다. 첫 번째 장편소설. 치열하지 않아도 스르르 열린 선택이라지만, 어쨌든 내가 어디로 갈 것인지. 내가 오늘을 멀쩡한 정신으로 맞는 한 뭐가 문제가 될까. 나는 그저 이야기꾼이고 소재가 없으면 다시 침묵하면 그만이다.

화려한 외출. 그곳에서 만난 사람과 나눈 그 시간의 이야기를 묶어서 글을 쓴다. 이곳을 떠나 또 다른 삶의 방식을 찾는 것으로 첫 이야기를 마무리하기는 싫었지만, 어차피 새로운 사람들이 이야기를 들려줄 것이라는 길 위로 들려오는 바람소리에 '첫' 이야기는 위안이 된다.

나는 두꺼비니까. 여전히 꿈을 꾸는...

이창우

이창우

자작나무 숲에서 편지를 쓰는 꿈을 꿨습니다. 매우 슬픈 내용을 자작나무 껍질에
적고 있는데 흰 까치 한 마리가 품안으로 날아 들어왔습니다. 새의 솜털처럼 부드
럽고, 때로는 새의 날개처럼 거침없이 하늘을 나는 글을 쓰고 싶습니다.
이창우는 필명입니다.
그 사람은 여전히 이 세계에 사랑의 힘을 믿고 있는 '소박한 자유인'입니다.

8헤르츠

초판 1쇄 발행 2017년 11월 24일

지 은 이 이창우
펴 낸 이 최종숙
펴 낸 곳 글누림출판사

책임편집 이태곤
편   집 문선희 권분옥 박윤정 홍혜정
디 자 인 안혜진 홍성권 최기윤
마 케 팅 박태훈 안현진 이승혜

주   소 서울시 서초구 동광로46길 6-6(반포4동 577-25) 문창빌딩 2층(우 06589)
전   화 02-3409-2055(대표), 2058(영업), 2060(편집)
팩   스 02-3409-2059
전자메일 nurim3888@hanmail.net
홈페이지 www.geulnurim.co.kr
블로그 blog.naver.com/geulnurim
북트레블러 post.naver.com/geulnurim
등록번호 제303-2005-000038호(2005.10.5)

정   가 15,000원
ISBN 978-89-6327-463-8 03810

*이 도서의 국립중앙도서관 출판예정도서목록(CIP)은 서지정보유통지원시스템 홈페이지(http://seoji.nl.go.kr)와
국가자료공동목록시스템(http://www.nl.go.kr/kolisnet)에서 이용하실 수 있습니다.(CIP제어번호: CIP2017029441)